Le M'Onde des Féals

Prologue

Le silence régnait sur la frontière qui séparait les Provinces-Licornes de l'Empire de Grif'. La rumeur sourde des caravanes marchandes s'était tue. Des routes qui se faufilaient entre les deux pays, il ne restait que des rubans noircis, des sentiers au parfum de cendre. L'empreinte de la Charogne avait marqué les dunes sacrées de longues balafres. Elles couraient comme des plaies à la surface du sable dont la teinte, louée jadis pour son éclat, était devenue terne et grisâtre. Aucune tribu n'avait pu empêcher l'hydre des Sombres Sentes de s'étendre au cœur des dunes antiques. Les digues invisibles que la magie licornéenne élevait à la faveur de la nuit tombaient les unes après les autres.

Deux Licornéens acceptaient encore de voir le soleil se coucher sur cette frontière funeste. Le plus âgé s'appelait Ezrah. Des rides profondes sculptaient son visage noir comme de la suie. Ses cheveux blancs étaient rasés de près et ses yeux d'onyx fixés sur l'horizon turquoise du crépuscule. Sur son corps osseux, il portait un burnous de laine blanche au capuchon brodé de fils rouges. Ezrah était un Muezzin, un titre qui lui donnait le droit de chevaucher une Licorne, d'être l'âme de la tribu en partageant les joies et les peines du Féal.

Entre ses longs doigts parcheminés, il caressa sa crinière soyeuse. En retour, la Licorne frémit dans l'obscurité naissante. Elle le toisait depuis ses quatre coudées et se distinguait, comme toutes ses congénères, par des pattes larges et poilues. Sa robe était couleur de cuivre, ses poils cramoisis et aussi doux que de la soie. Ses sabots, semblables à des diamants, racontaient une histoire, celle d'une harmonie entre le Féal et le sable licornéen qui lui permettait de galoper sans entrave à travers les dunes. Sur son front saillait une corne annelée et transparente comme du verre. À l'intérieur, plongées dans un liquide ambré, des veinules aux reflets violets oscillaient comme les branches d'un arbre. Son cavalier avait appris à interpréter les infimes nuances de ce tracé luminescent, à apprécier son éclat pour comprendre les émotions de sa monture.

La main d'Ezrah se posa avec délicatesse sur la corne pour en goûter la fraîcheur. Il avait lié sa vie à celle du Féal. Il avait grandi à ses côtés, il avait attendu que les années tissent entre eux deux des liens sacrés comparables à l'amour. Il l'aimait de toutes ses forces, il vivait au même rythme que son cœur, il souffrait lorsque la créature souffrait, il pleurait lorsqu'elle pleurait. Et les larmes, en ces temps funestes, coulaient en abondance.

Son regard s'abaissa et croisa celui de son fils : Souma, les bras croisés, regardait droit devant lui. L'adolescent défiait la nuit et, avec elle, l'avancée silencieuse des Charognards. Ezrah l'adorait mais il devait se refuser à l'aimer. En devenant Muezzin, il avait accepté de placer au-dessus de toute vie celle du Féal auquel il vouait son existence. Un verset des Basses Sourates effleura son esprit comme la brise : « La corne s'élève sous le soleil, tes proches n'en sont que l'ombre. »

Souma leva les yeux vers son père :

— Je veux me battre. Comme lui, là-bas.

— Je sais, fils.

Ezrah soupira. Son fils parlait du phénicier, un homme seul inspiré par les Ondes qu'on prétendait en mesure de défier et peut-être même de détruire le royaume des morts. Un temps, il avait refusé d'y croire mais le murmure des dunes ne trompait pas. L'espoir viendrait du nord, au-delà des mers taraséennes. Tandis que les tribus licornéennes refluaient devant la Charogne, un adolescent forgeait sa propre légende.

Ezrah ferma les yeux et adressa une prière silencieuse aux Prophètes pour qu'ils joignent leurs forces à celles des Ondes. Depuis plus de vingt lunes, le chant des Muezzins vibrait sur ce même credo afin que l'esprit des Premières Licornes consente à souffler sur l'Élu. Ezrah s'éclaircit la gorge. Il lui tardait de libérer sa voix pour qu'elle résonne dans la nuit.

La nuit.

Un souvenir glissa sur ses yeux noirs. Le souvenir encore cuisant de ces nuits glacées où ses frères mouraient debout pour endiguer le flot putride des Charognards. Il plissa les lèvres. Personne n'oublierait la beauté de leur sacrifice, la manière dont ils s'étaient battus pour permettre aux dunes les plus anciennes et les plus précieuses de fuir à l'arrière.

Des quatre coins du pays, des Cavaliers des Sables étaient venus en renfort pour les conduire à l'abri. On avait laissé mourir les plus jeunes et Ezrah maudissait cette loi implacable de la guerre qui l'obligeait à offrir à l'ennemi de jeunes dunes prometteuses pour protéger la retraite des plus vieilles.

Derrière lui, dans le Sud, les Licornéens s'apprêtaient à livrer le combat d'une vie. Contre les murs écarlates de la capitale, les Cavaliers des Sables venaient échouer des dunes dont le savoir se confondait avec le Temps des Origines. Des vagues de sable qui traversaient le pays comme des torrents antiques.

Ezrah songea à la cruauté du destin. Un an plus tôt, la tribu et ses dunes s'étaient installées à la frontière de l'Empire de Grif' en vertu du code immuable des Provinces. D'ordinaire, cette époque-là était synonyme de fête. Les caravanes marchandes qui affluaient en masse sur les routes grifféennes payaient volontiers leurs taxes pour s'enfoncer dans le pays et rejoindre El-Zadin. Il y avait l'odeur des épices, de la sueur et des encens, les affaires scellées dans les vapeurs brûlantes du thé rouge, le ballet des chevaux qu'on vendait à prix d'or.

La Licorne s'agita, gênée par les relents de la Charogne. À quelques dizaines de coudées, dans le repli d'une dune, une oasis se mourait. Ezrah avait pourtant lutté deux nuits durant pour tenter de sauver les palmiers gangrenés. Veillé par la Licorne et son fils, il s'était ouvert les veines du poignet pour laisser son sang couler sur les troncs. Un sang violacé, aux couleurs de la mutation qui œuvrait à l'intérieur de son corps. Ce même sang que des Muezzins renégats déshonoraient en le vendant, comme un élixir, aux célèbres jardiniers de la noblesse grifféenne. Il savait ses jours comptés et n'avait aucun regret à abandonner ainsi le mince ruisseau de sa vie à la nature. Il avait failli mourir là-bas, trop faible pour mettre fin à son sacrifice. Il en gardait un souvenir confus. Le visage déformé de son fils penché sur le sien, le contact râpeux de la langue du Féal qui léchait ses plaies pour qu'elles cicatrisent... À la pointe du jour, Souma l'avait hissé sur ses épaules et emmené à leur tente où il avait dormi jusqu'au crépuscule.

Il était revenu sur les lieux pour prier.

Prier le désert des larmes, prier les dunes errantes. Prier sa terre, son enfance. Il ignorait de quoi pouvait être fait cet attachement viscéral à la mer de sable. Peut-être était-ce dû à leur nature, à la simple idée que chaque grain de sable était une larme des Origines. Une larme en devenir, une larme laissée en héritage aux Licornéens afin qu'ils étanchent leur soif et, qu'à chaque gorgée, ils aient conscience qu'il en était ainsi grâce aux larmes versées par les Licornes des Origines.

Un cycle s'achevait mais il ignorait si un autre pouvait commencer. Tout comme les Féals avaient pleuré sur la mort d'un monde, il pleurait désormais sur le sien. La mort du M'Onde. Pour autant, il savait que Januel représentait un espoir. La nouvelle s'était propagée d'un bout à l'autre des terres. Ce jeune homme, dont le cœur abritait un Phénix, s'était dressé face à l'avancée de la Charogne et avait conquis ce qu'il restait de sa Guilde. Quelques compagnons se rangeaient à ses côtés, de sinistres guerriers étaient lancés à sa poursuite, mais le mot d'ordre de Januel avait essaimé de par le M'Onde. Il incarnait une toute petite chance d'inverser le cours inexorable du temps. Comme un grain de sable dans l'immense rouage de la Charogne.

L'image lui plut. Oui, Januel pouvait bien être de ce désert. Une larme, une goutte d'eau inspirée par les Ondes.

Quel étrange paradoxe, songea-t-il. D'expérience, il savait combien il était difficile, pour un étranger, d'admettre qu'un grain de sable était en réalité l'écorce d'une larme antique. Une perle que seules les larmes d'un Muezzin pouvaient révéler au cours de la prière. Savoir pleurer était une règle absolue. Un devoir. Et Ezrah avait su pleurer très jeune.

Il se souvenait de la première fois. D'une nuit sans lune, d'une nuit profonde où, timidement, sur l'ordre de sa mère, il avait rejoint son père qui l'attendait, allongé sur le sol, à même le sable, la tête posée sur le flanc de sa Licorne. Ezrah gardait un souvenir précis de la respiration du Féal couché à terre, de son poitrail qui soulevait le visage livide de son père selon un rythme funeste. Il avait souri, son père aussi. Puis son regard s'était baissé sur sa poitrine, sur la corne translucide qui jaillissait comme un couteau entre ses seins. Ezrah avait vu l'appendice grandir sous ses yeux, le sang violet s'écouler sur les bords de la blessure et atteindre le sol pour y disparaître. Il n'avait pas pleuré à ce moment-là. Ni même lorsque son père, vaincu par la souffrance et arrivé au terme de sa mutation, avait tendu la main pour attraper celle de son fils et mourir au soupir suivant. Non, il avait pleuré en sortant de la tente, les bras jetés autour de la taille de sa mère lorsqu'elle lui avait caressé les cheveux et lui avait expliqué comment le sang de son père mêlé au sable accoucherait bientôt d'une nouvelle oasis, de quelques palmiers et d'une source d'eau pure où les membres de la tribu viendraient prier pour rendre hommage à leur Muezzin défunt. Ainsi s'exprimait la vie dans le désert des larmes.

Ezrah savait que la Charogne avait fait tourner cette magie mortuaire à son avantage, qu'elle s'était servie des oasis comme de points d'ancrage pour lancer ses Sombres Sentes. Mais il savait aussi qu'une oasis, une seule, comptait véritablement à ses yeux. Celle de son père.

Et, la veille, il n'avait pas été capable de la sauver.

Il se pencha vers Souma et posa la main sur son épaule :

— Prions, mon fils.

Sa voix était grave. L'adolescent hocha la tête et, le geste délicat, se saisit de la corne fixée dans son dos. Il s'agenouilla, la posa sur le sol et défit les tissus de soie brune qui l'enveloppaient. La corne qui avait tué le père d'Ezrah apparut sous la lumière des étoiles.

Le Muezzin s'agenouilla à côté de son fils. Il prit la corne dans ses mains et commença à la visser dans le sol en en faisant glisser le sommet entre ses paumes. Lorsqu'elle fut enfoncée aux deux tiers, il récita une première sourate avec son fils puis, les mains disposées en coupe, il ramassa une poignée de sable qu'il vida à l'intérieur.

— Maintenant, tais-toi et comprends, souffla-t-il.

Il prit une profonde inspiration et modula, les yeux fermés, les premières notes de la prière de l'eau. Son chant s'éleva dans la nuit comme une lamentation. Il chantait sa colère, il chantait la beauté d'un M'Onde disparu, il chantait la mort de ses frères.

Autour de lui, les dunes silencieuses écoutaient et frémissaient. Jamais auparavant, sa voix n'avait eu autant de conviction et son fils, d'ordinaire si détaché, crispa les poings, la gorge serrée par l'émotion.

Ezrah pencha son visage au-dessus de la corne lorsque la première larme glissa sur sa joue. Elle hésita un moment au bord de sa lèvre supérieure et tomba à l'intérieur du creuset. L'alchimie était à l'œuvre. Au contact de cette eau salée et gorgée de vie, le sable se souvint de son passé et, dans un bruit semblable au tintement d'une clochette, redevint ce qu'il avait toujours été.

Une larme-licorne.

Le Muezzin accorda sa prière aux tintements répétés qui s'élevaient à l'intérieur de la corne. Peu à peu, le sable déposé au fond se transformait en un liquide ambré. Une eau glacée, apaisante, semblable à un élixir. Un sourire pâle effleura ses lèvres lorsque, enfin, le sable disparut totalement. Il ne restait plus qu'une eau sacrée, une eau qui étanchait, depuis des siècles, la soif des Licornéens.

— Bois, dit Ezrah en retirant la corne vissée dans le sable.

Souma hocha la tête, s'empara de l'objet et le porta à ses lèvres comme une coupe. Il but à trois reprises puis tendit la corne à son père qui s'abreuva à son tour.

Contrairement au Muezzin, l'adolescent n'était pas encore suffisamment fort pour résister à la tristesse des larmes-licorne. Alors que son père se levait pour porter la corne au Féal, son corps fut secoué par un frisson. Il ne parvenait pas à s'habituer à cette vague mélancolique qui empoignait son cœur. Aux yeux des étrangers, pleurer était une faiblesse. Les Licornéens, eux, voyaient cela comme une offrande. Souma n'était simplement pas assez mûr pour l'accepter. Les lèvres pincées, il se contracta pour tenter de retenir ses larmes mais la mémoire des Origines l'avait déjà emporté. Les poings serrés, il éclata en sanglots sous le regard attendri de son père.

— Qu'elles coulent, fils. Qu'elles coulent et abreuvent les dunes, lâcha le Muezzin. Tu es stupide. Cesse donc de leur résister.

Il parlait sans colère et Souma le savait. Mais c'était trop dur, trop humiliant de ne pas pouvoir contrôler ses émotions. Il ne voulait pas être un Muezzin mais un guerrier du désert. Il voulait s'asseoir auprès des Cavaliers des Sables, chevaucher avec eux les dunes de guerre qui engloutissaient leurs ennemis, sentir dans sa main le pommeau tiède des lames-licorne, apprendre à survivre dans les tempêtes de sable commandées par le souvenir des Origines. Se battre, préférer l'action aux lamentations, même sacrées. Sa voix pouvait trembler mais sa main, elle, devait rester ferme.

Il accepta celle que lui tendait son père et se releva. Il ne pleurait plus.

Ezrah s'était déjà retourné vers l'horizon, le front plissé.

— Il est là-bas, dit-il soudain.
— Le phénicier ?
— Oui. Cette nuit, j'ai senti la mort m'effleurer. Mon âme a oscillé dans l'ombre de la Charogne et je l'ai entendu.
— Vous l'avez vu ? s'exclama Souma d'une voix vibrante.
— Je l'ai écouté, fils.

L'adolescent savait que son père, comme tous les Muezzins, pouvait percevoir la rumeur du M'Onde, entendre les murmures du passé et ceux de l'avenir. Lorsqu'ils voyageaient, Ezrah utilisait parfois le galop de sa monture comme un rythme hypnotique pour entrer en transe et ouvrir sa conscience à de mystérieux échos.

— Et que disait-il ? Il vous a parlé ?
— Non. Il a juste hurlé.

Souma déglutit, impressionné par la mine sombre de son père.

— Il n'est pas... mort ?
— Non. Il vit, mais les Ondes ont perdu sa trace.
— Vous disiez qu'il allait en Caladre. Avec les moines blancs.
— À présent, cela n'est plus.
— Où est-il alors ?
— Je l'ignore. Mais lui le sait. Et son âme a hurlé en le découvrant.

Ezrah se tut et rabattit le capuchon de son burnous sur son crâne.

— Assez parlé. Nous avons une longue route.
— Où allons-nous, père ?
— Là où meurent les dunes.

Chapitre 1

Januel ouvrit les yeux. Sa mère était assise en tailleur à ses côtés et sa main, légère, effleurait tendrement son front. Les yeux plissés, il tenta de rassembler ses pensées. Certes, il s'agissait à coup sûr d'un rêve mais les circonstances dans lesquelles il avait quitté le temple des Pèlerins l'incitaient à la prudence. Symentz s'était peut-être ouvert un chemin dans sa conscience pour y délier les fils les plus sensibles de sa vie.

Ses souvenirs étaient confus. La foudre ne l'avait pas frappé avec violence, elle l'avait enveloppé, elle l'avait cueilli comme la main tiède d'un géant. Sa mémoire s'était figée à l'instant même où un torrent d'étincelles s'engouffrait dans son âme. Il avait entendu un cri, probablement celui du Phénix des Origines qui logeait dans son cœur. Puis le silence était revenu et il s'était évanoui.

À présent, il se trouvait ici, dans ce qui ressemblait à une clairière cernée de vieux chênes aux feuilles d'automne. Il était allongé à même la terre, au creux de grosses racines noueuses. Au-dessus de lui, le ciel ressemblait à un lac d'encre et s'éclairait, dans le lointain, à la faveur d'un orage. Petit à petit, son corps retrouvait ses sensations. Il prit conscience d'une brindille qui lui piquait le dos, de la mousse humide qui tapissait le sol et glaçait ses jambes découvertes. Il s'aperçut soudain qu'il était nu et croisa spontanément les mains sur son sexe.

— Tu es resté pudique, souffla sa mère.

Il ignora sa remarque et embrassa d'un regard méfiant les abords de la clairière. Il cherchait Symentz et voulait comprendre pourquoi il demeurait invisible. La scène lui semblait aussi fragile que du cristal. À tout instant, elle pouvait se briser, se fendre pour révéler une réalité bien plus sordide. Quel jeu pervers le Basilik orchestrait-il dans l'ombre de cette forêt ?

— Il va venir, dit sa mère.

Januel reposa les yeux sur elle. Malgré ses réticences et la conviction qu'il s'agissait d'un reflet trompeur, il était incapable de nier son émotion. Désarmé par les aveux de son cœur, il ébaucha un sourire qui passait pour un premier pas. Sa mère le lui rendit et, pour la première fois, il accepta sa présence.

Elle portait un habit familier, une robe de laine ocre qu'un jeune soldat déshérité, tisseur de son métier, lui avait offerte en échange de ses faveurs. La bataille l'avait emporté, lui et son talent, mais sa mère n'avait jamais oublié sa douceur et la manière dont il avait rendu hommage à sa beauté. Le vêtement découvrait ses épaules graciles et épousait harmonieusement le galbe de ses seins. Resserré aux hanches pour mettre en valeur son ventre plat, il s'évasait ensuite et tombait, en plis étudiés, jusqu'aux chevilles. Avec le temps, la couleur s'était estompée mais l'habit louait comme au premier jour l'harmonie d'un corps façonné par les Ondes.

Januel s'était constamment étonné, enfant, de la grâce de sa mère, des mouvements amples et coulants de ses jambes. Il comprenait à présent qu'elle marchait presque toujours sur des eaux disparues, que ses pieds glissaient sur le souvenir des Ondes qui avaient sculpté la surface du M'Onde.

Ce souvenir jouait aussi dans ses cheveux. Elle les portait jusqu'au bas du dos, en boucles d'onyx où ondulaient, comme des vagues, des reflets turquoise. Un bandeau de velours rouge les nouait au front et dégageait son visage que Januel redécouvrait. Il avait oublié ses rondeurs, ce nez fin et très légèrement retroussé, ces pommettes de porcelaine et cette bouche fine qu'il comparait, enfant, au croissant d'une lune. Elle riait toujours lorsqu'il s'inquiétait de la pleine lune à venir et qu'il la suppliait de ne pas regarder vers le ciel de peur que sa bouche ne s'agrandisse pour lui ressembler.

Seuls les yeux de sa mère disaient pleinement la vérité sur les circonstances de sa naissance. Jamais auparavant, elle n'avait dévoilé le secret à son fils. Il oublia, un temps, la clairière et la menace, tout juste voilée, que Symentz y laissait planer. Il ne voyait plus que ses pupilles barrées de rétines verticales semblables à la lie d'une rivière. À l'intérieur coulait une eau pure, une eau bleue et presque transparente qui traversait la rétine de haut en bas. Fasciné, il distingua les frémissements qui animaient la surface de l'Onde et se douta que la force du courant s'accordait aux émotions de sa mère.

— Je suis là, murmura-t-elle comme si elle avait deviné le cours de ses pensées.

Elle comprenait la méfiance de son fils. Elle lui laissait le temps d'accepter sa présence, elle lui concédait le droit d'y déceler un mensonge de sorte qu'il puisse, sans violence, lui accorder sa confiance.

— Où sommes-nous ? demanda-t-il simplement.
— En toi.

Il hocha la tête.

— Mais la foudre ? Où me conduit-elle ?
— Ici. Dans cette clairière. Pour l'instant.

Januel fronça les sourcils. Il se hissa sur un coude et, fermement, répéta :

— Où va-t-on, mère ? Je dois rejoindre la Caladre. Tu dois m'aider. Symentz me retient prisonnier.
— Je sais.

Le temps d'un soupir, un remous agita l'eau de ses yeux. Elle retira la main de son front et ajouta :

— Je dois te parler.

Januel se redressa et ramena les genoux contre sa poitrine pour masquer son entrejambe. Il s'adossa contre le tronc et fixa sa mère :

— Tu n'es pas un souvenir. J'ai l'impression de te voir... vraiment. Que tu es là, avec moi, que tu sais ce qui est arrivé. Comme si tu vivais.
— Je vis en toi depuis le début.
— Non, le soir où les Charognards sont venus, ils t'ont tuée. Tu as donné ta vie pour moi.
— Je ne peux pas mourir, je suis une Onde.
— Alors pourquoi n'es-tu pas comme Farel ? Avec un corps transparent, comme lui ?
— Nous sommes dans ton esprit, Januel. J'y prends la forme qui me convient.
— Je ne pense pas. Tu ne m'aurais pas montré tes yeux. Quel besoin aurais-tu de me mentir sur le reste ?

Elle se détourna et arrangea un pli de sa robe.

— Je suis la Mère des Ondes, cela suffit.

Januel comprit qu'il était inutile d'insister. Pour l'instant, du moins.

— Alors, explique-moi. Pourquoi es-tu près de moi ? Pourquoi Symentz n'ose-t-il pas se montrer ? C'est lui qui t'anime, n'est-ce pas ? C'est peut-être même lui qui parle par ta bouche...

— Non. Ni lui, ni aucun autre. Seulement moi.

— Au nom de quoi vais-je te croire ?

— Peu importe si tu me crois, cela ne changera rien.

— Alors pourquoi surgis-tu maintenant ?

— Tu es en colère ?

— Oui, dit-il en joignant les bras autour de ses jambes. Oui, je crois que je suis en colère. Tu prétends vivre en moi. Pourquoi avoir attendu si longtemps pour me parler ?

Elle se contenta d'un vague sourire et désigna la chênaie :

— Tu connais cet endroit ?

— Non, répondit-il plus sèchement qu'il n'aurait voulu.

— J'aime y revenir de temps à autre. Tout est calme, ici.

— Pourtant il y a l'orage, là-bas.

Elle balaya l'argument d'un petit geste de la main :

— Parce que nous voyageons dans la foudre. En ce moment même. Ton esprit ne peut en faire abstraction.

— Tu te dérobes. Réponds-moi... Pourquoi revenir seulement maintenant ?

— Tu as changé, tes mots sont violents. Tu as vécu trop longtemps avec les hommes.

— Arrête. Ne me reproche pas d'avoir grandi.

— Je ne te reproche rien. Tu as joué le rôle que j'attendais de toi.
— Joué ?

Elle ignora sa protestation et regarda autour d'elle.

— Je suis née ici, tu sais. À l'abri de cette forêt, au nord des Contrées Pégasines. J'avais envie de te la montrer, de la partager avec toi.

Januel embrassa la clairière d'un regard maussade.

— Les Ondes ont convergé ici, poursuivit-elle, elles ont franchi cette lisière, elles ont formé un cercle et elles m'ont créée, moi, pour les réunir toutes.
— Je sais.

Une ombre de contrariété glissa sur le visage de sa mère.

— Non, dit-elle avec un sourire, tu ne sais rien. Tu n'as vu que la surface. Tout comme la mer, les Ondes ont leurs abîmes. Et, dit-elle dans un souffle, je veux te faire connaître le mien.

L'orage se rapprochait. Un éclair plus vif que les précédents jeta sur la clairière une lumière blanche et inquiétante.

— Nous approchons, dit-elle en levant les yeux au ciel.
— Me diras-tu de quoi ?

Ses rétines se contractèrent et le courant qui les animait s'accéléra.

— Sois patient, je...
— Mais arrête, bon sang !

Sous l'impulsion de la colère, il s'était levé, les joues empourprées.

— Je suis ton enfant. Januel, le fils de l'Onde. Je t'aime, j'ai rêvé mille fois de ce moment et...

— Rassieds-toi, dit-elle d'une voix ferme. Tu es déçu, c'est compréhensible, mais tu dois apprendre à écouter.

— Je n'ai fait que ça pendant des années, rétorqua-t-il en restant debout. Écouter les mentors que tu baisais dans ta roulotte, écouter les maîtres phéniciers, écouter le Phénix...

Le visage de sa mère se contracta :

— Que je baisais ? Ne répète jamais ce mot-là en parlant de moi. N'essaye même pas de savoir ce que j'ai enduré. N'essaye surtout pas de comprendre comment j'ai souffert, à chaque étreinte. Tu crois peut-être que, sous prétexte d'être une Onde, je ne ressentais rien lorsque ces porcs me pénétraient et s'amusaient avec mon corps ? Tu crois que je me suis offerte avec plaisir, c'est ça ?

Dans ses yeux, l'Onde rugissait en flots tumultueux. Elle attrapa sa main pour le forcer à se rasseoir :

— Mon corps consentait mais mon âme, elle, hurlait. Je me suis offerte pour une cause qui m'habite tout entière mais j'existe, Januel, tu comprends ? J'existe par-delà les Ondes qui m'ont conçue. Il n'y a pas de place pour les contes, pour une magie qui pourrait faire taire le souvenir de leurs corps avachis sur le mien. Je n'ai oublié aucun visage, aucune odeur, aucun de ces rires qui résonnaient autour du feu lorsqu'ils racontaient leurs exploits et mon prétendu appétit. Seuls quelques-uns m'ont empêchée de renoncer, quelques rencontres qui ont sauvé mon âme et m'ont persuadée qu'une telle souffrance valait qu'on lui sacrifie une âme. Mais je ne les ai pas « baisés », tous ces soldats. Durant des années, j'ai été violée et mon devoir m'obligeait à recommencer chaque nuit et à prétendre que j'aimais ça. Ne me parle pas d'amour, Januel. Plus jamais. Voilà longtemps que j'ai cessé d'aimer les hommes.

Januel observa un moment de silence, profondément choqué. Aussi loin que remontaient ses souvenirs, sa mère semblait heureuse même si, parfois, sans raison apparente, elle éclatait en sanglots. Elle avait raison, jamais il ne s'était imaginé qu'elle pouvait souffrir.

Le flot de ses yeux s'apaisa. Elle repoussa une mèche tombée sur sa joue et posa la main sur son genou :

— Tu es l'un des rares que j'ai appris à aimer. Cela non plus, tu ne dois pas l'oublier.

Sur le moment, Januel ne trouva rien à répondre. En dépit du fait qu'il découvrait l'étendue du sacrifice consenti par la Mère des Ondes, il comprenait aussi que cette confession les rapprochait parce qu'elle *s'incarnait* à nouveau, elle redevenait la femme que les révélations du capitaine avaient éclipsée.

— Tu vas m'aider à rejoindre la Caladre ? finit-il par demander.

— Tu en as envie ?

— Mais bien sûr !

— Pourquoi ?

Januel était de plus en plus déconcerté. Le ton employé par sa mère ne ressemblait à rien. À nouveau, l'idée qu'il pût s'agir d'une mise en scène de Symentz traversa son esprit.

— C'est une question étrange, mère... Lorsqu'il m'arrivait de douter, je pensais toujours à toi, à ta force. Je t'aime, je tiens à t'avoir près de moi, c'est tout.

— Mais pourquoi veux-tu aller en Caladre ?
— Les moines blancs doivent achever ma formation.
— Crois-tu que cela soit nécessaire ?
— Oui, dit-il avec conviction. Rien ne m'a préparé à dominer les Phénix qui encerclent la Charogne.
— Le désires-tu vraiment ?
— Détruire la Charogne ?
— Oui, est-ce réellement ce que tu veux ?
— Évidemment !
— Mais tu ne te sens pas prêt, n'est-ce pas ?
— Non, bien sûr.
— Et si les Caladriens ne pouvaient rien pour toi, irais-tu quand même jusqu'en Charogne ?
— Je suppose que oui, je n'ai pas le choix.
— Tu te trompes, ce choix t'appartient.

Le visage du phénicier s'assombrit :
— Le choix ? Si je renonce maintenant, je condamne le M'Onde.
— D'autres que toi peuvent achever ce que tu as commencé.
— Qu'est-ce que tu insinues ? Que je ne suis pas capable d'aller jusqu'au bout ?
— Je ne l'insinue pas, j'en suis persuadée.

Januel se décomposa. Sa mère fit mine de ne rien remarquer et chassa une poussière invisible sur le bas de sa robe. Puis elle le dévisagea :
— Tu as été conçu dans cette clairière. Il faisait chaud, ce jour-là, et il pleuvait. Une bruine discrète, comme si la nature nous accordait sa confiance et consentait à nous rafraîchir. Je me souviens de *lui*,

de ses mains, grandes et maigres. Elles me caressaient, elles me modelaient comme celles d'un homme assoiffé et penché sur les rives d'un lac. Notre communion fut telle que, par moments, elles pénétraient dans ma chair comme si j'avais été une créature d'argile. Il devait me posséder pour honorer la mémoire des Ondes, me donner un fils. Et ce devoir l'obsédait. Parfois, l'empressement l'emportait sur ses caresses. Il oubliait sa douceur, il devenait maladroit, presque violent. Chacun de notre côté, nous avions attendu des années cette unique rencontre. Elle avait été pensée, orchestrée par les Ondes en fonction d'innombrables détails : le cycle des marées, l'écho des Origines qui bruissait dans les arbres, l'humeur des Pégases qui imprégnait le vent. Une conjonction fragile mais indispensable pour que le feu de ses mains et l'Onde de mon sang s'accordent jusque dans mon ventre. Avant même que le soleil ne disparaisse, je t'ai senti. Tu n'existais pas tout à fait mais tu palpitais déjà en pensées dans mon cœur.

Elle se pencha et posa le menton sur le genou de son fils. Leurs deux visages se touchaient presque. Elle sourit et baissa les paupières :

— Tu grandissais dans mes entrailles. Tu m'imprégnais comme une seconde peau, tu m'envahissais... La Charogne me traquait et je me cachais, affaiblie parce que tu te nourrissais chaque jour un peu plus de l'Onde de mon corps. Nous partagions mon sang, mes larmes, mes peurs. Je t'ai porté quatre mois avant d'accoucher, un matin, dans les faubourgs de Lideniel. Tu es né dans un ruisseau glacé, le corps recouvert d'une étrange membrane aussi douce que de la soie. Lorsque tu as poussé ton premier cri, alors que j'étais trop faible pour te prendre dans mes bras, j'ai coupé le cordon qui nous reliait et j'ai bu à sa source. Une eau claire, transparente. Une eau qui me donna la force de marcher et de me cacher. Je me souviens des rues blanches, de la neige qui tombait en gros flocons. Je t'avais enveloppé dans une épaisse couverture de laine et je revois ton visage, sous le tissu. Ta peau lisse, tes petits yeux qui découvraient le M'Onde et qui, parfois, s'attardaient sur mon visage. Comme je t'aimais... Tu incarnais un espoir et une première victoire sur la mort.

Elle rouvrit les yeux :

— En m'abreuvant au cordon qui nous reliait, j'ai scellé un pacte qui a bouleversé ma vie. Les Ondes m'ont révélé la vérité. Rien n'avait été laissé au hasard. Ma naissance, la tienne... Je me suis cachée deux ans dans Lideniel puis je suis devenue une catin sur les champs de bataille pour échapper à la Charogne, pour me cacher à l'endroit même où elle se nourrissait, où elle n'aurait pas l'idée de me chercher. Les Ondes communiquaient à travers moi afin de me donner toutes les chances de te *révéler*. Elles me parlaient lorsque je pleurais sur ma vie. Tout comme l'eau des torrents sculpte les rochers, les Ondes, elles, sculptent les larmes. Je recueillais les miennes pour les lire à l'éclat d'une chandelle et savoir ce qu'il convenait de faire. Les Ondes me consultaient sur chacun de tes mentors, elles m'alertaient lorsqu'une Sombre Sente s'approchait trop près de nous. Un dialogue intime, entre moi et ceux qui m'habitaient, entre moi et ceux qui s'étaient fondus dans mon corps. J'étais leur creuset, ils étaient ma conscience, une béquille à mon âme tourmentée.

Elle s'interrompit, visiblement émue, et se mit à arranger ses cheveux pour dissiper son trouble. Januel gardait le silence et cherchait à établir un contact tangible avec le Phénix des Origines. Il guettait un souffle du Féal dans l'espoir d'obtenir des réponses mais l'oiseau demeurait absent. Pourquoi sa mère voulait-elle désormais l'écarter du destin qu'elle lui avait réservé, pour lequel elle avait enduré tant de souffrances ? Cette question l'obsédait et l'empêchait d'éprouver pleinement les sentiments qui se bousculaient aux portes de son cœur. Il songea un moment à l'empêcher de parler, à poser un doigt sur sa bouche et à la prendre simplement dans ses bras. Lui voler cette étreinte qu'il avait sublimée dans ses rêves, la sentir contre son corps, infiniment réelle, laisser le silence les recouvrir comme un linceul et ne vivre que pour ce soupir-là, la bouche enfouie dans son épaule.

Mais elle ne croyait plus en lui et cette simple idée le faisait hésiter au bord d'un abîme. L'abîme de sa rédemption.

Depuis longtemps, il se battait en son nom, il livrait son combat contre la Charogne pour se racheter aux yeux d'une mère qu'il n'avait pas su protéger, qu'il avait vue mourir sous ses yeux. Une conviction qui valait bien plus que l'amitié du Phénix ou l'amour de Scende. Il avait refusé, jusqu'ici, de voir à quel point elle existait en lui, combien elle imprégnait ses gestes et guidait ses pas. Mais il avait confondu le souvenir qu'il gardait d'elle et sa propre culpabilité. Il se mordit les lèvres, effaré par l'étendue de son égoïsme. Alors qu'il avait cru honorer sa mémoire, il avait, en réalité, cherché le salut de son âme.

— Je n'ai pas vu ton sacrifice, murmura-t-il. Tes peines, tes efforts. Tu étais là pour moi, toujours, et je ne voyais rien, j'imaginais qu'il en était ainsi pour toutes les mères...

— Oui, tu n'as rien vu mais tes regrets viennent bien trop tard.

Se dressant, elle s'adressa à lui d'une voix amère :

— Tu n'es pas coupable. Jamais nous ne t'avons accordé la liberté d'être un homme. Je t'ai façonné pour que tu deviennes un instrument fidèle, une créature dévouée...

Elle se tenait debout devant lui, les bras croisés sur la poitrine, les cheveux agités par le vent. Elle évoquait une vague, belle et puissante, qu'il fallait suivre ou subir. En être l'écume ou la laisser vous engloutir.

— Fils, déclara-t-elle, la vérité n'est connue que de moi seule et des Ondes qui me constituent. Un secret gardé au fond de mon cœur, un secret douloureux que j'entends partager avec toi parce que l'heure est venue de porter notre combat en Charogne.

Januel leva vers elle un regard lourd et attentif.

— Lorsque les Charognards nous ont retrouvés, cette nuit-là, je ne suis pas morte pour te sauver, toi. Je me suis... cachée en toi. Tu n'as pas survécu grâce à mon sacrifice. Jamais je n'ai eu l'intention de faire peser sur toi la responsabilité d'un M'Onde. J'ai trompé l'ennemi pour une seule raison : retrouver le capitaine Falken, retrouver celui à qui nous avions confié l'épée du Saphir.

— Alors tout ce qui a été accompli jusqu'ici n'était qu'une façade ? Un moyen de détourner l'attention des Charognards ?

— Non. J'ai inspiré du mieux possible la route qui t'a conduit jusqu'ici. Longtemps, je suis restée muette dans ton âme. En me reconstituant à l'intérieur de ton corps, j'ai perdu des forces. Beaucoup de forces. Durant toutes ces années où tu te familiarisais avec la magie des phéniciers, je n'étais plus que l'eau de ton corps, une eau trouble qui coulait dans tes yeux, qui perlait à ton front. Le feu des Phénix ralentissait le processus. Chaque jour, je travaillais en silence à l'harmonie de toutes ces gouttes dispersées, de ces perles qui, jadis, avaient été des Ondes. Seule, plongée dans l'obscurité, je murmurais à leurs consciences fragmentées des promesses d'avenir afin qu'elles consentent à se regrouper, à se réunir pour renaître... J'étais devenue l'orfèvre des âmes. Il fallait se battre contre l'oubli, contre cette léthargie qui saisissait les plus vaillantes d'entre elles. Certaines se laissaient séduire par tes larmes. Tu ne pouvais pas le savoir mais, lorsque tu te réfugiais dans ta chambre pour pleurer, des Ondes mouraient. Je haïssais ta faiblesse dans de tels moments. Ton chagrin anéantissait parfois des mois de travail. Mais je recommençais. Inlassablement. Persuadée qu'un jour chacune des Ondes qui m'avaient donné naissance serait à même d'exister pleinement dans ton corps pour te protéger jusqu'à ce que nous puissions enfin rejoindre la Charogne.

Januel avait baissé les yeux sur sa poitrine et regardait son corps comme s'il le découvrait pour la première fois. Sa chair lui inspirait soudain un dégoût viscéral. Sous cette peau tannée par le feu des Phénix, sa mère s'était encore une fois battue sans lui.

— Imagine-toi au milieu d'une rivière, reprit-elle dans un souffle. Animé par le courant violent et imprévisible de toutes ces âmes en souffrance. Voilà ce que j'ai vécu, Januel. Je me dressais au milieu de cette rivière et je n'avais que mes mains pour les retenir, pour faire taire la mélodie ensorcelante de tes sanglots. Oui... Tes sanglots s'incarnaient dans cette mer ennemie où les Ondes espéraient tant disparaître. La mer de tes larmes, l'écume laissée par toutes ces nuits où, glissé sous tes couvertures, tu pleurais en silence pour ne pas attirer l'attention de ton jeune ami Sildinn. J'ai tort de te parler de tout ça. En refusant de m'obéir et en renonçant à leurs âmes, les Ondes redevenaient ce qu'elles avaient toujours été, une eau sacrée et libre qui avait abreuvé les hommes des Origines. Cette eau te fortifiait et c'est sans doute cette idée qui m'a aidée à ne pas céder au découragement. Ce que je perdais, tu le gagnais... L'Onde qui emplissait ton cœur te valait la confiance des Phénix. Ils entendaient cet écho venu du fond des âges et le respectaient.

Elle fit quelques pas avant de reprendre :

— Ce n'est pas la mort qui t'a sauvé de l'Embrasement en présence de l'empereur. Ce sont les Ondes. Toutes celles que j'ai jetées dans la bataille lorsque le feu du Féal s'est engouffré dans ton corps. J'ai perdu les plus précieuses mais je n'avais pas le choix. Sans elles, tu aurais été consumé. Avec elles, tu as pu transformer ton cœur en sanctuaire où le Phénix a trouvé refuge.

— Alors je ne suis rien, dit Januel d'une voix lugubre. À t'entendre, je n'ai rien décidé, je n'ai rien prouvé...

— Détrompe-toi.

Elle plissa les lèvres et le dévisagea :

— Je t'ai guidé, je t'ai inspiré mais je ne t'ai jamais commandé. Tu as agi par toi-même en de nombreuses occasions. C'est toi seul qui as rejoint Aldarenche malgré les recherches entreprises par l'Empire, toi seul qui as su convaincre les phéniciers de suivre ton exemple, toi seul aussi qui as su venir jusqu'ici, dans ce rêve.

— Pour rien...

— Tu attendais une récompense ?

— Non, la vérité. Moins de mensonges.

— La vérité n'a aucune importance. Notre dignité, nos sentiments... rien ne compte, mon fils. Nous tenons au creux de nos mains une petite chance de sauver ce M'Onde. Voilà la seule considération qui importe aujourd'hui.

— Et Scende ? Tshan ? Et le capitaine ? Des jalons, des pantins qu'on sacrifie ?

— Oui, répondit-elle sèchement. Eux non plus ne comptent pas. Cesse donc de croire qu'une poignée de héros vaut qu'on lui sacrifie notre cause.

— Je ne parle pas d'héroïsme, je parle d'amour. Mais cela, tu ne sembles plus en mesure de le comprendre.

— L'amour est un luxe, mon fils. Et ce luxe-là, je l'ai laissé se consumer dans une roulotte.

— Je ne veux pas de ton cynisme.

— Je n'ai jamais eu l'intention de te le donner. Il est trop tard pour t'apprendre à distinguer le bien du mal, les enjeux de ce M'Onde de tes propres enjeux. Je vais faire ce que j'aurais aimé pouvoir faire depuis longtemps. Te rendre à ton innocence, effacer le souvenir des dernières semaines et te laisser vivre.

— Jamais ! Tu prétends encore décider pour moi ? Mais qu'est-ce que tu crois ? Que je vais...

— Tais-toi, trancha-t-elle.

— Non ! Non, je n'ai pas l'intention de me taire ni d'obéir à tes *ordres*... À ton tour d'écouter : tu m'as confié une quête, sans doute la plus importante qui soit. Et tu prétends me la retirer ?

Il ricana, les mâchoires contractées par la colère :

— Je vais achever ce que j'ai commencé. Me battre pour Scende, pour Tshan et tous les autres.

— Non, tu n'es pas de taille. Moi seule puis affronter la Charogne et son roi.

— Mais qu'est-ce que tu en sais ? s'écria-t-il. Je me suis battu pour accorder le Phénix à l'épée du Saphir. J'ai tout autant que toi le droit de porter cette épée.

— Ton rôle se termine. Tu dois trouver le courage de l'accepter.

Januel marqua un silence et jeta un regard sur les alentours :

— J'imagine que Symentz nous observe ?

— Oui.

— Qu'il peut jouer avec mon esprit comme il l'entend ?

— Dans la limite de ce que, moi, je lui ordonne.

— Et qu'en réalité tu ne me laisses pas le choix, n'est-ce pas ?

— Exact.

Il renonça à sa pudeur et se leva pour faire face à la Mère des Ondes :

— Emmène-moi avec toi. Ensemble, nous serions invincibles.

— J'aurais aimé que cela soit possible mais... mais il est trop tard.

— Trop tard ?

— En trouvant refuge dans ton corps, j'ai initié une magie irréversible. Si je m'incarne, tu disparais.

— Pourtant, tu prétendais pouvoir me rendre à la vie.

Dans ses yeux, les reflets de l'Onde s'obscurcirent :

— Oui, en t'offrant le corps de Symentz, souffla-t-elle.

— Folie... murmura Januel comme un exorcisme. Folie...

— Symentz a déjà accepté. Par amour pour moi.

— Jamais.

— Tu devrais réfléchir.

— C'est tout réfléchi.

— Alors tu veux mourir ?

— Voilà bien longtemps que je m'y suis préparé.

— Cette fois, ton âme aussi mourra.

La réponse de Januel se bloqua dans sa gorge. L'idée qui venait de l'effleurer ressemblait à une capitulation mais il sentait qu'elle pouvait être aussi sa dernière chance de suivre sa mère en Charogne.

— Tu prétends cette magie irréversible. Mais... mais jusqu'où ? Se peut-il qu'à mon tour je... je trouve refuge en toi ?

Elle tressaillit, visiblement surprise et désemparée. La détermination qu'elle affichait depuis le début de leur rencontre sembla fléchir et, dans l'eau trouble de ses yeux, il décela la fragilité, le souvenir d'un enfantement et des liens tissés entre une mère et son fils.

— Peut-être, concéda-t-elle.

Elle demeurait prudente mais Januel avait perçu l'accent d'un encouragement comme si, de peur d'être obligée de refuser, elle l'invitait à poursuivre pour la convaincre du contraire.

— Je ne sais pas, j'ai peur, confessa-t-il. Me résoudre à vivre en toi... Savoir que mon corps va disparaître...

À son tour, il tentait de reculer mais sa décision était déjà prise au tréfonds de son âme. Son corps avait cessé depuis bien trop longtemps de lui appartenir. Son cœur ne battait plus, sa chair avait couvé le drame d'une bataille invisible entre sa mère et les Ondes.

Le précepte de l'Asbeste qui l'avait si souvent ému lui revint en mémoire.

Aucune braise ne mérite de s'éteindre.

Cette phrase n'avait jamais été aussi vraie. Les braises de son âme valaient bien qu'il renonçât à son corps, à cette défroque qui lui inspirait depuis peu un véritable dégoût. Il songea à Scende. La peur qu'il éprouvait tenait dans le souvenir de leurs étreintes. Peur de ne plus pouvoir la prendre dans ses bras, respirer le parfum de sa peau, laisser ses doigts courir sur son ventre, sur sa nuque. Peur d'admettre qu'il acceptait déjà de s'y résoudre et que la perspective de revoir la Draguéenne dans le monde des rêves lui suffisait.

— Prends-moi avec toi, ordonna-t-il. Loge-moi dans ton cœur.

— Je... J'ignore si j'y parviendrai.

— Je prends le risque.

Il saisit sa main pour l'attirer contre lui. Ils se turent et demeurèrent ainsi, serrés l'un contre l'autre, jusqu'à ce que Symentz apparaisse soudain à la lisière de la clairière.

L'ombre du Basilic portait jusqu'aux pieds de la mère et du fils. Il s'immobilisa, un sourire pâle figé sur son visage de porcelaine.

— Nous approchons de la Charogne.

Chapitre 2

À la faveur de la nuit, l'ardeur du désert laissait place à une fraîcheur bleutée qui descendait sur la plaine. La brise se levait et arrachait aux dunes des rubans de sable. Les marcheurs l'accueillaient d'abord avec soulagement, tout en sachant que, un peu plus tard, ce vent deviendrait glacial et fouetterait leur visage avec une vigueur harassante.

Côme eut un mince sourire en voyant les capuches de ses compagnons se rabattre sur les figures creusées par la fatigue. *Vous avez raison de vous préparer à lutter contre le froid*, songea-t-il. Les pèlerins en robes grises étaient semés autour de lui comme des pierres levées, tant ils semblaient avancer lentement dans l'obscurité. Pourtant ils marchaient sans s'arrêter, animés d'une détermination sans faille, depuis des nuits et des nuits. Sans parler. Sans se plaindre. Telle était la force de l'Asbeste. La doctrine des phéniciers les soutenait au-delà des souffrances.

Il le fallait. Ils étaient les derniers de leur ordre.

Côme soupira, et ce soupir s'évanouit aussitôt dans la brise, tel un vœu sans avenir. Une responsabilité fatale reposait sur les épaules du jeune homme. Il n'avait pas seize ans, et aucun de ses frères qui l'entouraient n'était plus âgé. Et le voilà qui menait les disciples de la Guilde à travers le désert, vers le sud, avec l'espoir ténu de sauver ce qui pouvait encore l'être.

Instinctivement, Côme jeta un œil aux marcheurs derrière lui, au milieu de la colonne mouvante. Ceux-là étaient les plus importants d'entre eux : Côme donnerait sa vie sans hésiter pour les protéger et leur permettre de fuir en cas d'attaque. Il les admirait, mais n'aurait pas voulu être à leur place. D'ailleurs, il surprenait souvent les tremblements qui agitaient leurs mains durant les haltes. Des frissons qui ne devaient rien au froid de la nuit, mais tout à la peur. Car si les marcheurs tombaient dans une embuscade, ce petit groupe périrait en premier.

Au nombre de six, disposés en forme d'étoile, ces phéniciers avaient été tirés au sort au départ d'Aldarenche. Si Côme parvenait à les mener à bon port, les noms de ces garçons resteraient gravés dans l'histoire. Sinon... il n'y aurait plus d'histoire pour se souvenir de quiconque parmi eux. La Charogne aurait tout englouti.

Les six transportaient les précieuses urnes noires contenant les Cendres des Phénix.

L'exode avait débuté peu après le départ de Januel de la Tour Écarlate. Les assauts répétés des Sombres Sentes contre le bâtiment rendaient la présence des phéniciers de plus en plus risquée. Certes, les autorités impériales avaient été promptes à mettre le doigt sur ce problème. Les phéniciers demeuraient leurs hôtes et leur protection était garantie par des gardes griféens qui tombaient, le cœur vaillant, devant le seuil de la Tour, en affrontant les Charognards. Mais la Tour était devenue un véritable appât pour les forces obscures, mettant en péril toute la ville et ainsi le cœur même du pouvoir grifféen. L'Empire craignait de tomber parmi les premiers royaumes à cause de la Tour, plantée dans son flanc comme un poignard empoisonné.

Les phéniciers avaient rétorqué que les armes qu'ils forgeaient jour et nuit étaient les seules à pouvoir repousser l'ennemi, et qu'en gardant la Guilde dans sa capitale l'Empire de Grif' s'assurait leur collaboration privilégiée.

Mais rapidement les jeunes disciples, réunis en assemblée, avaient dû en convenir : la Charogne voulait les détruire en priorité, et elle n'aurait de cesse qu'elle ne conduise des assauts au cœur d'Aldarenche jusqu'à l'extinction de la Guilde. Chaque matin ou presque, lorsqu'une aube grise se levait sur le profil couleur de rouille de la Tour de la Guilde-Mère, des cadavres traînaient sur le pavé tout autour. Leur putréfaction accélérée empuantissait l'atmosphère, faisant fuir les habitants du quartier. Les alentours du repaire des phéniciers avaient été désertés en quelques jours. Le sang brun pourri des Charognards et celui des défenseurs grifféens teintaient la base des murs de la Tour. Les moines s'empressaient d'assainir le périmètre à l'aide de torches allumées au feu des Phénix, mais cela ne suffisait plus à garantir la sécurité des survivants de la Guilde : des lézardes noires gravissaient les murs rouges de leur refuge. Malgré les épées forgées par les moines, les seules capables de repousser efficacement les hordes de la Charogne, le compte à rebours était enclenché.

Bientôt la Tour s'abattrait sous les coups de boutoir des assaillants vomis par les Sombres Sentes.

Il fallait partir. Il fallait se cacher.

Côme ramena ses longues mèches blondes sous sa capuche et rajusta sa houppelande. Le vent s'engouffrait trop facilement sous les deux manteaux qu'il avait revêtus. Il se sentait glacé jusqu'aux os. Hélas, des heures de marche l'attendaient encore. Il ne devait pas faiblir. Il pensait confusément que, dans leur groupe, le moindre signe de capitulation aurait raison de l'effort des autres phéniciers. Pour se redonner du courage, il se mit à psalmodier des versets de l'Asbeste, et bientôt toute la colonne fit résonner l'enseignement des Maîtres de la Guilde.

Ils étaient donc partis progressivement, par souci de discrétion. Trois détachements avaient quitté la Tour Écarlate à intervalles réguliers, emportant avec eux un chargement d'armes et d'urnes de Phénix. Ainsi, si l'un des groupes était décimé, toutes leurs chances ne seraient pas anéanties.

Dans un premier temps, les Grifféens les escortèrent jusqu'à la frontière avec les Provinces-Licornes, au sud-est. Les phéniciers montèrent sur des Griffons et franchirent de nombreuses lieues à travers les cieux en un temps record. La voie des airs restait encore la plus sûre et, au retour des Griffons, les disciples de la Tour furent soulagés d'apprendre que leurs frères avaient passé la frontière sans encombre. Par la suite, leurs interlocuteurs grifféens estimèrent que la présence des soldats impériaux, qui chevauchaient les Griffons de guerre, était requise sur d'autres fronts. Les Sombres Sentes se faisaient en effet de plus en plus nombreuses. Elles zébraient désormais l'Empire comme les rides le visage d'un vieillard. Chaque jour des villes tombaient, chaque jour les scribes impériaux rédigeaient la sinistre chronique de la chute de leur civilisation.

Lorsque le dernier détachement, celui que Côme devait diriger, s'était engouffré dans la nuit, il n'y avait plus de soldats pour les accompagner.

Le jeune homme se souviendrait toujours de ce moment tragique, quand il avait refermé derrière lui la lourde porte de la Tour Écarlate, n'y laissant que le vide et la désolation. Dans le cœur de Côme, cependant, brûlait un feu glorieux, et il avait surpris le même éclat dans le regard de Mel, le plus jeune d'entre eux, qui l'avait tiré par la manche pour lui faire signe de quitter les lieux sans tarder.

Mel cheminait à quelques coudées devant Côme, à présent. Du haut de ses douze ans, il faisait montre d'une vigueur étonnante, cadençant son pas au rythme d'une litanie incessante. Les mots s'échappaient à peine de sa bouche, mais Côme, en retrait, les devinait sans peine car, en produisant un effort continu, c'étaient toujours les mêmes qui revenaient :

« Je suis l'arme du Fils des Ondes, je suis l'arme du Fils des Ondes... »

À l'aube, les marcheurs harassés tombèrent à genoux les uns après les autres. On les eût crus fauchés par les lueurs rouges venues de l'horizon. Les six porteurs d'urnes se rassemblèrent autour de Côme et entamèrent le conciliabule quotidien. Côme passa en revue leurs figures défaites, couvertes de poussière, et leur prodigua les paroles habituelles de réconfort et d'encouragement. Puis il sortit des profondeurs de sa houppelande une petite boîte en bois clair et l'ouvrit. À l'intérieur, une sorte de liquide bleu miroita sous la lumière naissante du soleil. Côme brandit la boîte devant lui afin que ses compagnons puissent se pencher au-dessus. Ils scrutèrent son contenu et distinguèrent des petites bulles qui parcouraient l'épaisseur du liquide. Elles étaient pleines d'une pâle fumée orangée. Le souffle des Phénix.

Les disciples avaient découvert dans les archives des Maîtres de la Guilde-Mère la description de ce dispositif ingénieux qui n'était plus employé depuis longtemps. Suivant les instructions rédigées à la plume noire dans un énorme grimoire relié de cuir fauve, ils avaient recueilli l'air expiré par un Phénix dans une sorte de vase oblong et l'avaient plongé aussitôt dans une eau parfaitement pure où l'Onde allumait de légers reflets bleutés. Le souffle s'y était aggloméré en petites bulles lumineuses.

De cette façon, les phéniciers avaient fabriqué une sorte de boussole : les bulles, en résonance avec le Phénix dont le souffle leur avait donné naissance, indiquaient la direction à suivre pour retrouver leur propriétaire. Côme et ses frères s'en servaient pour s'orienter dans le désert depuis leur entrée en territoire licornéen.

Dans le cube de bois clair, les petites sphères orange parurent d'abord affolées puis s'alignèrent peu à peu, indiquant l'est.

— Ils sont là-bas, conclut Côme en désignant un rempart de dunes de sa main libre.

Les phéniciers eurent le sentiment qu'un baiser chaud et mouillé se déposait sur leur âme. Quelque part, au-delà de ces collines de sable, leurs frères les attendaient, veillant sur les Phénix dont ils avaient transporté les Cendres.

— Tu crois qu'ils sont en lieu sûr ? demanda l'un des porteurs à Côme.

— Comme toi, je l'espère, répondit-il en lui mettant une main rassurante sur l'épaule.

— Ils ont dû trouver l'Atelier secret dont parlait Maître Hori, hasarda un autre.

— Sans doute, fit Côme en rangeant la boîte dans sa poche. Au pire, ils auront élu domicile dans une caverne. Il paraît que cette région en dissimule beaucoup. C'est là que les Licornéens logent en compagnie de leur Féal durant la période d'initiation.

Les phéniciers, qui s'étaient tous relevés à présent, vinrent entourer Côme et les six porteurs.

— N'ayez crainte, lança le phénicier blond en allant de l'un à l'autre avec un sourire chaleureux. Cette nuit, vous avez bien marché. Cela nous a rapprochés de notre but. Si les Ondes le veulent, nous arriverons bientôt à bon port. Callo, Adaz, Jarne, déballez les tentes. Nous allons nous reposer quelques heures.

Le soleil tapait déjà fort. C'est pourquoi, dès la frontière passée, Côme avait décidé de marcher de nuit plutôt que de braver la chaleur insoutenable de la journée. Puisqu'il leur restait assez de provisions pour plusieurs jours, la troupe pouvait s'accorder un peu de repos. *Pourvu que l'Atelier ne soit qu'à quelques jours d'ici*, se dit Côme. Si ses calculs se révélaient faux, les phéniciers ne pourraient compter sur aucun secours.

Mel s'approcha de lui. Ses yeux trahissaient son épuisement. Ses joues d'enfant étaient creusées, son teint maladif, ses cheveux tombaient sur son front comme des morceaux d'écorce sèche, et ses jambes maigres vacillaient pitoyablement sous les pans de sa robe de moine.

Mais à sa ceinture pendait un fourreau massif d'où se dégageait une puissante aura, et Côme était certain que cette force magique communiquait au jeune garçon une résistance surhumaine. Mel avait insisté pour prendre la toute première épée forgée dans la Tour Écarlate après le départ de Januel. Il ne s'en séparait jamais.

Le phénicier blond joignit les mains et Mel lui répondit de même par le signe de l'Asbeste.

— Tu dois te reposer, toi aussi, lui intima Côme avec fermeté.

Il se sentait un peu son grand frère et se permettait de lui parler comme tel, bien que la hiérarchie ne lui conférât aucune autorité particulière. Depuis la mort des Maîtres de la Guilde-Mère, sacrifiés pour sauver Januel et son Phénix, tous les disciples étaient égaux.

— Le feu du Phénix est à mes côtés, fit Mel en desserrant à peine les mâchoires.

— Je ne voudrais pas que tu en pâtisses, lui rappela Côme. La lame te donne un peu de sa force, mais méfie-toi. Elle peut aussi outrepasser tes propres limites. À trop compter sur elle, tu négliges ton corps, et les conséquences...

— Que faire d'autre ? riposta Mel avec la faible énergie dont il était encore capable. Il faut bien marcher !

Côme ne s'en offusqua pas. Il était déjà miraculeux que leur compagnie eût survécu jusque-là. *Onze nous sommes partis, onze nous sommes encore*, pensa-t-il. *Tout est bon pour tenir le plus longtemps possible.*

Il songea alors à Januel, et au Phénix qu'il abritait au tréfonds de son cœur. Peut-être Mel, dans l'innocence ardente de sa jeunesse, imitait-il le Fils des Ondes, puisant dans son épée comme Januel puisait dans son hôte.

Depuis qu'il s'était avancé devant Januel, dans la Tour Écarlate d'Aldarenche, la vie de Mel avait basculé. Il n'avait que douze ans, et pas beaucoup plus aujourd'hui, mais il semblait être brusquement devenu un homme. Il avait enfin trouvé le moyen de venger sa famille. L'Élu des Ondes lui avait parlé et l'avait encouragé à porter l'épée pour combattre les Charognards.

Une larme coula sur la joue de Mel, et Côme ne put résister à l'envie de le serrer contre lui.

— Vingt lames, murmura Mel. Nous avons vingt lames, et les Charognards sont des milliers...

— Chut, le coupa Côme. Tu connais le pouvoir de ces armes. Personne ne peut les égaler. Quand nous en aurons forgé d'autres, quand nous en aurons cinquante, cent et plus encore, nous pourrons lancer la plus grande campagne contre la Charogne que le M'Onde ait jamais connue !

Adaz vint les prévenir que les tentes étaient prêtes à les accueillir. Sa peau sombre et ses traits rebondis attestaient de ses origines licornéennes. De la colonie phénicière, il était celui qui souffrait le moins des rigueurs du voyage. En un sens, il était de retour chez lui, se dit Mel en lui souriant.

— Je vais nous faire du thé, souffla Adaz.

Côme ôta l'un de ses deux manteaux. La chaleur du ciel commençait à cuire ses pommettes et son front. Ce soir, l'ombre de la nuit reviendrait sur eux, telles les ailes noires d'un gigantesque oiseau de suie.

« Nous sommes les armes du Fils de l'Onde », admit Côme en suivant ses deux frères.

Cependant, la nuit suivante ne se déroula pas du tout comme prévu.

Les marcheurs s'étaient remis en route peu avant le crépuscule et leurs pas marquaient le sable comme autant de glyphes les murailles d'un temple. Côme s'était posté à l'arrière de la petite troupe, tandis que Mel avançait aux côtés des porteurs d'urnes. Il laissait sa main sur le pommeau de son épée et en puisait à la fois de la ténacité et une douce chaleur.

Les phéniciers entreprenaient d'escalader les dunes de l'Est, aperçues le matin même, lorsque Adaz leva le bras pour stopper la compagnie et tira son épée avec la vivacité d'un chat.

Des exclamations étouffées fusèrent parmi le groupe et tous s'immobilisèrent, les yeux braqués sur le marcheur au teint d'ébène. Ce dernier scrutait les alentours, son regard fouillant l'immense étendue gris-bleu.

Côme se faufila entre les phéniciers figés et agrippa la robe d'Adaz.

— Quoi ? chuchota-t-il.

Le Licornéen, tous ses sens aux aguets, pivota lentement sur lui-même sans lui prêter attention. La lame de son épée luisait faiblement dans la noirceur nocturne, le métal émettant une légère aura jaune.

— Quoi ? répéta Côme en tirant son ami vers lui.

Les pupilles d'Adaz brillaient intensément. De peur ou de joie ? Côme était incapable de le dire.

Soudain, le jeune Noir se retourna et fit quelques pas dans le sable meuble avant de s'y aplatir.

Instinctivement, les autres phéniciers se couchèrent sur le sol, les six porteurs emmitouflant leur urne dans leur houppelande, entre le sable et leur propre poitrine.

Côme dégagea sa tête de la capuche pour libérer ses oreilles et chercher un bruit alentour. Rien. Rien que le silence infini. Même la brise ne soufflait plus.

Adaz lui fit signe et lui désigna un point, au sud-est.

Une forme se mouvait là-bas, à toute allure.

Un cavalier.

Il filait dans la nuit comme si sa monture ne faisait qu'effleurer le sol, accrochant l'ivoire fugitif de la lune sur sa robe cuivrée.

Les deux phéniciers fixèrent le cavalier et son destrier en retenant leur respiration.

— Il est à au moins... deux cents coudées d'ici, fit Côme. Si nous ne bougeons pas, il ne pourra pas nous apercevoir.

— Alors, c'est à nous d'aller à sa rencontre, dit Adaz.

— Pas question. C'est trop dangereux. Rien ne nous indique qu'il ne s'agit pas d'un ennemi. Les Cendres ne doivent pas tomber dans les mains de qui que ce soit. Plutôt mourir.

— Ce n'est pas un ennemi, assura Adaz en découvrant ses dents d'une blancheur immaculée. C'est un Licornéen.

— À cette distance, comment peux-tu...

Et alors Côme comprit.

Adaz avait été le seul à l'entendre, bien sûr. Le galop du Féal sur le sable était imperceptible à l'oreille, et quiconque n'avait pas vécu des années dans les replis du désert ne pouvait absolument pas le remarquer. Mais son rythme, les vibrations subtiles dont il imprégnait le sable...

Le cavalier montait une Licorne.

Quelques instants plus tard, le voyageur solitaire fit halte devant les phéniciers rassemblés. Certains d'entre eux tenaient en main leur épée dénudée. Ils manquaient d'assurance, mais ils se devaient de garder leurs armes prêtes, parés à toute éventualité. La menace pouvait surgir de n'importe où.

L'homme dévoila sa face à la lumière de la lune. Sous le capuchon du burnous de laine blanche, il avait le visage d'un noir profond, presque minéral, et un désespoir sans bornes sculptait ses traits. Son crâne était enserré dans une sorte de turban plat et surtout... il avait les yeux fermés.

Côme, flanqué d'Adaz et de Mel, resta interdit devant cette étrange posture. Puis, le cavalier demeurant sans réaction, Côme hocha la tête à l'adresse d'Adaz, et celui-ci rengaina son épée pour s'approcher de la Licorne.

Sa corne orgueilleuse se dressait vers la lune et son crin semblait tissé de cuivre chaud. Adaz résista à l'envie de caresser le Féal. Il était glacé d'admiration. Il préféra se glisser auprès du cavalier.

L'homme noir posa sa main sur la tête d'Adaz, lui arrachant un cri de stupeur.

Les phéniciers se précipitèrent à l'unisson, arme au poing. Le cavalier ouvrit les yeux : deux globes blancs étincelants, deux petites lunes dans l'obscurité. Il considéra les compagnons en caressant les cheveux d'Adaz et leur sourit avec tant de tendresse que les jeunes moines s'arrêtèrent net devant la Licorne.

— Enfin, je vous ai trouvés, murmura le cavalier d'une voix rauque. Vous êtes si jeunes... C'est un signe.

— Qui êtes-vous ? lança Côme.

— C'est un Muezzin, dit Adaz, des larmes perlant au coin des yeux.

— Mon nom est Ezrah, répondit l'homme et, comme s'il s'agissait d'une information capitale, il ajouta : Mon fils est mort hier.

Chapitre 3

Le silence pesait sur la salle principale du temple pèlerin d'Ancyle. Des lambeaux d'une fumée au parfum doucereux flottaient en spirale autour d'une tige cristalline. La foudre avait frappé à cet endroit. Canalisée par le savoir antique des Pèlerins, elle était venue du ciel pour franchir l'étroite ouverture octogonale qui perçait le sommet de la salle. Elle s'était enroulée autour de la tige pour venir s'abreuver à la magie minérale du socle de calcédoine où se dressaient Januel et Symentz puis elle s'était fragmentée pour puiser auprès des centaines de joyaux incrustés dans le sol la force de se rétracter et d'emporter vers les nuages les deux hommes qu'on lui offrait.

Un éclair blanc avait noyé le temple d'une lumière aveuglante. Puis le silence était revenu.

Arnhem, Seigneur de la Charogne, fut le premier à esquisser un geste. Il se tenait sur le balcon de marbre blanc qui saillait à mi-hauteur. Un genou à terre, il gardait la tête baissée, les poings serrés. Ses longs cheveux blonds tombaient en désordre sur ses épaules. L'épée aux reflets livides qu'il tenait encore dans sa main droite racla le sol lorsqu'il tenta une première fois de se redresser. Un son guttural s'échappa d'entre ses lèvres racornies mais son corps refusait de lui obéir. Son genou cuirassé retomba sur le sol avec un bruit sourd.

La rage, seule, lui donna la force nécessaire pour faire une nouvelle tentative et synchroniser le mouvement de ses bras et de ses jambes. Son crâne souffrait toujours des efforts fournis pour chasser le souvenir de Symentz. Le souvenir du métal, des lames de fer dressées dans sa conscience. Sa volonté avait plié sous leur tranchant, sa volonté avait succombé aux cauchemars du Basilik.

Il savait ses instants comptés ici même, dans le M'Onde. La Sombre Sente qui le reliait à la Charogne n'était plus qu'un fil fragile et invisible qui le maintenait en vie. Le long de son corps, plusieurs rivets fixés par les Carabins pour ralentir l'œuvre de la nécrose avaient cédé. Ils laissaient des blessures béantes teintées d'un sang noir et épais.

Lorsque enfin, il se redressa et que ses yeux, un moment aveuglés par la foudre, purent distinguer les parois du temple, il découvrit l'Archer Noir engagé sur les dernières marches de l'escalier qui menait au balcon. Dans ses mains vibraient un arc bandé et une flèche pointée dans sa direction.

— Si tu bouges, tu es mort, prévint ce dernier avec un rictus.

L'homme de petite taille qui s'exprimait avec cette voix ferme et menaçante s'appelait Tshan. Vêtu d'un pantalon de cuir noir et chaussé de hautes bottes en daim, il exhibait sur une poitrine nue et musculeuse la cicatrice d'une renaissance. Un symbole qu'il avait tracé, sur sa peau, à la pointe d'une flèche, sous le ciel d'Aldarenche, capitale de l'Empire de Grif'. Un tatouage enseigné par les maîtres aspics qui lui avait donné la force d'aller sauver celle qu'il aimait, d'arracher Scende la Draguéenne aux griffes des chevaliers du Lion et qui, finalement, lui avait offert l'occasion de retrouver l'usage de sa main diminuée. Il avait troqué l'existence morne et sans issue d'un tenancier d'Alguediane contre la vie d'un aventurier... et de sa cause. Et la preuve se lisait dans ses yeux où pétillait une joie sauvage.

Convaincu qu'il n'hésiterait pas à tirer, le Seigneur préféra obéir à l'injonction et focaliser son esprit sur la Sombre Sente qui, tendue à l'extrême et léchée par les flammes des Phénix des Origines, menaçait de se rompre à chaque instant.

Au même moment, la Draguéenne rejoignait Tshan sur le seuil du balcon.

— Je le veux vivant, ordonna-t-elle.

Elle se glissa au côté de l'Archer Noir et posa la main sur le bras de son compagnon.

— Baisse cette arme.

L'Archer Noir hésita et finalement céda avec un soupir.

— J'espère que tu sais ce que tu fais, murmura-t-il.

Scende opina sans conviction. Elle ignorait encore ce qu'elle pouvait attendre du Charognard mais elle le voulait en vertu d'une seule certitude : il demeurait la seule personne susceptible de la conduire vers Januel. L'angoisse qui la tenaillait avait accentué la pâleur de son visage encadré par des cheveux noirs et défaits. Elle avait ramené sur son corps les pans d'une cape noire qui portait encore l'odeur du phénicier. Une cape qui avait couvé leurs étreintes et qu'elle serrait contre sa poitrine comme une armure.

La beauté de son regard troubla le Seigneur qui la voyait à pas lents se porter à sa hauteur. Dans ses grands yeux violets brûlait une flamme qu'il redoutait, les braises mêlées de l'amour et de la haine. Rien ne saurait attendrir le cœur blessé de la Draguéenne. Elle attendait une réponse et il savait déjà qu'il la lui donnerait.

Elle s'immobilisa, les bras croisés sur la poitrine, le menton partiellement relevé.

— Dis-moi où il est.

Dans sa voix perçait une détresse que le Charognard savait déjà pouvoir exploiter à son avantage. Il prit appui sur son épée pour se tenir droit et, malgré les blessures et les tentatives répétées pour raffermir le fil qui le reliait encore au royaume des morts, il lui répondit d'une voix parfaitement maîtrisée :

— Demande au Pèlerin. Lui, il saura.

— Il l'ignore. Symentz seul peut décider où la foudre frappera. Toi, il t'a possédé. Et tu dois savoir où il va.

— Peut-être.

Il gagnait du temps et cherchait à la fragiliser. Il distinguait le tremblement de ses mains, son épuisement et sa nervosité. Il la voulait suppliante pour écarter définitivement la menace incarnée par l'Archer Noir. Tshan ne tenterait rien s'il se rendait compte combien l'aveu du Charognard importait pour elle. Il glissa un regard dans sa direction et le vit relâcher légèrement la traction exercée sur la corde de son arc.

Scende le surprit à l'instant même où il reporta son attention sur elle. Sa main droite jaillit avec une précision fulgurante et crocha son menton. La vie qui coulait dans les doigts de la Draguéenne lui arracha un grognement de douleur. Elle appuya le pouce sur la peau tendue de sa joue :

— Non, pas « peut-être »... Dis-moi où il va, articula-t-elle avec un rictus. Dis-le maintenant.

L'étau de sa main se resserra. Arnhem se retint de plonger sa lame dans les entrailles de la Draguéenne. Aucune créature, de ce M'Onde ou d'ailleurs, n'avait ainsi porté la main sur lui. Son poignet se crispa sur la garde de son épée. Un sourire au coin des lèvres, Tshan leva son arc.

Pas encore, songea le Charognard, *pas encore*...

— Même si je te le dis, tu ne pourras jamais le rejoindre.

— Dis-le, martela-t-elle.

La magie des Carabins s'écoulait par les blessures du Charognard. La nécrose longtemps bridée commençait déjà à agir et à affaiblir sa peau. Ses yeux voilés par la souffrance acquiescèrent en silence lorsque le pouce de la Draguéenne lui creva la joue avec un bruit mouillé.

— La Charogne. Ils vont tous deux en Charogne.

Arnhem l'avait su à l'instant précis où l'éclat de la foudre s'était dissipé. En dépit du fait que la magie des Pèlerins demeurait inviolable, la foudre ne pouvait franchir le linceul qui séparait le M'Onde du royaume des morts sans laisser une empreinte. Il ignorait encore les raisons qui poussaient Symentz à agir de la sorte et à trouver refuge à l'endroit même où Arnhem disposerait de tous les moyens nécessaires pour le traquer, le tuer et s'emparer de Januel. Mais il comptait bien profiter de l'occasion.

Le désespoir avait voilé le regard de la Draguéenne. Sa main poissée d'un liquide grisâtre abandonna le visage du Charognard et retomba mollement le long de son corps. Elle tressaillit lorsque la voix de Tshan, qui s'était glissé dans son dos, murmura :

— C'est fini, Scende. C'est fini. Il est trop tard.

Un sanglot, un seul, secoua les épaules de la Draguéenne avant qu'elle ne fît volte-face :

— Fini ? s'écria-t-elle d'une voix exaspérée. Mais qu'est-ce que tu en sais, hein ?

Tshan recula, surpris par sa réaction :

— Mais... enfin, tu ne peux plus rien faire. Ils sont en Charogne, insista-t-il d'une voix pesante.

— Et alors ?

— Alors ? Alors, tu vas ouvrir les yeux, maintenant ! Ce maudit phénicier t'a aveuglée. Il est parti, Scende. Parti, tu comprends ? Parti en Charogne ! Peut-être même est-il déjà mort... N'essaye pas de croire qu'il va revenir ou que tu peux le rejoindre. Réveille-toi !

Scende baissa les yeux. Les mots glissaient à la surface de sa conscience. Une conscience qu'un amour sincère et inébranlable avait polie comme le métal d'une armure.

— Je l'aime, souffla-t-elle.

— Foutaises ! s'exclama spontanément l'Archer Noir.

— C'est toi qui es aveugle, ajouta-t-elle d'une voix radoucie. Tu ignores tout de mes sentiments... Mais je l'aime, Tshan. Je l'aime au point de ne pas concevoir que la vie puisse avoir un sens sans être à ses côtés.

— Toi, la mercenaire, toi qui as grandi sous l'aile des Dragons, tu aimes cet adolescent ? Ne te

moque pas de moi, bon sang ! Aimer un gamin étouffé par sa bonté...
— L'Onde coule dans son corps, l'interrompit-elle. Ne lui reproche pas d'être bon.

Tshan jeta un regard de biais au Charognard pour s'assurer qu'il ne représentait plus une menace. Le Seigneur semblait sur le point de défaillir. Aux jointures de l'armure suintait le sang noir de son corps livré à la nécrose.

— Écoute-moi, poursuivit Scende. Je ne renoncerai pas à lui. Quoi qu'il en coûte.
— Sais-tu seulement si, lui, il t'aime ?

Un sourire pâle effleura les lèvres de la Draguéenne :
— Oui, je le crois. Et c'est sans doute cette seule et unique raison qui me fait l'aimer.

L'Archer Noir fronça les sourcils.
— Oui, Tshan. À ses côtés, j'ai découvert un sentiment qui m'était inconnu, la sensation d'être enfin utile, la sensation de pouvoir enfin consacrer mon cœur à une cause qui le méritait.
— Une cause ?
— Celle de ce garçon, de sa vie, de son amour. Une cause infiniment réelle comparée aux liens sacrés qui m'unissaient à Lhen.

Scende évoquait cet amant rencontré dans les brumes des souvenirs-dragons, cet homme vertueux et sage auprès duquel elle avait si souvent trouvé refuge pour échapper à l'éducation des prêtres draguéens.

— Et moi, alors ?
Sa voix se brisa :
— Toi, tu es Tshan l'Archer Noir. Un ami, un compagnon.

— Moi, je t'aime, avoua-t-il du bout des lèvres.
— Je sais mais je ne t'ai jamais menti sur ce point : je t'ai accordé les secrets de mon âme, c'est tout. Un don précieux que tu aurais tort de sous-estimer. Mais mon cœur, lui, appartient à Januel.
— C'est injuste.
— Sans doute.
— Oublie-le, dit-il d'une voix vibrante. Oublie Januel, oublie le M'Onde et viens avec moi.
— Ce que tu demandes est impossible. J'ai abandonné Lhen au passé. Je n'abandonnerai pas Januel à l'avenir.
— Mais cet avenir n'existe déjà plus. Januel a échoué et tu refuses de l'admettre ! Le M'Onde tel que nous l'avons connu est condamné. Pourquoi ne pas vivre les quelques années qu'il nous reste en essayant d'être heureux ?
— Heureux ? Tu me veux près de toi, le cœur meurtri ? Tu me veux à tes côtés, étouffée par les regrets de ne pas avoir tout tenté pour le sauver, lui ? Est-ce bien de ce fantôme que tu veux ?
— Ton âme me suffira, dit-il avec conviction.
— Mais la tienne, elle, ne me suffira pas.
Tshan frémit et songea à ses longues soirées dans la pénombre de son tripot d'Alguediane. Des nuits qui s'étiraient au rythme des chandelles, dans le brouhaha des beuveries et la fumée âcre des pipes, des nuits où son esprit mortifié trouvait refuge dans de douces illusions. Il s'imaginait toujours sur une même route, un simple sentier serpentant entre les troncs épais d'une forêt grifféenne. Il guidait par la bride un destrier à la robe brune monté par la Draguéenne. Elle souriait. Elle *lui* souriait et l'amour qu'il lisait dans ses yeux rendait son pas léger.

Un rêve, une illusion de plus.

La nuque raidie, il se détourna pour masquer son émotion. Le silence les sépara jusqu'à ce qu'un bruit sourd les fît tous deux se retourner.

Le Seigneur Arnhem venait de s'écrouler. Le dos appuyé contre la rambarde du balcon, la tête rejetée en arrière, il tâtonna de la main pour saisir son heaume de bataille et le ramena lentement contre son poitrail. Seuls les Carabins pouvaient désormais endiguer la nécrose qui rongeait ses os. Sous sa peau racornie, il pouvait presque sentir son squelette se transformer en un amas de branches mortes. Sa jambe droite avait cédé comme une brindille tandis que la pression exercée par l'armure sur ses épaules menaçait de briser sa colonne vertébrale. Il avait cru pouvoir ouvrir la Sombre Sente avant que la nécrose n'accomplisse son œuvre mais le mal progressait à une vitesse terrifiante.

Scende accourut vers lui et s'agenouilla.

— Laisse-le, cria Tshan. Il va crever.

La Draguéenne ignora l'avertissement et approcha son visage du crâne en putréfaction.

— Seigneur, vous m'entendez ?

Un râle s'échappa de la gorge du Charognard.

— Y a-t-il un moyen de vous sauver ?

— Tu es folle ? s'exclama Tshan en se portant à leur hauteur.

— Laisse-moi faire, répliqua-t-elle sèchement.

— Je te préviens, s'il bouge, il meurt, grogna-t-il en se décalant de manière à tenir le Charognard dans sa ligne de mire.

La Draguéenne l'ignora et répéta d'une voix fébrile :

— S'il y a un moyen de vous sauver, dites-le-nous.

— Mais qu'est-ce que tu cherches à faire, bon sang ? Cette pourriture doit crever.

La nécrose gagnait les yeux dont les contours s'affaissaient comme de la cire.

— Écartez-vous, tonna soudain une voix qui montait de l'escalier menant au balcon.

Demeuré en retrait, le capitaine Falken s'était décidé à intervenir. À pas mesurés, il escalada la volée de marches qui le séparait de ses compagnons et s'immobilisa aux pieds du Charognard.

Le visage rectangulaire du Pèlerin demeurait impavide mais son corps massif, jadis dressé comme un roc, ployait sous le poids de la honte. La foudre qui zébrait ses yeux avait perdu son éclat. Il passa machinalement la main sur sa tonsure couleur de fer et saisit Scende par les épaules :

— Tu es certaine de vouloir le faire ?

La Draguéenne soutint le regard du capitaine :

— Je crois, oui.

— Alors, je vais le sauver.

— Capitaine, de quoi parlez-vous ? intervint Tshan. Ne touchez pas à cette pourriture !

— Eh quoi ? Tu vas me tuer pour m'en empêcher ?

Falken reporta son attention sur Scende :

— Les Pèlerins assument depuis bien longtemps un pacte avec la Charogne, précisa-t-il avec un regard désabusé. La foudre frappe régulièrement aux portes du royaume des morts. Je peux le maintenir en vie un moment, le temps qu'il ouvre la Sombre Sente. Mais pas plus. S'il ne parvient pas à ouvrir ce passage, il est mort.

Scende hocha la tête, le teint livide. La résolution qui gravait ses traits incita l'Archer Noir à s'interposer de nouveau :

— À quoi jouez-vous, tous les deux ?

— Explique-lui, dit le capitaine. Moi, je m'occupe du Seigneur.

— M'expliquer quoi ? s'exclama Tshan. Assez !

Il banda brutalement la corde de son arc pour tirer. Scende se plaça devant lui, les bras ouverts, de manière à faire écran entre l'Archer Noir et le Charognard.

— Garde ton sang-froid, dit-elle.

— Ma mère était aspik, ricana-t-il. Ne t'en fais pas. Et maintenant, écarte-toi. Je vais le tuer et on discutera après.

— Il faudra me tuer d'abord.

— Tu espères qu'il te ramènera Januel, c'est ça ?

— Non, j'espère qu'il me mènera à lui.

Tshan relâcha la corde de son arme, stupéfait.

— Quoi ?

— Tu as très bien compris. Oui, je veux suivre Januel dans le royaume des morts. Et l'aider, du mieux que je pourrai.

Penché sur Arnhem, le capitaine avait hésité un court moment avant d'entreprendre le rituel qui lui permettrait d'accorder un sursis au Charognard. Cette magie-là se pratiquait d'ordinaire au chevet des Hauts Pèlerins à l'agonie. Falken lui-même avait accompagné de jeunes exodins vers ce sacrifice ultime afin de prolonger l'existence des maîtres de l'ordre. À cet instant précis, il s'engageait à les rejoindre en accueillant, dans sa chair, le mal qui rongeait le Charognard. Il ignorait si son corps y résisterait assez longtemps et si la foudre accorderait à son serviteur la force de mener son sacrifice à terme. Seule la présence de Scende l'aidait à supporter l'imminence de sa propre mort. Le courage et l'obstination de la Draguéenne lui inspiraient un profond respect. Une inspiration dont il voulait se nourrir parce qu'il n'avait plus la force de se respecter, lui.

« Une fin honorable », pensa-t-il en fermant les yeux.

Sous ses paupières closes brûlaient les étincelles de la foudre. Il s'enferma dans le silence et tâcha d'approcher avec précaution la magie qui couvait dans ses pupilles. Il lui fallait maîtriser une à une les étincelles qui composaient les deux arcs de la foudre et les guider à l'extérieur de son corps afin qu'elles le relient au Charognard.

Tels des serpents, les deux filaments blancs qui crépitaient dans ses yeux s'arrachèrent à l'attraction de leur maître puis commencèrent à glisser sous ses paupières. Elles ondulèrent dans l'air un moment et, mues par la volonté du capitaine, s'enquérirent du visage d'Arnhem.

Le Seigneur frémit au contact des filaments qui s'ancraient dans ses orbites. Falken, lui, se cambra brutalement, tétanisé par la violence du contact établi. La foudre avait ouvert les portes d'une âme corrompue et agonisante. La douleur du Charognard explosa dans l'esprit du capitaine et manqua de le consumer. Les mâchoires contractées, il rejeta la tête en arrière, la bouche ouverte sur un cri muet. Ses paupières fondirent presque instantanément et découvrirent ses yeux, deux puits d'une lumière blanche et crénelée où saillaient les filaments de la foudre.

Repue par le corps du Charognard, la nécrose se laissa néanmoins séduire par celui du capitaine. Sa vitalité était une offrande, sa chair une nourriture précieuse et rare.

Sous les regards horrifiés de Scende et de Tshan, elle s'engouffra dans le corps du capitaine avec un appétit féroce. Le visage tomba en premier. En quelques instants, la peau se flétrit et chuta en pelures noirâtres sur les épaules du Pèlerin. Galvanisée, la nécrose plongea dans sa gorge et se répandit en flots putrides dans sa poitrine.

Tshan soutint le spectacle de cette mise à mort jusqu'au bout. Il vit la cage thoracique s'effondrer sur elle-même, les os jaillir sous la peau comme les bras d'un noyé et se recroqueviller comme des branches brûlées, les bras se tordre et se désagréger et le cœur, mis à nu, se racornir comme une outre dans un ultime battement.

La lumière des filaments qui reliaient encore les yeux du Charognard à ceux du capitaine clignota et disparut totalement.

— Capitaine... murmura Tshan.

Scende retint un haut-le-cœur en sentant l'odeur de putréfaction. Les lèvres pincées, elle parvint néanmoins à vaincre sa répugnance et à enjamber le cadavre informe du Pèlerin pour se pencher sur Arnhem.

— Seigneur, vous m'entendez?

Le Charognard hocha la tête et, en dépit de l'abîme qui les séparait, salua en pensée le courage du capitaine Falken. L'homme avait résisté jusqu'au dernier soupir afin de piéger la nécrose dans son propre corps.

L'énergie de la Sombre Sente affluait désormais dans l'esprit du Charognard. Ses blessures avaient cessé de saigner et ses os brisés consentaient à retrouver un semblant de vigueur. Le sursis accordé par le sacrifice du Pèlerin serait de courte durée. La nécrose était une hydre éternelle logée dans son âme depuis qu'il avait quitté le monde des vivants. Le capitaine était parvenu à trancher une tête mais la bête préparait déjà un nouvel assaut.

Il referma le poing sur la garde de son épée et se releva. Scende se tenait devant lui, drapée dans sa cape noire.

— Conduisez-moi en Charogne.

— Et en vertu de quoi t'accorderais-je une telle faveur ?

— Le capitaine vous a sauvé.

— Votre miséricorde est pathétique, répliqua-t-il. Votre compagnie m'indispose.

— La tienne aussi, intervint Tshan, une flèche bandée.

— Tu veux me tuer malgré le sacrifice de ton compagnon ?

— Falken avait ses raisons pour te sauver. Moi, j'ai les miennes pour t'achever.

— Et qu'en pense la Draguéenne ? Vas-tu la tuer elle aussi pour parvenir à tes fins ?

— Pourriture... grinça l'Archer Noir.

Scende pivota vers Tshan :

— S'il refuse de m'emmener avec lui, tue-le. Et vous, Seigneur, poursuivit-elle, vous allez me conduire dans le royaume des morts. Je n'en demande pas plus. À compter du moment où nous serons en Charogne, vous m'abandonnerez. Je me débrouillerai seule. Vous suivrez votre route et moi la mienne. Le destin seul décidera si nos routes doivent encore se croiser.

— Même s'il accepte, il ne tiendra pas parole, affirma l'Archer Noir. Une fois là-bas, il peut décider ce qu'il veut. Tu essayes de faire confiance à un Charognard, Scende. C'est une grossière erreur.

— Laisse-moi en juger.

Le Seigneur voyait la Sombre Sente s'incarner lentement dans le temple. Une aura qu'il était encore le seul à percevoir, une infime perturbation de l'air qui annonçait l'ouverture d'un passage vers le royaume des morts. Cette lente incarnation augurait d'une vengeance qu'il voulait assouvir au mépris de toute autre considération. Peu importait que la Draguéenne fût présente sur le chemin du retour. Par jeu ou peut-être en souvenir du capitaine, il la prendrait avec lui et la conduirait en Charogne. L'essentiel, pour lui, était ailleurs : dans ce temple qui avait abrité sa déchéance, dans cette cité qui avait toléré son humiliation. En donnant sa vie, le Pèlerin avait rendu possible cette vengeance primordiale, ce désir enfoui d'éradiquer le théâtre de son échec.

À travers la Sombre Sente, il déployait déjà son esprit pour ordonner à ses troupes de converger vers Ancyle et de renoncer aux innombrables fronts ouverts sur le M'Onde pour satisfaire son désir. En dépit de la nature insensée d'un tel ordre, les Charognards obéirent à leur maître. Arnhem savait comment obtenir de ses troupes un engagement viscéral : il offrait en pâture une Tarasque, un Féal majestueux et tout entier dévoué à l'Onde.

La voix tranchante de Scende l'empêcha de profiter plus longtemps des vibrations d'allégresse transmises par ses troupes.

— Seigneur, je veux une réponse.

Elle s'était écartée de manière à laisser à l'Archer Noir l'opportunité de tirer. Ce dernier frémissait d'impatience et Arnhem ne tenait pas à prendre le moindre risque. Il était encore trop faible pour s'opposer à l'archer. Céder ainsi au chantage l'agaçait mais une telle concession représentait finalement bien peu comparée aux événements à venir.

— Soit, tu viens avec moi. Mais auparavant, il y a un détail qu'il nous faut régler.

— Il gagne du temps, grommela Tshan.

D'un petit mouvement de la tête, Scende invita le Charognard à continuer :

— Pour me suivre, tu dois d'abord mourir. La Sombre Sente ne t'acceptera jamais si la vie coule encore dans tes veines.

La Draguéenne se crispa. Le Seigneur lut la peur dans ses yeux et sentit que, pour la première fois, elle hésitait.

— Écoute-le ! railla Tshan. Il se moque de nous. Assez ! Finissons-en !

D'un geste, Scende lui intima de ne pas bouger. Dans son cœur, des sentiments enfouis livraient un terrible combat. Elle avait cru pouvoir faire taire cet instinct de survie aiguisé dans les méandres de Dohoss la Noire et forgé en compagnie des Archers Noirs. Un instinct tapi dans chaque fibre de son corps, un instinct qui gémissait à présent dans son âme comme un fantôme trop vite oublié. Il lui commandait de renoncer, de ne pas oublier qu'elle traitait avec un Charognard et que la créature mentait probablement dans l'espoir de se débarrasser d'elle une fois qu'ils se retrouveraient dans le royaume des morts.

Renoncer.

Son cœur lui dictait de n'en rien faire, d'être enfin celle qu'elle avait toujours rêvé d'être étant petite lorsqu'elle s'endormait contre la gueule tiède du dragon qui veillait sur son éducation. Des moments intimes qui surgissaient de sa mémoire, qui lui rappelaient la façon dont elle glissait ses petites mains entre les écailles du Féal dans l'espoir de toucher son cœur, la manière dont elle le chatouillait en soufflant dans ses narines lorsqu'il s'assoupissait. Tous ces jeux qu'elle inventait pour créer entre eux des rapports qui n'étaient pas ceux d'un mentor et de son disciple mais ceux de deux amants qui s'envoleraient, une nuit, dans le ciel de Dohoss pour disparaître à l'horizon. Des rêves d'enfant qui ne disaient qu'une chose : être aimée, elle, tout entière, et pas seulement pour ce qu'elle représentait aux yeux d'un royaume et de son avenir. Elle récoltait à cet instant précis le semis d'une indifférence, celle des prêtresses draguéennes qui n'avaient jamais su parler à son cœur.

Januel, lui, savait. Et elle comprit que cela suffisait.

Elle fixa sur le Seigneur un regard dénué d'expression comme si les instants à venir ne devaient jamais pouvoir exister.

— Alors, tuez-moi, dit-elle d'une voix désincarnée.

— Scende, non ! cria Tshan.

Un rictus fendit le visage du Charognard.

— Je ne peux pas, confessa-t-il d'une voix mielleuse. Si tu meurs par la main d'un Charognard, les Ondes accourront pour sauver ton âme. À terme, peut-être rejoindras-tu le royaume des morts mais cela prendra du temps. Beaucoup trop de temps. Non, Draguéenne, si tu dois mourir, c'est par la main d'un être vivant.

Un rire caverneux s'échappa de sa gorge.

— Lui, par exemple.

Un lourd et long silence ponctua les derniers mots du Charognard.

— Un tissu de mensonges... protesta Tshan. Ne l'écoute pas, Scende. Surtout, ne crois pas un mot de tout ça...

La voix de l'Archer Noir tremblait, de même que sa main. Les démons du passé s'étaient soudain emparés de celle qu'il avait crue sauvée. L'arme tressautait entre ses mains et le rictus du Charognard s'élargissait. Scende, de son côté, recula jusqu'à la rambarde et s'y agrippa de toutes ses forces. Son esprit refusait de fonctionner, engourdi par les insinuations d'Arnhem. Devoir mourir et ce, par la main de son plus vieil ami ? Elle vit des larmes de rage embuer les yeux de l'Archer Noir et murmura :

— Trouve un Taraséen... n'importe lequel... qu'il me tue, lui. Mais pas toi, pas toi, vieux serpent. Pas toi...

— Pas le temps, maugréa Arnhem. La nécrose s'éveille. Je vais devoir partir.

Il se délectait du drame qui se nouait devant lui, excité à l'idée de savoir si oui ou non l'Archer Noir était capable de tuer celle qu'il aimait pour lui offrir une chance *de rejoindre celui qu'elle aimait*.

— Alors ? La décision t'appartient, archer. Allez,

quoi, une seule flèche... Vise le cœur ou la gorge, elle ne souffrira pas longtemps.

— Non... protesta Tshan.

Confondu par l'ironie et la cruauté du sort, l'Archer Noir hurla. Un cri bref, déchirant pour repousser les larmes et le tremblement de sa main. Autour de lui, les parois du temple semblaient se dissoudre dans l'obscurité de la Sombre Sente en formation.

Son cri avait transpercé le voile de plomb qui pesait sur l'esprit de la Draguéenne. Sans prendre le temps de réfléchir, elle se précipita vers l'Archer Noir et vint coller sa poitrine contre l'extrémité de sa flèche bandée.

— Tue-moi, allez, tue-moi, vieux serpent. Fais-le pour moi.

Les mots s'étranglaient dans sa gorge nouée par l'émotion. Tshan secoua la tête :

— Non... jamais.

— Allez, allez... fit le Charognard d'une voix gourmande. Il faut se décider, archer.

— Fais-le ! ordonna Scende.

— Il en est incapable, souffla Arnhem, désappointé. Incapable, j'en suis sûr. Je perds mon temps.

— Fais-le, vieux serpent. Si tu m'aimes, fais-le, tue-moi !

La colère embrasait les yeux de la Draguéenne. Elle s'était résolue à mourir mais savait que le temps jouait en sa défaveur. Plus Tshan hésitait et retardait l'échéance, plus elle doutait d'avoir le courage d'en finir.

Les joues baignées de larmes, l'Archer Noir baissa son arme :

— Non. Je ne peux pas faire ça.

Scende poussa un cri guttural et le bouscula du plat de la main :

— Alors, tu es un lâche, vieux serpent, c'est bien ça ? Tu es resté le même... en retrait, derrière ton arc, incapable d'affronter la mort. Un lâche. Un bâtard tout juste bon à essuyer la surface d'un comptoir. Qu'est-ce qui m'a pris de te faire confiance, hein ? J'aurais dû te laisser croupir là-bas.

Elle le poussait devant elle avec une expression enragée qu'elle espérait convaincante.

— Tu me répugnes, vieux serpent. Toi, tu prétends m'aimer ? Je préférerais m'offrir à Arnhem plutôt que d'imaginer tes mains sur mon corps !

— Excellent... gloussa le Charognard.

— Scende... supplia l'Archer Noir, arrête.

— Non, cracha-t-elle au moment même où craquaient les coutures de la robe qu'elle portait sous sa cape.

Dans un bruissement, deux ailes écailleuses se déployèrent dans son dos tandis que sa peau durcissait. Nourrie par l'émotion, la mutation opérait à toute vitesse. Au creux de ses joues livides fleurirent les premières écailles aux reflets de bronze. L'air brassé par le battement de ses ailes gonfla sa cape noire et sa chevelure d'onyx.

— Tu m'obliges à te tuer, vieux serpent, grondat-elle d'une voix déformée.

— Superbe ! s'exclama le Charognard.

Acculé à la première marche de l'escalier, Tshan bloqua son souffle et pointa sa flèche sur le front de la Draguéenne :

— Une dernière fois, arrête !

Scende fit un pas dans sa direction et sut que le suivant serait décisif. Un pas de plus mettrait l'Archer Noir à portée des griffes qui pointaient entre ses phalanges. Il le savait et malgré l'indécision qui brillait dans ses yeux, elle distingua l'envie de vivre à tout prix.

Son dos se contracta et ses ailes la propulsèrent en avant. Elle bondit sur l'Archer Noir, les bras tendus en avant, les griffes tendues vers sa gorge.

Tshan vit un Dragon en formation se jeter sur lui, une créature terrifiante qui cherchait à le tuer.

— Non ! hurla-t-il.

Une corde siffla et la flèche, si longtemps retenue, percuta le front de la Draguéenne de plein fouet. Le trait stoppa net l'élan de son attaque. Elle chuta et mourut avant d'avoir touché le sol.

Chapitre 4

L'Atelier élevait ses murs noircis au creux d'un cercle de dunes crayeuses. Quand les phéniciers arrivèrent en vue du refuge qu'ils cherchaient sans y croire tout à fait, le soleil écrasait le paysage et achevait de brûler les visages et les mains des garçons. Ils n'avaient plus une goutte d'eau depuis le début de la journée, leurs gourdes se desséchaient quelque part derrière eux, mais Ezrah avait su leur indiquer la meilleure façon de sillonner les sables de son pays, leur faisant gagner un temps précieux. Le Licornéen avait également soutenu le moral des plus jeunes de la troupe en leur prodiguant des paroles simples et rudes, qui avaient touché leurs âmes d'enfants prématurément vieillis.

Ses paroles commençaient toujours par « Mon fils est mort hier ».

Côme n'aurait jamais imaginé qu'un homme pût renfermer tant de peine et trouver tout de même la force de rendre l'espoir à d'autres. Il avait compris que le Muezzin puisait dans sa propre douleur le courage et la lucidité nécessaires pour motiver des garçons qui n'étaient pas plus âgés que son fils.

Tel était le signe qu'il avait évoqué lors de leur rencontre.

— Voyez, dit Ezrah en décrivant le cercle de dunes d'un geste large. La lumière du soleil s'accroche aux arêtes de ces dunes et la diffraction dissimule en grande partie ce que vous appelez l'Atelier. Seuls les Cavaliers des Sables ont l'œil pour repérer ce phénomène et percer son secret.

— Sans vous, nous serions peut-être passés à côté sans nous en apercevoir, s'exclama Mel.

— Sans vous, sans l'espoir que vous portez dans vos urnes et vos fourreaux, je me serais laissé mourir sur le champ de bataille, rectifia le Muezzin.

Mel ne répondit pas, la gorge serrée.

En gravissant les dunes couleur de craie, les phéniciers entonnèrent des versets de l'Asbeste, et cette fois, leurs voix exprimaient la joie, une joie sereine et intime.

— Nous allons retrouver nos frères et recréer la Guilde, dit Adaz au Muezzin qui marchait à présent à côté de la Licorne.

— Je comprends, fit Ezrah. Tu appartiens à deux communautés : celle des hommes des sables et celle des hommes du feu. Tu as de la chance d'avoir une aussi grande famille !

Et d'avoir rencontré un nouveau père, eut envie d'ajouter Adaz, mais il se retint. Ses parents à lui étaient morts alors qu'il n'avait pas sept ans. Il était ainsi devenu un disciple de la Tour Écarlate d'Aldarenche bien avant de savoir en quoi cela consistait. Plus tard, il avait cru comprendre que ses défunts parents étaient des dignitaires des Provinces-Licornes et que les Maîtres de la Guilde-Mère avaient vu une chance politique dans le fait d'intégrer le petit garçon dans leurs rangs. Et comme Adaz s'était avéré une recrue de talent, la chance était double.

Aujourd'hui, Adaz se rendait compte que son appartenance au peuple licornéen ne pouvait se démentir, malgré les années d'éloignement. Sa fascination pour le Muezzin et sa Licorne était intense, et il avait l'impression très nette que le Féal ne s'y trompait pas. Chaque jour de sommeil, à la suite de la rencontre avec le cavalier, il avait rêvé du magnifique animal, emplissant son esprit d'une lumière bienfaisante toute la nuit suivante.

En outre, il n'avait cessé de penser à la transe que leur avait décrite Ezrah, lorsque les onze phéniciers avaient fait cercle autour du Muezzin, peu après son arrivée. Dès que Souma, son fils, était tombé sous les coups des Charognards, en première ligne de la bataille, Ezrah avait compris que le combat n'avait plus de raison d'être. Clairvoyance ou intuition, il n'en savait rien. Une chose était sûre : les Cavaliers des Sables avaient perdu d'avance. Les guerriers sans visage, harnachés de pièces d'armures noirâtres et armés de hallebardes mangées de rouille, jaillissaient par dizaines des Sombres Sentes. Les dunes lancées contre eux par les Muezzins échouaient à les engloutir, comme si le mal qu'ils charriaient avec eux suffisait à les dissoudre. Elles se démantelaient à leur contact et éclataient en gerbes beiges. Les Cavaliers des Sables qui les montaient et les dirigeaient à l'aide de filins de lianes tressées devaient alors sauter sur les Charognards pour un ultime combat au corps à corps. Leurs lames-licorne déchiraient les gorges et les muscles de leurs adversaires mais ceux-ci étaient beaucoup trop nombreux.

« Vos dunes sont vos tombeaux, scandaient les

Muezzins à l'arrière, et la poussière de vos os alimentera les nouvelles dunes ! »

Mais le cœur n'y était plus. Les lignes reculaient inexorablement, laissant le champ libre aux Sombres Sentes et aux hordes de Charognards.

Ezrah avait dû se résoudre à abandonner la dépouille de son fils. Faisant taire la douleur abyssale qui l'éventrait à cette idée, il avait enfourché une Licorne et l'avait lancée au grand galop vers l'horizon. Puis, ignorant les larmes qui inondaient son visage et l'image obsédante de son fils buvant dans la corne, la veille de ce jour tragique, il avait réussi à entrer en transe en se concentrant sur le rythme de sa monture.

Très vite, une autre image avait chassé dans son esprit celle de son fils. Une grande flamme... Une flamme avec des ailes et un bec puissant. Une créature majestueuse et flamboyante.

Un Phénix.

Il n'en avait jamais vu de sa vie et pourtant il en était certain.

La Licorne lui envoyait l'image d'un autre Féal. Elle le conduisait vers lui, suivant le fil des dernières Ondes subtiles irriguant le désert.

Puis, peu à peu, la vision s'était précisée : il y avait plusieurs flammes, portées comme des torches, ou plutôt des épées.

Ainsi Ezrah s'était-il laissé guider, en aveugle, vers les phéniciers en marche pour le refuge de leur guilde.

À quelques dizaines de coudées de l'Atelier, les urnes des six porteurs se mirent à gronder sourdement. Les phéniciers s'immobilisèrent et contemplèrent la bâtisse nichée au creux du désert.

De hauts murs de pierre grise, maculés de traces noirâtres pareilles aux séquelles d'un incendie, composaient une sorte de pyramide. Trois tourelles rouges évoquant des Tours Écarlates miniatures se dressaient à chaque pointe, comme surgies du sol pour contenir le bâtiment principal.

Une porte triangulaire de fer sombre se découpait dans le flanc qui faisait face aux voyageurs. Des meurtrières étaient éparpillées à diverses hauteurs.

Côme et Mel s'avancèrent jusqu'à la porte et, sans qu'ils aient eu à frapper, celle-ci s'entrebâilla en grinçant.

De l'ombre sortit un adolescent au crâne rasé, vêtu d'une robe de bure que les arrivants connaissaient bien. En dévisageant les deux phéniciers aux houppelandes couvertes de poussière claire, il écarquilla les yeux et bredouilla :

— Côme ! Mel ! Vous... vous êtes là !

Une explosion de vivats résonna à l'intérieur de la pyramide, relayée par les neuf moines au-dehors. Tous s'étreignirent avant de s'engouffrer dans l'ombre de l'Atelier.

Ezrah caressa avec respect la tête de la Licorne et avisa les environs, le regard méfiant. Le vent rasait la crête des collines. Le soleil régnait sur la plaine blanchâtre.

Apparemment, ils étaient seuls.

Pourtant, Ezrah en aurait juré, l'air charriait des relents nauséabonds. Ou étaient-ce ceux de ses mauvais souvenirs ? Il préférait rester sur le qui-vive.

Le Muezzin se dirigea lentement vers l'entrée de la pyramide, la Licorne à ses côtés.

« Le danger n'a pas d'ombre », disait un proverbe licornéen.

L'Atelier n'était qu'une énorme forge. Côme et ses compagnons, après avoir goûté un repos bien mérité, visitèrent les lieux, guidés par Genque, le chef de la première expédition partie de la Tour d'Aldarenche. Dès son arrivée, ce groupe avait entreposé les urnes contenant les Cendres des Phénix, procédé aux Renaissances – trop hâtivement, à l'évidence, puisque deux phéniciers avaient péri – et remis la forge en activité. Fort heureusement, les Maîtres avaient engrangé de grandes quantités de métal prêt à être fondu. La fabrication des nouvelles épées avait donc pu démarrer rapidement, et Mel et ses frères contemplaient, le cœur battant, les superbes lames attendant le sang des Charognards.

À part quelques cellules servant de pauvres logis aux membres de la Guilde et un entrepôt réservé aux provisions, la pyramide ne comprenait que des âtres, des fours, des cheminées gravés des préceptes de l'Asbeste, et des ateliers où cognaient jour et nuit les marteaux des jeunes forgerons. Et depuis le sol de pierre jusque dans les hauteurs obscures, coulaient des rigoles d'acier en fusion dont l'éclatante lumière rouge suffisait à éclairer ce refuge de pierre et les gestes harassants des phéniciers.

Elle avait été conçue par les Maîtres phéniciers au cas où il faudrait produire des armes en nombre, en temps de guerre, et en des endroits moins en vue que les Tours Écarlates semées dans les différents royaumes. Les jeunes moines devinaient que d'autres Chambres étaient nichées de par le M'Onde.

Au cœur de la bâtisse, une salle délimitée par des parois épaisses abritait les urnes des Phénix et les rituels de Renaissance. Ezrah s'en tint le plus éloigné possible, pris d'une crainte respectueuse, et aussi parce que, comme Adaz le lui avait expliqué, la résurrection des Féals de feu recelait un terrible danger pour les non-initiés. Le Phénix qui se réveillait sentait immédiatement la présence d'un intrus et pouvait céder au réflexe de le foudroyer sur place.

Le Muezzin considéra avec un étonnement renouvelé ces adolescents qui procédaient à des rituels si périlleux et sa poitrine se gonfla d'admiration pour eux. Du reste, la présence du Licornéen dans la pyramide avait été âprement discutée entre les phéniciers, certains refusant obstinément de laisser un profane découvrir les secrets jalousement gardés par la Guilde depuis des générations. Mais Côme, Mel et Adaz surent tenir tête à cette hostilité.

— Le Fils des Ondes n'a-t-il pas dit de donner les lames de feu à qui les désirait ? avait clamé Mel, au comble de la colère.

— De les vendre pour presque rien, avait rectifié Côme.

— Mais sûrement pas de laisser entrer le premier venu dans la Tour Écarlate ! avait explosé l'un des forgerons.

Mel avait immédiatement empoigné une épée et, déclenchant une stupeur choquée parmi ses condisciples, en avait pointé la lame sur la glotte du garçon, qui devait avoir deux ou trois ans de plus que lui.

— Écoute-moi, et vous autres aussi, écoutez-moi bien. Nous sommes les derniers phéniciers et si nous disparaissons, l'Asbeste disparaîtra avec nous. L'Asbeste est désormais ce que nous voudrons en faire. À quoi peut servir notre enseignement ? C'est la guerre, et la doctrine de nos Maîtres doit servir à la gagner !

Devant ses frères pétrifiés, Mel se révélait un véritable chef, un guerrier né pour commander des troupes. Côme n'avait pu s'empêcher de penser, une fois de plus, que la compagnie permanente de son épée avait influencé ce garçon de douze ans. L'imminence du combat était devenue chez lui une préoccupation obsédante. Plus encore : c'était le destin que Mel s'était choisi. Une destinée tragique, cendreuse comme l'air chargé qui saturait la forge, sanglante comme la couleur que le métal en fusion faisait rougeoyer sur les murs.

— Pourquoi fabriquer des épées ? avait poursuivi Mel en brandissant sa lame. Pourquoi se crever au labeur ? Pourquoi avoir quitté notre Tour et bravé le désert ? Parce que Januel nous l'a demandé ! Pour honorer la mémoire de nos Maîtres ! Pour les Féals et les êtres des Ondes qui livrent un combat sans merci et qui comptent sur nous. Car... vous êtes comme moi, vous n'avez plus de parents, plus de familles, plus rien d'autre que la Guilde dans votre vie. Et la Guilde n'est plus qu'un tas de cendres ! Maintenant, nous sommes tous les enfants des Féals.

» Chaque fois que nous faisons renaître un Phénix, c'est la mémoire des Origines que nous ravivons. Chaque fois qu'une lame sort de vos mains blessées, un frisson de terreur pure s'empare de nos ennemis. J'en suis sûr ! La Charogne est partout, elle dévore le M'Onde, et vous, vous restez attachés aux textes griffonnés sur des grimoires pourris vieux de plusieurs siècles ?

— Puis-je parler ? avait alors demandé Ezrah qui s'était approché en entendant les cris de Mel.

Comme personne ne lui avait répondu, l'homme noir avait fait face à l'assemblée des moines. Il avait repoussé son capuchon brodé de rouge et passé une longue main froissée sur ses cheveux blancs et ras. Sa face ravagée par le chagrin et le désert avait paru gravée dans le quartz noir et ses yeux d'un blanc étincelant avaient percé l'âme des disciples.

Il avait raconté la mort de son fils, bien entendu, mais aussi sa naissance et sa jeunesse. Il avait décrit l'oasis de son père et son admission parmi les Muezzins, les nuits passées à communier avec la Licorne dans le ventre du désert, l'apprentissage de la langue du vent des sables et les drogues qui lui avaient révélé les chemins secrets des Ondes à travers les Provinces.

— Que vous le vouliez ou non, vous êtes devenus des moines-soldats. Vous avez tous l'âge d'être mon fils, et vous sentez que le chemin qui s'ouvre devant vous est la négation de ce en quoi vous avez cru jusqu'ici. Souma était pareil. Il incarnait le changement à venir, une génération désirant une autre existence que la nôtre et celle de nos pères, et en même temps il avait peur de sortir du sillon que les Licornes ont tracé pour notre peuple depuis les Origines.

» Vous n'avez plus le choix. Vous pouvez contester le dévoiement de votre ordre et de votre vocation. Pourtant, un destin que vous n'avez pas voulu, qu'aucun d'entre nous n'a désiré, vous a pris dans ses serres, et ce destin exige le sacrifice de vos vœux avant celui de votre vie.

» Nous autres Licornéens sommes prompts à combattre, et nous abhorrons la lâcheté, nous condamnons les fuyards et les déserteurs à avoir les mains tranchées pour que tous voient qu'ils ont refusé d'agir. Je suis moi-même un lâche, car j'ai abandonné mon territoire et mon peuple pour venir vers vous, et je ne me fais aucune illusion sur le sort que les Licornéens me réservent à mon retour. Mais je sais, dans le fond de mon cœur, que j'ai suivi les Ondes.

» Si je suis ici, parmi vous, c'est grâce à un Féal, grâce à la Licorne. Car les Ondes ont parlé à la Licorne, comme à tous les Féals des royaumes. C'est une devise, un blason, la sentence qui doit être inscrite sur le front de tous les guerriers et les bannières qui flottent au-dessus des champs de bataille, car c'est le maître mot de notre combat, à tous. Je ne sais pas d'où elle vient, mais je peux vous dire...

L'émotion étreignit le Muezzin. Il déglutit avant de pouvoir achever :

— Je peux vous dire qu'elle est le creuset où continue de brûler l'âme de Souma, mon fils...

Un appel brisa le fil des souvenirs de Côme. Maintenant que les nouveaux venus se mettaient tous au travail dans la forge, les phéniciers avaient besoin de tous les bras volontaires, sans exception. C'était Adaz qui attirait l'attention de Côme sur la salle des Renaissances.

— Ils t'attendent ! cria le jeune Licornéen.

— J'y vais !

Tout en se dirigeant vers les urnes de métal noir, Côme repensa à la manière dont le Muezzin avait été finalement accepté, et par la suite quasiment célébré par les phéniciers. Il ne pouvait faire mieux.

La dernière phrase d'Ezrah, la devise qu'il évoquait, chacun des phéniciers réunis aurait pu la prononcer en même temps que lui, car eux savaient qui en était l'auteur, ils l'avaient même entendue de sa propre bouche.

« Aucune braise ne mérite de s'éteindre. »

Chapitre 5

Ancyle, la septième cité taraséenne, s'était engagée au début de la nuit dans des eaux profondes et agitées. Seules les Tarasques pouvaient ainsi couper la mer d'Ébène en son centre pour rallier les Contrées Pégasines. Aucun navire ne rivalisait avec la robustesse et l'envergure des Féals qui défiaient sans contrainte les courants marins et les vents glacés.

À l'avant de la cité se distinguait le relief bombé du nez de la créature, une étrave squameuse et pointue qui fendait avec obstination les vagues de jais. La majesté d'un tel spectacle s'appréciait du sommet des tours de corail qui hérissaient le crâne de la Tarasque. On y donnait chaque soir des soupers intimes et raffinés où se pressait la noblesse taraséenne.

Mutzu le Shejisten achevait une coupe de vin sur la terrasse d'une tour. Calé dans un large fauteuil de bois blanc, il observait d'un œil las le ballet silencieux des serviteurs qui débarrassaient les reliefs d'un festin donné dans la soirée. Au-dessus de lui ondulait le corps luisant d'une grande méduse dont les filaments s'ancraient au couronnement de la tour. Enroulés autour des créneaux, ils dégringolaient le long de l'édifice comme du lierre grimpant et disparaissaient, à la surface du sol, dans le corps du Féal afin de s'en nourrir. Cette étrange toiture organique éclairait la terrasse d'une lumière pâle et argentée.

Mutzu s'y sentait à son aise bien qu'il fût d'humeur maussade. Le rôle de Shejisten lui laissait souvent entrevoir bien plus de responsabilités qu'il ne le désirait. Il regrettait parfois de ne pas avoir suivi les traces de son père pour devenir un simple artisan derrière un étal du quartier des Songes. Pourtant, rien n'aurait pu le convaincre de renoncer à ses rêves. Sa jeunesse se résumait à cette enceinte qui séparait le corps principal de la cité de la gueule du Féal. Une enceinte qui avait cristallisé ses ambitions et qui, une fois franchie, s'était dressée à jamais dans ses cauchemars lorsqu'il partageait l'intimité de la Tarasque.

Une bourrasque fit gémir les filaments de la méduse. Il grimaça et acheva sa coupe d'un seul trait. Pourquoi concevait-il encore des regrets d'une vocation à jamais trahie ? Plus il vieillissait, plus les dîners que son statut l'obligeait à présider lui inspiraient un profond mépris.

— Tu regrettes de ne plus savoir aimer tes semblables, voilà tout, marmonna-t-il en reposant délicatement la coupe sur le bord de la table.

— Shejisten ?

Croyant avoir été appelé, un serviteur était apparu devant lui, le visage baissé. Sous ses paupières micloses, Mutzu lui jeta un regard désabusé :

— Rien, laisse-moi, marmonna-t-il.

Il le congédia d'un geste agacé et s'extirpa de son fauteuil sans conviction. Malgré l'entraînement rigoureux auquel il se soumettait chaque matin, il sentait ses forces décliner, usées par de longues nuits de veille. Depuis peu, il lui arrivait de s'assoupir et d'être rappelé à l'ordre par ses condisciples.

Son regard s'attarda sur l'étrave de la cité et les embruns qu'elle soulevait. Les yeux de la Tarasque éclairaient la route d'Ancyle d'une couleur orangée. Il aimait cette lumière, ses reflets de miel, la manière dont elle chassait les ombres et révélait l'écume des vagues. Il bomba le torse et respira l'odeur du large pour se ragaillardir.

Il aspirait une ultime bouffée quand, soudain, des pas précipités résonnèrent dans son dos.

— Maître Shejisten !

Il avait reconnu la voix d'Ouma, son fidèle serviteur. Il se retourna et fronça les sourcils en découvrant son expression affolée.

— Eh bien ?

— On vous demande, maître Shejisten. Au plus vite ! L'Altahuma se réveille.

Ces quelques mots produisirent sur le Shejisten un effet radical. La langueur qui l'avait saisi après le dîner s'évanouit et céda la place à une froide détermination. L'expression même de son visage s'accordait à ce changement d'humeur. Son teint avait pâli, ses traits s'étaient durcis.

— Le conseil a été alerté ? demanda-t-il d'une voix crispée.

— Ils sont en route, maître.

— J'irai seul. Toi, va au palais et attends mes ordres.

Le Shejisten s'engouffra aussitôt dans les escaliers tortueux qui le mèneraient à l'Altahuma. De coursives en passerelles, il allait, les lèvres closes, sans accorder un regard aux guerriers qui ouvraient devant lui les lourdes portes protégeant le sanctuaire du guide suprême.

L'Altahuma se réveille... La phrase résonnait dans son esprit comme un glas, le signe que toutes ses craintes étaient fondées. S'il se réveillait, cela signifiait qu'un péril menaçait la Tarasque, et avec elle, une cité tout entière.

La mine sombre, il pénétra dans le pilier central. On y accédait par le sommet, une terrasse circulaire coiffée d'une sphère en vitraux pégasins. Cette pièce dépouillée de tout ornement abritait les Tumes, une garde d'élite placée sous l'unique responsabilité du guide suprême. Bien que le temps manquât, Mutzu se soumit de bonne grâce à l'examen rigoureux des guerriers. Inflexibles et silencieux, les Tumes procédaient toujours de la même façon. Tandis qu'une moitié demeurait en retrait, l'autre se rapprochait pour entourer le visiteur. Malgré l'habitude, le Shejisten frémit en sentant leurs poignards effleurer son corps lorsqu'ils refermèrent le cercle autour de lui. Pour accorder à Mutzu le droit de poursuivre son chemin, les Tumes devaient au préalable piquer son corps afin de traquer la moindre manifestation de la Charogne. Il savait cet art inspiré d'une autre discipline, baptisée acupuncture, et connaissait sa valeur. Le poignard utilisé était en réalité une étrange arête aussi effilée qu'une aiguille et fixée dans la paume du guerrier. Il ferma les yeux et se concentra sur son rôle à venir tandis que les aiguillons perçaient l'étoffe de sa tunique et s'enfonçaient dans sa peau. À plusieurs reprises, il se pinça les lèvres pour étouffer un cri de douleur. Il n'était pas habitué à ce que cet examen lui fasse mal. La maladresse des Tumes trahissait leur nervosité.

L'examen prit fin sans autre formalité. Les Tumes s'écartèrent pour lui livrer passage et Mutzu, les nerfs tendus, s'enfonça dans le pilier de l'Altahuma.

Les lieux lui inspiraient invariablement une sincère fascination. Le pilier était un puits qui plongeait dans la chair du Féal jusqu'au cerveau. D'étroites coursives marquaient les cinq paliers à franchir jusqu'à la base de l'édifice, jointes les unes aux autres par des escaliers de marbre blanc. Chacune abritait les rayonnages d'une bibliothèque où s'entassait la mémoire du Féal consignée par les Shejisten. Penché à une balustrade, Mutzu s'accorda un instant pour juger la situation.

D'ordinaire, l'endroit bruissait d'une intense activité. Les prêtres allaient et venaient d'une coursive à l'autre, les scribes écrivaient sans relâche dans leurs registres sacrés et, depuis le fond du pilier, montaient les psalmodies de l'Altahuma qui dictaient le destin d'Ancyle, la septième cité taraséenne.

Un lourd silence pesait à présent sur le pilier sacré. Tout au fond, à l'éclat de lanternes capuchonnées, miroitait l'eau turquoise dans laquelle baignait le cerveau ovale de la Tarasque. Disposé à la verticale dans le crâne de la créature, seul le sommet affleurait à la surface. Mutzu poussa un bref soupir de soulagement en devinant les lentes palpitations de l'organe qui ridaient la surface de l'onde.

Son regard se posa enfin sur l'Altahuma. Son corps décharné saillait, à hauteur de la taille, dans le prolongement du cerveau où il s'enfonçait inexorablement depuis près de vingt longues années. De sa peau, il ne restait que des lambeaux gonflés d'humidité qui tombaient en pelures. Ses os s'étaient déformés à tel point que sa poitrine ressemblait à une cuirasse martelée par des masses invisibles. Ses épaules s'affaissaient et ses bras rachitiques, pareils à deux longues racines, pendaient le long du corps. Ses mains demeuraient invisibles sous la surface de l'onde. Son visage, lui, évoquait un fruit pourri, une bouillie de chair boursouflée où les yeux seuls survivaient. Épargnés par la dégénérescence, d'un vert pâle et mouillé, ils exprimaient à la fois la détresse et l'extase. En dépit des soins invisibles prodigués par le Féal pour le maintenir en vie, l'homme souffrait à chaque respiration, à chaque soupir qui s'échappait entre ses lèvres atrophiées.

Mutzu ignorait encore si le prix à payer pour partager l'âme du Féal valait un tel sacrifice. Comme les autres Shejisten, il avait tout d'abord exercé le métier de copiste dont la tâche consistait à noter scrupuleusement le moindre son qui résonnait dans le puits. Les râles, le hoquet des sanglots, les soupirs, rien ne devait échapper à la vigilance du copiste. Veiller ainsi la souffrance d'un homme émoussait la résistance des caractères les mieux trempés. Certains sombraient dans la mélancolie, d'autres ne laissaient que quelques mots d'adieu sur leur registre avant de disparaître dans les flots. À cet instant même, leur souvenir semblait planer comme une ombre sur l'assemblée pétrifiée par le réveil du guide suprême.

Le réveil...

L'Altahuma s'éveillait après deux décennies d'un sommeil hypnotique, une transe indispensable à sa survie pour partager l'intimité du Féal. Seule la dimension du rêve lui offrait l'espace nécessaire pour ne pas sombrer dans la folie. Il naviguait ainsi dans une dimension qui n'appartenait qu'à lui, dans le secret de deux âmes scellées à jamais qui, par moments, se livrait brièvement pour éclairer le destin d'Ancyle.

Mutzu posa la main sur la rampe de l'escalier qui menait aux coursives inférieures puis, la gorge nouée, commença à descendre. Les Shejisten gardaient le silence, les yeux rivés sur les profondeurs du puits. Pour la première fois, les copistes avaient abandonné leur ouvrage pour se masser, comme eux, aux rambardes.

Trois coudées séparaient la surface de l'onde de la dernière coursive. À cette distance, Mutzu distinguait parfaitement le visage de l'Altahuma. Jusqu'au dernier moment, il s'était imaginé que la confusion des derniers jours avait pu fausser le jugement de ses pairs. Mais ce regard-là ne trompait pas. Le guide suprême ne fixait plus l'horizon invisible de ses rêves. Il le fixait, lui.

Tétanisé, Mutzu sentit ses jambes se dérober et s'agrippa de toutes ses forces à la rambarde. Pendant près de sept ans, il avait veillé le sommeil d'un fantôme. À présent, il affrontait le regard d'un homme.

Un frisson parcourut le corps du guide suprême. Les tendons de sa gorge frémirent et un son, un seul, mourut sur ses lèvres :

— Adieu.

Le mot se répercuta comme un glas jusqu'au sommet de la tour. Sa bouche esquissa un rictus et ses paupières s'abattirent. Sa tête oscilla un moment et finit par tomber mollement sur sa poitrine.

Mutzu se cramponnait à la rambarde, les phalanges blanchies par l'effort.

— Altahuma !

Le cri avait jailli spontanément et ce, malgré une règle formelle qui interdisait à quiconque de s'adresser directement au guide suprême. Son plus proche voisin, un vieux Shejisten à la longue chevelure blanche, balbutia :

— Il... il est mort ? Cela ne peut être ! Il faut alerter la cité... prendre des mesures... avertir la garde...

Mutzu se tourna vers lui et le bouscula sans ménagement.

— Nous ne savons même pas s'il est mort !

Il jeta un œil vers le sommet et aperçut les premiers Tumes qui accouraient, précédés par le claquement sourd de leurs sandales. Un Shejisten tenta de s'interposer, les bras levés pour leur barrer le passage :

— Non, vous n'avez pas le droit d'entrer. Jamais aucun Tume n'est entré ici ! Ce lieu est sacré ! Gardez votre sang-froid !

— Écarte-toi, murmura le guerrier qui avait pris la tête de ses compagnons.

— Vous ne passerez pas, insista le Shejisten. Moi vivant, vous ne passerez pas !

Le Tume accorda aux siens un bref regard de connivence. Les arêtes qui armaient ses paumes frappèrent sans avertissement. La première trancha la gorge du prêtre, la seconde s'enfonça dans son cœur. Sans une plainte ni même un geste, il s'effondra sur le sol, la poitrine éclaboussée de sang.

Mutzu renonça à suivre le drame qui se nouait au sommet du puits. Il ne servait plus à rien de songer aux règles ou aux coutumes. Il retira ses sandales et passa une jambe dans le vide sous le regard médusé du vieillard.

— Que... que faites-vous ?

Mutzu n'écoutait plus. Il avait engagé son corps de l'autre côté de la rambarde et, retenu par les mains, se laissait pendre le temps de prendre la décision la plus grave de son existence. En allant à la rencontre du guide suprême, il se condamnait aux yeux de la cité. Mais l'idée qu'elle pouvait fort bien disparaître faute d'avoir tout essayé l'emporta. Il ferma les yeux et se laissa tomber au fonds du puits.

Il se reçut sans difficulté sur la surface spongieuse du cerveau et, malgré sa répugnance, s'accrocha au bras de l'Altahuma. Au-dessus de lui, la course des Tumes se muait en cavalcade. Sa chute auprès du guide suprême n'avait pas échappé aux guerriers qui pressaient le pas en taillant sauvagement dans les rangs des Shejisten.

En équilibre précaire, il entreprit de tourner autour du guide afin de pouvoir juger si le cœur battait encore. Son oreille effleura la poitrine déformée. Un rythme tout juste perceptible maintenait encore en vie le corps mutilé.

Galvanisé par son audace et la conviction d'avoir une chance de sauver l'Altahuma, Mutzu le saisit par les épaules :

— Guide suprême, écoutez-moi, je vous en conjure. Nous sommes là, pour vous ! Dites-nous quoi faire, je vous en supplie... Vous n'avez pas d'héritier, vous condamnez la cité. Altahuma ! Entendez-moi, par pitié !

— Lâche-le, gronda la voix d'un Tume.

Les guerriers s'engageaient déjà sur la dernière coursive.

Mutzu pouvait sentir sous ses doigts la peau se froisser et se détacher en lambeaux. Un Tume s'élança et se laissa tomber à son tour sur le cerveau de la Tarasque. Il s'apprêtait à frapper le Shejisten lorsqu'un grondement ébranla la tour et le déséquilibra. Au même moment, le corps de l'Altahuma se déroba brutalement sous les mains de Mutzu. Ployé en arrière par une force invisible, son torse se couvrit de plusieurs estafilades et ses yeux s'ouvrirent, injectés de sang.

Mutzu recula. Les stigmates se multipliaient et montaient à l'assaut du corps supplicié. Au-dehors, on entendit le cri d'une cité tout entière couvert par celui de la Tarasque tandis que le puits se fissurait dans un vacarme assourdissant.

La Tarasque succomba avant l'aube sous les assauts de la Charogne. Les Sombres Sentes avaient attaqué la cité d'Ancyle avec une rigueur implacable. Incarnée dans l'écume, la meute avait attendu l'ordre de son maître, le Seigneur Arnhem, pour fondre sur sa proie.

L'ordre donné, plusieurs dizaines de vagues noires et huileuses avaient convergé en même temps sur l'immense Tarasque. Lorsque l'Altahuma avait pris conscience du danger, lorsqu'il avait perçu la dimension de l'embuscade et entendu, au tréfonds de son âme, le hurlement du Féal, il était trop tard.

Les vagues se ciselèrent comme des lames d'onyx. Lancées à pleine vitesse, leurs crêtes s'abattirent sur les flancs de la Tarasque. Les premières qui s'enfoncèrent dans le Féal en mouvement le crochèrent comme des harpons et déchirèrent ses flancs sur plusieurs dizaines de coudées. De ses blessures béantes coulait le sang des Origines. Un sang aux reflets de bronze qui teinta la mer et devint bientôt le sillage d'une agonie.

La Tarasque perdit rapidement de la vitesse et finit par s'immobiliser. Dans la cité, la stupeur cédait le pas à la panique. Les soubresauts du Féal précipitaient la destruction de la ville. Les rues se fendaient, des maisons s'affaissaient, des édifices de corail explosaient et lacéraient ceux qui tentaient de fuir les ruines encore fumantes. Les silhouettes mêlées et hagardes des marchands et des Taraséens crurent le pire passé lorsque l'animal s'immobilisa. Cette courte accalmie avait simplement laissé aux vagues les plus puissantes le temps de prendre l'élan nécessaire pour porter le coup fatal.

La gueule du Féal se dressa vers le ciel. Lui seul percevait l'imminence du drame qui se jouait au large. Petit à petit, les vagues noires prirent de l'ampleur et certaines culminèrent à près de cinquante coudées de hauteur. Elles s'approchèrent dans un grondement comparable à celui du tonnerre et s'abattirent avec une terrible violence au cœur de la cité.

Dix-sept Sombres Sentes se refermèrent sur Ancyle. Dix-sept vagues cristallisées par leur maître et jetées comme des ponts au-dessus des murailles encore intactes. Ceux qui avaient survécu aux premières vagues surent alors qu'il n'y avait plus d'espoir. Sur ces immenses ponts dont la matière évoquait une glace noire et brillante se leva une armée de Charognards, des âmes damnées que la mer avait jadis condamnées à l'oubli.

La horde levée par le Seigneur Arnhem se répandit dans les ruines d'Ancyle et se retira à la pointe du jour. Alors, les flots engloutirent la Tarasque et, avec elle, la septième cité taraséenne.

Chapitre 6

Les épées s'accumulaient au fond de l'Atelier, illuminant de leurs reflets jaunes les recoins de la bâtisse. Mel les couvait du regard avec envie et fierté. Il venait les admirer plusieurs fois par jour, s'arrachant aux cadences démentielles de la forge pour se ressourcer auprès du trésor de guerre de l'ordre. Tandis que son regard remontait le long des lames précises et savamment gravées de symboles, son esprit dérivait vers des champs de bataille qu'il n'avait visités qu'en imagination. Il voyait les épées de feu trancher les corps nécrosés des Charognards, les chevaux se cabrer devant les armes dressées dans le petit jour, leur éclat dispersant le brouillard, les râles des mourants et les vapeurs écœurantes planant sur les Sombres Sentes.

Les poings serrés, les yeux brillants, il attendait son heure.

Dès que les lames étaient assez froides pour être manipulées, elles étaient confiées aux armuriers de la nouvelle Guilde : ils étaient chargés de vérifier la qualité des armes, de les ranger dans de magnifiques râteliers sculptés à même la pierre, puis, après avoir organisé de petits groupes de moines, ils les leur confiaient afin qu'ils les testent.

Il y en avait de toutes tailles. Certaines étaient prévues pour doter les phéniciers eux-mêmes, ainsi que les adolescents de leur âge qui devraient prendre part aux futurs combats ; d'autres, plus lourdes et plus longues, conviendraient à des guerriers expérimentés. En ce cas, Ezrah se livrait aux essais. Il était rare qu'une arme soit purement et simplement mise au rebut. Elles étaient trop précieuses. Bien que les jeunes forgerons fussent incapables de ne fabriquer que des armes sans défauts, on les gardait toutes, enveloppées dans d'épais tissus ocre et brun.

Les épées forgées au feu des Phénix avaient des qualités diverses. Outre le fil merveilleusement fin et acéré que le feu du Féal conférait au métal au cours de la fabrication, elles étaient d'une solidité redoutable sans pour autant s'alourdir. Il ne s'agissait pas seulement de profiter de la fournaise libérée par la flamboyante créature : l'esprit du Phénix participait activement à la réalisation de la lame, il apportait son intelligence, sa profonde sagesse à sa forme. Elle devait être droite comme l'honneur, pure comme l'Onde, vive comme le vol des oiseaux au plumage de flammes. Ainsi parlait l'Asbeste. Les forgerons, maîtrisant aussi bien les techniques de cet artisanat traditionnel que la doctrine abstraite qui commandait à la Guilde, s'appliquaient à mettre le métal en résonance avec le Phénix qui veillait sur leur travail. Enfin, les symboles gravés sur la lame étaient tracés par un phénicier en méditation, et l'on disait que le Phénix lui-même les lui dictait. Leur signification était inconnue aux jeunes moines. Seuls les Maîtres du feu auraient pu les déchiffrer. Mais l'essentiel était de faire perdurer la tradition. Un savoir ancestral animait chacune de ces épées aux gardes noires et rouges. Et depuis des siècles, le savoir des phéniciers, dans les mains d'un guerrier, se révélait une vérité mortelle.

Côme s'écroula sur sa paillasse. Une nouvelle équipe allait relayer la sienne. Le soleil venait de se coucher sur le désert et il était temps de laisser le sommeil lui rendre quelques forces. Cependant ses bras lui faisaient si mal qu'il savait qu'il ne pourrait pas s'endormir, mais tout juste délasser ses muscles en restant allongé une heure ou deux.

La forge fonctionnait à plein régime. Tous ensemble, compte tenu de leur faible expérience et de leur âge, les moines produisaient un nombre considérable d'épées. Côme était satisfait. De plus, il avait assisté le matin même à un duel entre Adaz et Callo, et leurs lames s'étaient avérées fort bien équilibrées. Les forgerons apprenaient très vite, poussés par l'urgence, et les épées étaient meilleures chaque jour.

Ezrah avait également pu en témoigner. Le Muezzin n'avait pas l'habitude de ce type d'arme, lui qui avait consacré sa jeunesse au maniement des lames-licorne dont l'usage était très particulier. On en employait souvent deux en même temps, l'une étant plus petite que sa jumelle et servant à parer, tandis que l'autre se prêtait parfaitement aux coups d'estoc, filant droit vers le cœur de l'adversaire. Toutefois, Ezrah savait évaluer la qualité d'une arme, quelle qu'elle fût, et ses gestes gracieux et assurés tiraient rapidement parti de l'épée qu'il tenait en main. Ils ne laissaient rien au hasard.

En le regardant s'entraîner dans la pénombre volatile de l'aube, Côme avait eu l'impression de voir défiler des formules plutôt que des passes d'armes. L'escrime licornéenne tenait plus d'un alphabet que d'un répertoire de postures, et le duel du Muezzin avec son invisible adversaire ressemblait à un discours. Des phrases longues comme des sentences, entrecoupées par des onomatopées, suivies de passes mesurées comme les vers d'un poème...

Côme se redressa sur sa couche et se prit la tête dans les mains. Certes, le spectacle d'Ezrah était impressionnant. Mais il laissait penser que toutes les ressources guerrières de son peuple, si efficaces fussent-elles, n'étaient rien comparées à celles des Charognards. Le Muezzin lui-même ne le leur avait-il pas expliqué clairement ?

Le jeune moine inspira longuement et se mit à prier. La seule chose qui pouvait mettre un terme à leurs continuelles défaites, c'étaient les épées phéniciennes. Oui, mais comment les acheminer ? Comment les donner aux combattants qui en avaient tant besoin ?

— Jamais nous ne pourrons organiser un convoi à travers le désert, murmura Côme.

Et quand bien même les phéniciers réussiraient à faire parvenir les épées aux guerriers qui se battaient sans relâche sur les fronts des Provinces-Licornes, qu'en serait-il des autres royaumes ?

Le découragement envahit Côme. Les épées de la Guilde ne serviraient à rien. Autant arrêter tout de suite...

— L'astre du jour nous donne sa bénédiction, dit Fatoum en reportant son regard sur les Cavaliers des Sables rassemblés en ligne devant lui, genou en terre.

Le Muezzin conservait dans ses pupilles l'empreinte brûlante du soleil qu'il venait de fixer. Les croyances licornéennes voulaient que les guerriers profitent de la force de l'astre à travers le regard que Fatoum dirigeait maintenant sur eux.

Ils étaient près de trois cents, agenouillés dans le sable, sous les murailles blanches d'El-Zadin. Le visage tourné vers le sol, les paupières closes, ils serraient contre leurs poitrines les lames-licorne dont la garde cristalline scintillait sous le ciel sans nuages. Leurs tuniques turquoise étaient bardées de haubers tissés de crin de Licorne. Une fois séchés et convenablement traités, ces longs fils épais et cramoisis constituaient une armure redoutable, plus légère que le lin et plus dure que l'acier.

Le Muezzin étendit les bras et fit sonner les bracelets d'or alourdis de clochettes à ses poignets tout en clamant :

— Relevez-vous, guerriers d'Al-Jerz, d'Al-Kimal, d'Al-Souff, et vous, fils des rivages, relevez-vous et criez votre foi !

Aussitôt les trois cents Licornéens se mirent debout et hurlèrent le mot de mort de leur peuple :

— Ar-laïda !

Les serres sur ta gorge, traduisit Fatoum, un rictus féroce sur sa face noire.

— Allez, maintenant, et soyez généreux : offrez la mort à la mort.

Comme un seul homme, les Cavaliers des Sables firent volte-face et coururent vers les hautes dunes qui patientaient devant la capitale.

Ils les gravirent avec souplesse et s'installèrent dans les sièges creusés sur la crête de chaque colline. Les dunes frémissaient, pressées de partir au combat.

Face à elles, à moins de quatre cents coudées, une blessure noirâtre coupait la plaine. Une plaie de plus d'une lieue de long dont les bords laissaient sortir des hordes d'ennemis silencieux, caparaçonnés de noir. La Charogne déversait ses troupes à quelques encablures de la capitale des Provinces-Licornes, pour le combat final. Ce matin, les Provinces devaient tomber.

Fatoum se hâta de pénétrer dans le minaret le plus proche, dressé aux portes de la ville, et gravit quatre à quatre les deux cent deux marches taillées dans la pierre blanchâtre qui conduisaient au sommet. Là, il retrouva les deux autres Muezzins d'El-Zadin et colla sans attendre son œil à la lunette de cuivre posée sur le rebord de la fenêtre ouest, braquée sur la Sombre Sente.

Ces Charognards étaient différents de ceux qu'ils avaient affrontés jusqu'ici. Ils n'avaient pas de visage, seulement une horrible cicatrice livide, de celles que causent d'atroces brûlures. Leurs pièces d'armure paraissaient absorber la lumière du jour. Quant à leurs armes, elles étaient douées d'une vie propre, commandant d'elles-mêmes à la main du soldat, capables de transpercer un adversaire sans même que son possesseur le regarde.

Des Cavaliers en avaient rapporté une hier : une épée tachée de rouille et de sang et dont la garde comportait trois yeux momifiés incrustés dans un acier grisâtre. Avec ces armes, un seul Charognard pouvait aisément affronter deux Licornéens de front. Fatoum en avait la nausée.

— Comment sont-ils ? demanda l'un des deux Muezzins derrière lui.

— Comme ceux d'hier et d'avant-hier. Anonymes et muets. En eux toute réflexion semble avoir disparu. Il n'y a pas de chef parmi eux, que des êtres sans conscience, sans autre but que de tout détruire sur leur passage.

Fatoum recula et s'adossa au mur. Même dans son sommeil, il continuait à la voir, cette vague cendreuse et inexorable qui balayait les hommes et les remparts.

— Personne ne les commande ? s'étonna pour la dixième fois son confrère.

— Le plan a été établi bien avant, soupira Fatoum en ôtant son turban. Ils n'ont plus besoin de stratégie. Leurs desseins et leurs maléfices ont été conçus en Charogne. C'est le Roi lui-même qui en a décidé. Ceux-là ne sont que des exécutants, des pantins sans...

— ... sans vie, acheva l'autre.

— Sans vie, admit Fatoum.

— Ce sont nos dernières troupes ?

— Oui. Al-Fahaad est tombée il y a deux jours.

— Des survivants nous ont rejoints ?

— Un seul, répondit Fatoum, et il ne put s'empêcher de rire.

Deux mille hommes à pied, six cents archers, trente Licornes, les plus hauts remparts du pays, réputés imprenables depuis cinq siècles.

Un survivant.

Il était venu mourir aux portes de la ville après avoir tué son propre cheval dans la course. Il n'avait plus figure humaine, plus qu'une large plaie mobile à la place de la bouche, mais les gargouillis n'avaient pas été difficiles à comprendre.

Le rire cynique et désespéré de Fatoum s'acheva dans une quinte de toux.

Aujourd'hui mon âme est sereine, songea-t-il. *Aujourd'hui est le jour de notre mort.*

Les dunes arrivèrent au contact à la vitesse d'un alezan au galop. Les premières avalèrent les Charognards et les enterrèrent pour toujours dans les profondeurs du désert. On ne retrouvait jamais le corps de leurs victimes. Les cadavres étaient broyés sous les rouleaux d'une puissance colossale et leurs morceaux enfoncés trop loin dans le sol pour être dégagés.

Les hordes noires répondirent à l'assaut des hautes vagues de sable durci. Elles escaladèrent les dunes en pleine course pour attaquer directement les Cavaliers. Les assaillants les plus agiles parvinrent à accrocher leurs tuniques et à les précipiter au sol avec eux. Ils s'employèrent alors à leur trancher les bras et les jambes avant de les laisser agoniser en plein soleil. Mais la plupart des Charognards étaient incapables de gravir les flancs de ces dunes hautes comme quatre hommes. Ils restèrent cramponnés, attendant que les Cavaliers mènent leur formidable monture à l'intérieur des rangs ennemis et soient ralentis par le gros des troupes, pour reprendre leur ascension et engager le combat au corps à corps.

Un cri parcourut les lignes de dunes. Les Cavaliers dégagèrent leurs lames-licorne des fourreaux barrant leurs poitrines et se jetèrent sur les Charognards. Cette offensive réussit à les surprendre et ils taillèrent les gorges, les visages et les biceps avec un synchronisme parfait. On pouvait suivre leurs mouvements de loin à la façon d'un ballet. Bras tendus, jambes fléchies, ils avançaient de concert à travers une escouade ennemie qui, n'ayant pas eu le temps de s'organiser face à ce commando, se faisait décapiter par les lames utilisées comme des cisailles.

Au même moment, en retrait, les Cavaliers descendus des dunes ferraillaient avec les monstres nécrosés. Ils s'efforçaient de prime abord de désarmer leurs adversaires plutôt que de chercher à les tuer, pour se débarrasser des épées munies d'yeux.

Face aux armes habituelles, les Licornéens avaient davantage d'atouts. Ils étaient rapides, concentrés, et se déplaçaient sur le sable avec une aisance parfaite. Ils guettaient les faux pas des Charognards et, à la moindre occasion, ils fondaient sur eux pour plonger leurs lames ivoirines entre les pièces d'armure noires.

Cependant, les Cavaliers n'étaient pas dupes : ils n'enfonceraient jamais les lignes ennemies, ils ne les arrêteraient même pas. Tout ce qu'ils pouvaient espérer, c'était de les affaiblir suffisamment pour que le deuxième assaut licornéen soit plus efficace, de les contenir et de les ralentir assez longtemps pour que les Muezzins puissent définir de nouvelles stratégies.

— Les fils des rivages sont-ils prêts ? demanda Fatoum à ses collègues. Il est temps.

L'un d'eux hocha la tête et, se penchant à la fenêtre sud, laissa tomber un foulard bleu.

Le vent malmena le tissu et peu avant de toucher le sol, une main le saisit en plein vol et s'en empara comme d'une bannière. Cinquante hommes, montés sur des chevaux gris, s'élancèrent vers le champ de bataille.

Cent coudées avant de heurter les rangs des Charognards, ils déployèrent des filets brunâtres et les jetèrent à la rencontre des fantassins charbonneux. Ceux-ci s'empêtrèrent dans les rets gluants, en fait des algues ramassées sur les plages licornéennes, solides et collantes, et ne purent éviter les lames aussi fines que des aiguilles dont les cinquante cavaliers leur percèrent le corps et le crâne.

Puis les fils des rivages firent volte-face et revinrent vers les portes d'El-Zadin, poursuivis par les hurlements rageurs des Charognards, accourant en masse.

C'est alors que les archers licornéens, juchés sur les remparts de la capitale, ajustèrent leur tir et arrosèrent les troupes du royaume des morts.

À midi, les combats s'apaisèrent. Les hordes noires s'amassaient lentement pour la prochaine offensive, mais elles n'avaient pas avancé depuis le matin.

Fatoum n'osait croire à ce répit. Il se refusait à parler de succès. Oui, les Cavaliers s'étaient montrés vaillants, et la technique des filets avait été payante. Ils avaient bénéficié de l'effet de surprise. Au moins deux cents Charognards gisaient dans la plaine, démembrés et criblés de flèches. Mais le tiers des forces d'El-Zadin avait péri.

L'attaque à venir aurait sans nul doute raison des Cavaliers des Sables. Les dunes allaient mourir... pour rien.

Ce soir, il faudrait se résoudre à faire charger les Licornes.

— Alors, combien ?
— Soixante-six, répondit fièrement Mel.

Côme lui donna une bourrade et éclata d'un rire tonitruant.

— Excellent ! Vraiment excellent !

Mel se tourna vers les phéniciers assis par terre sous la lune, devant la porte de l'Atelier.

— Vous avez bien travaillé, mes frères. Remercions l'Asbeste et mangeons.

Un hourra faiblard monta vers le ciel. Côme fronça les sourcils. Finalement, il avait laissé ses compagnons continuer à élaborer des armes, en espérant trouver une solution pour le transport. Le rendement de la forge dépassait ses espérances, mais à quel prix ? Les moines étaient littéralement vidés. Les Renaissances avaient coûté la vie à trois d'entre eux, trop fatigués pour assurer le contrôle sur le Féal déchaîné, et calciné les yeux de deux autres. La fabrication des lames les avait tous épuisés. Ses frères n'étaient plus que des fantômes. Certains dormaient déjà, la face dans le sable, et la plupart n'avaient pas eu le courage d'ôter leurs tabliers de cuir. Les manches retroussées de leurs robes révélaient des bras décharnés et brûlés et leurs yeux étaient caves.

Adaz leur distribua à tous un brouet de dattes qu'Ezrah était allé dénicher à une lieue du refuge. Ils en avaient pour deux jours, tout au plus. L'eau venait également à manquer. Le puits creusé à l'intérieur de la pyramide n'avait pas été prévu pour autant de forgerons : elle devait servir à refroidir le métal, pas à étancher la soif de toute une compagnie de moines.

Côme accepta le bol que lui tendait Adaz et se mit à manger doucement. Le récipient tremblait entre ses mains douloureuses. *Et maintenant que nous nous sommes tués à la tâche, qu'allons-nous faire de ces armes ?* se demanda-t-il pour la millième fois. *Comment les transporter ?*

Une autre question le taraudait : y avait-il d'autres phéniciers survivants à la surface du M'Onde ? À leur départ d'Aldarenche, ils s'étaient considérés comme les seuls survivants de l'Ordre, puisque les missives qu'ils avaient adressées aux autres Tours n'avaient reçu aucune réponse. À moins que les autres disciples n'aient comme eux déserté leur Tour et ne se soient mis en chemin vers quelque refuge analogue à l'Atelier. Dans le chaos qui dévorait les royaumes, il était évidemment impossible de s'assurer de quoi que ce fût. Toutefois, il était hélas peu probable que des communautés phénicières aient mieux négocié les bouleversements récents. La Guilde-Mère était le siège de l'Ordre et ses disciples les recrues les mieux disposées à s'en sortir par elles-mêmes : seule une chance inouïe aurait pu éviter aux autres Tours d'être décimées.

Côme se passa la main sur le front. Une sueur froide coulait sur ses tempes. L'angoisse l'envahissait chaque jour un peu plus, remontant de son estomac en direction de son cerveau. Il craignait le moment où son esprit serait paralysé, où sa volonté serait défaite par l'immobilisme de cette situation sans issue. Le jeune homme se frotta les yeux en essayant de retrouver son calme. La panique le menaçait, le narguait sans relâche, lui susurrant les trompeuses paroles de réconfort de la folie.

Il chercha une raison de se rassurer et finit par en trouver une : si, dans toutes les autres Tours du M'Onde, les phéniciers avaient capitulé, tous les Phénix auraient été détruits et leurs Cendres dispersées. Une telle tragédie aurait diffusé une onde de choc universelle, et chaque phénicier en aurait ressenti les remous jusque dans ses os.

Or ils n'avaient rien perçu de tel. Il restait donc une raison d'espérer. Quelque part, des oiseaux de feu, vivants ou encore endormis, attendaient d'être réveillés. Un trésor sans commune mesure avec les épées entassées dans l'Atelier... mais hors de leur portée.

Ezrah s'assit à côté de lui, une tasse d'infusion de feuilles de fajj, « le buisson du nomade », à la main.

— J'ai une idée.

Côme le dévisagea sans y croire.

— Dites.

— Les Griffons...

— Revenir sur nos pas ? Aller en chercher chez les impériaux ? J'y ai pensé, Maître Muezzin. Ce n'est pas possible. Nous n'arriverons pas vivants à la frontière. Regardez mes frères : ils sont exsangues. Et qui sait dans quel état se trouve l'Empire ? Et pourquoi accepteraient-ils ? Il faudrait de nombreux Féals...

— Attends, jeune moine, l'interrompit Ezrah de sa voix rauque. Je vais t'exposer mon projet, et tu conviendras avec moi que c'est la seule solution.

Côme plissa les lèvres et posa son bol à côté de lui.

— Pardonnez-moi. Je vous écoute.

— Pourquoi s'adresser aux Grifféens ? Ils ont cessé de vous accorder une escorte, ils n'ont aucune raison de vous prêter des Griffons maintenant. Non, ce que vous devez faire, c'est entrer en contact avec les Féals eux-mêmes.

Côme resta bouche bée.

— Et c... comment ? Vous... vous pouvez le faire ?

Ezrah leva la main.

— Moi, je n'en ai pas les moyens. Mais *elle*, sans doute.

Derrière lui, la Licorne couleur de cuivre les fixait en silence. Elle laboura le sable de son sabot adamantin, comme pour leur faire signe, et à l'intérieur de sa corne les reflets violets se mirent en mouvement.

— Elle désire nous aider. Lève-toi et suis-moi.

Chapitre 7

Tshan dérivait. La mer avait longuement bouillonné, engloutissant la Tarasque dans les profondeurs. Puis elle s'était calmée et avait clos le drame grandiose de la mort de la cité d'Ancyle. L'Archer Noir n'avait rien vu de ses derniers instants. Arnhem l'avait frappé en traître après qu'il avait assassiné Scende. Le Charognard n'avait fait que l'assommer. L'avait-il fait exprès ou, pressé de repartir dans le royaume des morts, avait-il raté le coup fatal ? Tshan se poserait souvent la question, sans parvenir à croire en la magnanimité du Seigneur.

À cette heure, il gisait inconscient sur un morceau d'épave. Il était torse nu et ses jambes traînaient dans l'eau. La peau de son visage et de son dos, brûlée par le sel, cuite par le soleil, virait au pourpre.

La femme au corps de Dragon hantait ses rêves. Les images du meurtre fracturaient son esprit et monopolisaient sa mémoire dont des pans entiers avaient été effacés. Les cauchemars le malmenaient tant qu'ils arquaient par moments son corps révolté, sans réussir à le tirer de l'inconscience.

Il ne s'était éveillé qu'une fois depuis le naufrage et avait senti la douleur sourdre dans toutes les parties de son corps. Il avait vomi de l'eau en de longues nausées douloureuses et, dans des spasmes, avait cédé aux hallucinations qui s'élevaient au-dessus des vagues. Elles l'avaient finalement emporté dans les abysses du coma.

Depuis, Tshan flottait vers la mort, bercé par les vagues nonchalantes de la mer d'Ivoire.

Une grande ombre planait au-dessus des eaux. Un Caladre trouait les nuages fibreux, suivant les vents purs chauffés par le soleil. Malgré le poids de sa mission, il jouissait de sa liberté.

Un homme était blotti contre son ventre. Harnaché à l'oiseau qui mesurait le double de sa taille, il scrutait le M'Onde, en dessous, de ses yeux cobalt. Le froid des hauteurs avait constellé sa barbe de cristaux. Une sorte de tentacule bouchait les lèvres de l'étrange passager et s'enroulait autour de son cou avant de rejoindre l'arrière du corps du Féal. Le serpent écailleux formant la queue de l'oiseau se fondait presque imperceptiblement à la face de l'homme. Ils étaient aussi ridés l'un que l'autre.

L'homme semblait avoir cent ans.

Le vieillard indiqua au Féal qu'il avait repéré quelque chose. Le Caladre se propulsa à travers les cieux de ses grandes ailes scintillantes et entreprit un virage. Les deux voyageurs descendirent lentement vers la mer en dessinant des cercles concentriques de plus en plus étroits.

Finalement le Caladre se suspendit au-dessus des flots, assez bas pour permettre à l'homme d'examiner un naufragé prostré sur les débris flottants. L'homme le retourna et colla son oreille à la bouche de Tshan.

Puis il fit signe au Caladre de saisir le naufragé dans ses serres et ils reprirent leur vol.

Il n'y avait plus âme qui vive sur l'océan à perte de vue. La mer étale n'avait pas épargné d'autre survivant de la septième cité taraséenne.

Le Caladre vola longtemps au-dessus des eaux sombres qui donnaient son nom à la mer d'Ébène. Le vieillard dormait, protégé par la chaleur du corps de l'oiseau. Ses yeux fermés ne supportaient plus de voir la mort répandue sur le M'Onde.

L'étonnant équipage rallia les côtes pégasines à une vitesse vertigineuse. Le Caladre déposa son fardeau sur la plage. Puis ses pattes s'enfoncèrent dans le sable mouillé avec un bruit mou. Il se redressa en battant des ailes, afin que le vieil homme se détachât de son harnachement.

L'homme s'avança vers les rochers, laissant Tshan à la garde du Féal. La queue serpentine qui reliait toujours l'homme à la bête se tendit sur les quelques coudées séparant le Féal des rochers. Le soleil déclinant allongeait l'ombre de l'oiseau sur le corps inerte du naufragé.

Au creux des rochers incrustés de lichen se nichait une petite bâtisse grise, dont la couleur et la forme prolongeaient celles de la pierre.

Une porte ronde et basse s'ouvrit devant le voyageur. Un jeune homme en robe blanche en sortit.

— Mon Père ! Vous êtes de retour.

L'homme ne répondit rien. Quatre autres moines débouchèrent de la bâtisse et se chargèrent du corps de Tshan. Ils le portèrent dans leur repaire, le Féal et le vieillard restant dehors, à la merci des embruns.

On installa Tshan sur une couche rudimentaire. L'intérieur du petit bâtiment était austère. Le mobilier se limitait à d'autres couchettes identiques, une tablette et des provisions.

Les moines examinèrent patiemment les blessures de l'Archer Noir et discutèrent à voix basse de son état. À l'image des paroles des Pères du monastère qui émanaient du bec de leurs Caladres et non de la leur, les disciples apprenaient à manier un discours saccadé. Cet apprentissage les préparait à s'exprimer comme leurs maîtres, le jour où un oiseau sacré volerait définitivement leur propre voix.

— Il faut l'emmener au Monastère.
— Nous n'avons pas ici de quoi le remettre d'aplomb.
— Il lui faut avant tout du repos.
— Ses fractures sont sévères.
— J'espère que la colonne vertébrale n'est pas touchée.
— Sinon, il restera paralysé.
— Est-il bien utile de le transporter ?
— C'est nécessaire.
— C'est la nécessité qui nous commande.
— La nécessité nous guide.
— La nécessité gouverne.
— D'autres blessés attendent au monastère.
— Des nouvelles des éclaireurs ?
— Ils n'ont pas reparu.
— Les Pégasins reviendront.
— Les Pégasins reviennent toujours.
— Le voyage peut le tuer.
— Nous ne pouvons le laisser ici.

— Nous ne pouvons le laisser mourir.
— Il succombera à ses blessures...
— ... à l'épuisement...
— Si nous ne faisons rien.
— Notre mission ne peut être discutée.
— Notre mission ne peut être changée.
— La mission s'accomplit.

Ce conciliabule achevé, l'un des moines revint sur la plage où patientait le vieillard, le Féal à ses côtés.

— Mon Père, les Pégasins ramèneront l'homme au monastère.

L'homme acquiesça. Le vent du large chahutait sa barbe et ses cheveux.

— Il... il n'y avait que lui ?

Le vieillard hocha la tête. Une perle cristalline luisait dans ses yeux cobalt.

Depuis le début de la guerre, les moines caladriens sillonnaient le M'Onde. Organisés en convois et en caravanes, ils établissaient des hôpitaux de fortune aux abords des champs de bataille et s'évertuaient à secourir les blessés.

Devant l'ampleur des combats, les Pères caladriens avaient dû se résoudre à voyager, eux aussi. Les oiseaux les emmenaient d'un bout à l'autre des royaumes à la recherche de survivants. Un travail ingrat, laborieux et bien souvent déçu. Mais telle était leur mission. Ils n'avaient pas le choix. Une seule vie humaine arrachée aux serres de la mort justifiait tous les efforts.

De leur côté, les moines s'éparpillaient de monastère en monastère, fondant des chapelles dans les cités où il n'y en avait pas encore, et renforçant les hôpitaux existants.

Les plus grands, tel celui de Lideniel, étaient combles depuis longtemps. Ils attiraient des centaines de gens, guerriers et civils, victimes des combats, des embuscades, des virées meurtrières des Charognards. Mais malgré les défenses accrues dont ils étaient dotés, les ambassades caladriennes avaient été elles aussi attaquées et parfois détruites par les hordes noires.

À Aldarenche, le monastère n'avait pas échappé à l'invasion. Les Griffons avaient échoué à le protéger. La défaite de l'Empire de Grif' avait tout emporté. Les moines avaient vu leurs patients se faire tailler en pièces avant de mourir eux-mêmes dans d'atroces tortures.

À Ophroth, les Charognards s'étaient introduits de nuit dans la Tour de Craie, l'un des joyaux de l'architecture caladrienne, et en avaient méthodiquement massacré les habitants. Ils avaient fait durer le plaisir. Les hurlements avaient résonné durant trois jours et trois nuits dans la capitale aspik.

Quant à Dohoss la Noire, son monastère n'avait dû son salut qu'à la férocité des Dragons qui l'avaient défendu plusieurs jours d'affilée, délaissant des fronts stratégiquement plus cruciaux pour sauver l'ambassade de Caladre.

De partout, des files d'éclopés, de femmes serrant leurs bébés malades contre leur cœur, d'enfants en pleurs et de soldats en déroute convergeaient vers les havres caladriens.

Par bonheur, la Caladre restait inviolée. L'Onde était si puissante en ce royaume que les Sombres Sentes avortaient à ses frontières. Le sanctuaire des neiges demeurait le dernier rempart, alors même que ses prêtres arpentaient le M'Onde à la recherche d'agonisants à arracher aux mains de la Charogne.

Durant la nuit, les moines ne parvinrent pas à dormir. La doctrine de leur ordre ne suffisait plus à faire taire leur inquiétude.
— Il ne sert plus à rien de rester ici, chuchota l'un.
— La mer peut rejeter d'autres naufragés.
— Ceux de la Tarasque ?
— Trop loin.
— La mer ne nous offrira que des cadavres décomposés.
— À moitié dévorés.
— Le soleil...
— Les créatures marines...
— Il faut regagner la Caladre.
— Sans tarder.
— Définitivement.
— Le Père décide.
— Nous nous entretiendrons avec le Père demain matin.

Soudain, un faible murmure se fit entendre dans la pièce. Les moines se tournèrent vers Tshan. Il secouait la tête, en proie à un nouveau cauchemar.

L'un des jeunes Caladriens s'approcha de lui et lui passa un linge humide sur le front. Puis il lui sembla déchiffrer quelque chose dans les murmures informes du blessé et il appela ses frères.
— Écoutez !
— Que dit-il ?
— Il délire.

— Non, écoutez mieux...

Tshan se mit à sangloter doucement. Le désespoir se peignait sur ses traits.

— Ja... nuel, articula-t-il faiblement.
— Januel ? fit un moine avec stupeur.
— Il sait.
— Il le connaît.
— Peut-être était-il de ses compagnons.
— Januel a disparu.
— Le Fils de l'Onde...
— Le dernier message de la toile blanche...
— ... désignait la Tarasque.
— Januel était sur Ancyle.
— Cet homme était avec lui.
— Cet homme sait ce qu'il est advenu de lui.
— Il faut le réveiller.
— Sans brutalité.
— A-t-il dit autre chose ?
— Non.
— Il s'est rendormi.

Un moine courut à l'extérieur. Le vieillard sommeillait en compagnie de son Féal, coincé entre deux rochers. Le jeune homme se dirigea vers l'ascète et caressa doucement l'aile repliée du Caladre, ce qui éveilla le prêtre.

— Mon Père, le naufragé a parlé dans son sommeil. Il a mentionné Januel.

Les yeux du vieillard s'écarquillèrent. La lune se refléta dans ses pupilles, accentuant le froid de son regard d'aigle.

— Nous suggérons de rejoindre le monastère dès l'arrivée des Pégases.

L'homme hocha la tête à plusieurs reprises. L'excitation agitait ses traits. Il frottait frénétiquement sa barbe sous le coup des réflexions affluant dans son crâne.

Le Fils de l'Onde !

Enfin, un indice. Enfin, un témoignage.

Les Pères de Caladre avaient mobilisé leur réseau secret, la *toile blanche*, afin de permettre au capitaine Falken de retrouver Januel. Ils avaient réussi. Falken et Januel s'étaient rencontrés et le capitaine lui avait remis l'épée du Saphir. Puis les informations étaient devenues floues et chaotiques. Une cohorte de moines était prête à prendre en charge et à escorter Januel jusqu'en Caladre, où les Pères lui enseigneraient à maîtriser le Fiel.

Mais ce plan était resté lettre morte.

Apparemment des événements graves avaient eu lieu. Les Seigneurs de la Charogne avaient-ils capturé Januel ? L'avaient-ils tué ? On savait que les mentors du jeune phénicier étaient en route, dépêchés par le roi de la Charogne en personne.

Le vieillard se hissa sur un rocher et laissa son regard se perdre dans les vagues vernies par la lumière de la lune.

Son cœur se serra quand il sentit que le Caladre partageait son angoisse. Ce Féal voué à la paix, d'une sérénité absolue, ne connaissait qu'un seul sentiment humain : le deuil. Pour la première fois, le spectre de la peur venait rôder à la lisière de son âme.

Qu'était devenu Januel ?

S'il avait péri, les Ondes auraient encaissé un choc qui les en aurait aussitôt avertis. Mais rien de tel n'avait été enregistré.

S'il était vivant, comment avait-il échappé aux mille yeux de la toile blanche ?

Le Caladrien ferma les yeux sous les gifles des embruns et pria en silence. Derrière lui, le Féal ouvrit grand ses ailes pour le réconforter.

Au matin, une escadrille de Pégases investit la plage. Les éclaireurs des Contrées assistaient les Caladriens en vertu d'un ancien pacte. Les moines guérisseurs avaient repoussé en deux occasions la peste noire qui assaillait Lideniel, et s'étaient vu offrir quelques Pégases en guise d'hommage. De plus, les pays du Nord résistant mieux à l'invasion que ceux du Sud, les Contrées Pégasines avaient mis une partie de leurs forces à la disposition de leurs voisins. Une centaine de Pégases s'étaient envolés vers le sud. Ils n'avaient pas donné de nouvelles depuis.

Les éclaireurs dévolus au territoire caladrien avaient refusé de s'aventurer sur leurs traces. Le danger était trop grand d'y périr à leur tour. Il valait mieux les cantonner au nord, au cas où les offensives charognardes, ayant conquis l'Empire de Grif', le Royaume Draguéen et les Provinces-Licornes, remonteraient vers eux.

Les éclaireurs mirent pied à terre et enlevèrent leurs heaumes argentés. Ils saluèrent le Père avec respect et s'entretinrent avec les moines.

— Nous sommes prêts à vous ramener à votre monastère, dit le chef d'escadrille en réponse aux disciples.

— Le Père a recueilli un naufragé en mer d'Ivoire, fit un moine.

— Nous ne savons pas s'il est transportable.

— Il est inconscient et ne peut voyager assis.

— Nous l'attacherons solidement, répondit l'éclaireur.
— Partons, si vous le voulez bien.
— Mon Père ? Que désirez-vous ?

La décision du vieillard était claire. Il s'était déjà harnaché au Caladre et s'était mêlé aux Pégases stationnés sur la plage. Il rentrait avec eux. Il était épuisé de sillonner les cieux et la découverte de cet homme était de la plus haute importance. L'inconnu était le seul en mesure de les renseigner sur la destinée de Januel. Il fallait le sauver coûte que coûte afin de profiter de son récit.

Les moines portèrent Tshan sur le sable humide et aidèrent les Pégasins à le hisser sur une monture.

Puis l'escadrille de Féals décolla vers les neiges éternelles du royaume de Caladre.

Les moines vêtus de blanc trottaient dans les allées du dortoir où s'alignaient des centaines de blessés. L'un d'eux s'engagea dans l'escalier qui menait aux cellules. Il n'avait pas atteint la dernière marche qu'il heurtait un autre disciple.

— L'homme s'est réveillé !
— Tu vas prévenir les Pères ?
— Oui. Surveille-le pendant ce temps.

Le moine parcourut le couloir à grandes enjambées en relevant sa robe blanche. Arrivé devant la porte de la chambre de Tshan, il toqua et ouvrit sans attendre d'autorisation.

À l'intérieur, la lumière du jour perçait une minuscule fenêtre et rayait le plancher d'une ligne blanche. Dans le lit de bois clair, l'homme avait les yeux ouverts et fixait le plafond.

Ses cheveux dorés, ternis par les épreuves, avaient retrouvé un certain éclat. La peau brûlée de son visage, sur laquelle on avait soigneusement appliqué de l'onguent, avait pris quant à elle une teinte cuivrée. L'homme semblait calme. Un drap blanc était remonté sur sa poitrine et ses bras reposaient le long de son corps.

Le moine s'approcha, un grand sourire aux lèvres. Il se pencha sur Tshan et s'apprêta à le féliciter quand le patient lui décocha d'une voix atone mais sèche :

— Je ne veux pas vivre.
— Ne dites pas cela...
— J'ai tué la femme que j'aimais. Laissez-moi.
— Les Pères veulent vous voir.

Tshan empoigna brusquement le moine par le col et attira son visage vers le sien.

— Fichez-moi la paix, vous comprenez ? Laissez-moi crever !

Il repoussa le jeune homme contre le mur puis, saisi par une terrible douleur, il reposa le bras sur le lit en maudissant les Caladriens.

Les Pères prirent place dans des fauteuils en cornaline. Chacun était accompagné d'un Caladre, juché sur le dossier de son siège. L'extrémité de leur queue écailleuse épousait la bouche des prêtres centenaires.

La salle aux murs crayeux laissait pénétrer le jour par de larges baies vitrées. Le haut plafond faisait résonner le bruit des plumes des Féals et le répercutait en échos volatils.

Devant eux, Tshan était installé sur une sorte de divan et recouvert d'un châle épais. À côté de lui, un échevin d'une trentaine d'années, Shestin, était chargé de transcrire le discours des Caladres. Sur l'écritoire calée entre ses jambes s'étalait une feuille de parchemin et, dans sa main, il tenait une plume noircie d'encre.

En plus de ce travail habituel, exceptionnellement, il lui incombait de traduire de vive voix les paroles des Pères à l'homme qui leur faisait face.

— Je vous ai sauvé, commença un Féal, ce que Shestin répéta aussitôt.

— Dans la mer.

— La Tarasque a fait naufrage.

— Merci, je sais, maugréa Tshan. Je peux partir, maintenant ?

— Pas d'insolence !

— Vous avez frappé l'un de nos moines.

— Nulle violence ne saurait être admise en ces murs.

— C'est la guerre, vous êtes au courant ?

— Épargnez-nous votre cynisme.

— La guerre est notre compagne.

— Nous la connaissons mieux que vous.

— Dans le M'Onde entier, nos moines consacrent leur vie à soigner les victimes.

— Pourquoi... m'avoir sauvé ? souffla Tshan.

— Telle est notre mission, gratta Shestin sur le parchemin.

— Vous comme un autre.

— Une vie vaut une vie.

Ces derniers mots vrillèrent le cœur de Tshan. *Une vie vaut une vie...*

Scende aurait pu les dire. Sa vie contre celle de

Januel. Une grimace de dégoût tordit les traits de Tshan et il porta la main à son front.

— Je ne veux pas continuer à vivre. Cela ne m'intéresse pas. Rien ne me force à rester ici.
— Votre volonté est une chose.
— Le destin du monde en est une autre.
— Le destin du monde, répéta un Féal.

Tshan partit d'un rire rauque.

— Bien sûr, voyons ! s'exclama-t-il avec ironie. Et c'est moi, le destin du monde ?
— Non.
— C'est le Fils de l'Onde.
— Ah ! Je me disais bien...
— Que savez-vous de lui ?
— Januel a détruit ma vie. Il m'a pris celle que j'aimais, et elle m'a obligé à la tuer en son nom. Je ne veux plus jamais entendre ce nom, c'est compris ? Plus jamais !

Tshan hurlait et ses cris emplissaient les hauteurs de la salle. Une gerbe de souffrance submergea ses poumons et le força au silence. Il se radossa aux coussins, les yeux clos, les lèvres entrouvertes sur un rictus douloureux et désespéré.

— Nous ne voulons pas vous torturer.
— Nous respectons vos souffrances.
— Nous devons simplement savoir ce qu'il est advenu du Fils des Ondes.

L'Archer Noir reprit son calme et croisa le regard de Shestin. L'échevin le regardait, vaguement effrayé. Lui qui rêvait de découvrir le M'Onde et n'avait jamais voyagé au-delà de Lideniel, ne pouvait dissimuler sa fascination pour cet homme dont le visage portait les stigmates des épreuves et du combat. De Tshan, il ne savait pas grand-chose, si ce n'est qu'il avait été un mercenaire. Et, bien que ce terme charriât des images de meurtre et de pillage, Shestin enviait la liberté de ce coureur de chemins.

Tshan esquissa un sourire contrit à l'adresse de l'échevin et soupira.

— Il est parti... avec la foudre.
— Les Pèlerins ! s'exclama un Caladre.
— Qui l'a autorisé à...

Avant que Shestin n'ait pu traduire, Tshan leva les mains pour imposer le silence aux Pères du monastère.

— Attendez. Avant de tout vous raconter, j'aimerais bien qu'on me dise pourquoi vous voulez savoir où est passé Januel.

— Nous l'attendions.
— Depuis longtemps.
— Depuis le début.
— Telle était la volonté des Ondes.
— Nous devions lui enseigner à maîtriser le Fiel.
— Le rituel...
— La Renaissance des Phénix...
— La muraille de Cendres...
— Le capitaine Falken devait le protéger des mentors.

— Dommage, fit Tshan, le regard sombre. Les Charognards l'ont eu.

— Miséricorde !
— Il ne se peut...
— J'étais là.

L'Archer Noir leur raconta la Tarasque, l'attaque du Ferreux, le temple des Pèlerins, les Seigneurs de la Charogne qui s'étaient entre-tués, Arnhem...

À ce nom, les visages des Pères se durcirent. Arnhem. Le boucher d'Enemte.

— Arnhem en a réchappé, conclut Tshan. Scende a décidé de rejoindre Januel en Charogne. Je... je l'ai aidée.

Il renifla et se composa un visage froid et détaché.

— Voilà, vous savez tout.

Le silence retomba. Les Caladres s'ébrouèrent. Shestin finissait en hâte de rédiger le récit de Tshan. Lorsque sa plume se figea au-dessus de la page, les Pères reprirent la parole.

— Ainsi Januel est en Charogne...
— La foudre l'a éclipsé.
— Il est bon de l'avoir appris.
— Nous sommes soulagés.
— Soulagés ? répéta Tshan, les sourcils arqués. Il est fichu, oui !
— Mieux vaut le savoir en Charogne que mort.
— Mais il *est* dans le royaume des morts, insista l'Archer Noir.
— Il est l'Onde.
— Il est le Fiel.
— Un Féal brûle dans son cœur.
— Il détient l'épée du Saphir.
— Peut-il réussir ?
— Il n'a pas reçu notre enseignement.
— Nous n'avons jamais été aussi près de la victoire.
— Et de la catastrophe.
— En Charogne, rien n'empêchera le Fiel de s'emparer de lui.
— Faisons-lui confiance.
— Il a démontré sa valeur.
— Il faudrait lui venir en aide.

— Ne comptez pas sur moi ! s'écria Tshan.

Il se leva en grimaçant de douleur, vacilla sur ses jambes et quitta lentement la salle.

Il lui semblait que le fantôme de Scende suivait ses pas.

Chapitre 8

Ils s'immiscèrent dans la nuit, le sable inondé de lune crissant sous leurs pas. Côme et Ezrah cheminaient de part et d'autre de la Licorne. Le phénicier avait fait en sorte de ne pas être suivi par ses frères. Il ne voulait pas leur donner de faux espoirs avant de savoir exactement ce que le Licornéen avait imaginé.

Une heure plus tard, les deux hommes et le Féal abordèrent une zone semée d'herbe fine, prémices d'une enclave de verdure où retentissait le chant inattendu d'un petit ruisseau entre les pierres.

— J'ai aperçu cette oasis en cherchant les dattes ce matin, expliqua Ezrah. Je n'ai pas osé m'en approcher... Tu sais que pour notre peuple, ces endroits sont sacrés. Les étrangers ne comprennent pas. Ils n'y voient qu'une source à laquelle s'abreuver. En vérité, la vie subsiste ici grâce au sacrifice qu'acceptèrent les Licornes aux Origines. Ce sont des lieux de paix, de culte et de mémoire.

Côme hocha la tête et s'accroupit au bord du ruisselet. L'eau vive s'écoulait sur deux coudées à peine, pourtant une fraîcheur inestimable éclaboussait son visage.

— Plus tard dans la journée, une idée m'est donc venue, reprit le Licornéen. Toutes les oasis ne sont pas identiques. Et je crois que celle-ci est des plus précieuses.

— Pourquoi ?

Pour toute réponse, Ezrah désigna la Licorne. À l'approche de la source, son aspect se modifiait : la proximité de l'eau ravivait les couleurs du Féal, de véritables rayons mauves dardaient depuis sa corne, comme si une étoile s'était posée sur la pointe, et ses sabots sonnaient comme du cristal contre les pierres humides.

— L'Onde se concentre ici, chuchota le Muezzin. Elle jaillit par cette source, elle se rend visible en cet endroit pour ceux qui savent la voir. Cependant, tous ignorent qu'elle irrigue secrètement le désert entier.

Côme eut la vision d'un immense parchemin couvert de sable, dont les nervures étaient des sillons bleutés et phosphorescents.

— Les Féals sentent les ruisseaux d'Onde...

— Bien sûr : ils en viennent, ils y sont nés, ajouta Ezrah, les yeux brillants. Tu comprends ? Le cordon ombilical n'est jamais tout à fait rompu. Je le sais depuis mon initiation. Dans les cavernes, nous fusionnons avec les sensations du Féal et nous tâtonnons en quête de son âme. Certains d'entre nous parviennent ainsi à dégager les émotions les plus anciennes de la gangue intangible qu'est l'esprit d'un Féal. Pour ma part, j'ai eu la chance d'apercevoir les sensations de sa naissance.

— Je... je ne vous crois pas, s'insurgea Côme en jetant des regards à la dérobée en direction de la

Licorne comme pour y distinguer un signe de dénégation. Personne ne peut remonter aussi loin.

— Tu ne connais pas les cavernes dont je parle. Ce ne sont pas de simples trous dans la pierre. C'est le ventre du désert, l'un des endroits les plus reculés du M'Onde. Les étrangers aux Provinces n'y mettent jamais les pieds. Les cavernes sont remplies de secrets lointains et... parfois terrifiants.

Côme haussa les sourcils. Le Muezzin ne semblait pas vouloir en révéler davantage sur ces terrifiantes découvertes. Sans doute les profondes rides qui cisaillaient ses traits en découlaient-elles en partie.

Les doigts de la main droite d'Ezrah exécutèrent un signe pour repousser ses souvenirs obscurs. Puis le Licornéen acheva :

— Le ventre du désert a accouché des Licornes.

Il fit quelques pas autour du ruisseau et inspira profondément dans une attitude de célébration. Le Muezzin rendait grâces en silence à la fertilité magique et insoupçonnée du désert.

Côme eut tout à coup la certitude que le Licornéen se préparait à mourir. Il tenta de rejeter cette idée subite et croisa les bras sur sa robe de bure.

L'homme à la peau d'ébène poursuivit :

— Dans ces entrailles de pierre se sont accumulées les traces des émotions antiques des Féals. Je ne prétends pas les avoir explorées, juste aperçues. Mais je peux t'affirmer, jeune moine, que le lien est resté fort...

— Quel lien ?

Ezrah s'accroupit et suivit du bout du doigt le cours de la source.

— L'ombilic. Le lien entre le Féal et l'Onde qui lui a donné naissance. C'est ce cordon, ou plutôt le réseau de fils invisibles qui en est le prolongement, que la Licorne peut utiliser pour nous. Elle peut parler aux Ondes comme les Ondes lui parlent.

Les poings de Côme se serrèrent d'excitation contre sa poitrine.

— Et avertir d'autres Féals ?

Le Muezzin se redressa et glissa ses doigts dans la crinière de la Licorne. Son regard s'était fait énigmatique et vaguement menaçant.

— Je le crois. Mais il y a un prix à payer, mon garçon.

— Je ferai ce que vous voudrez, affirma gravement le jeune phénicier. Si c'est l'unique chance de sauver mes frères et d'accomplir le devoir de la Guilde. La Licorne accepte-t-elle de lancer un appel à travers les Ondes pour faire venir des Féals capables de transporter nos épées ?

— Sais-tu ce que cela te coûtera ? insista Ezrah. Songe que les larmes des Licornes ont distillé le sable de ce désert. Sur notre territoire, servir, c'est mourir.

Le Muezzin contourna le Féal et fixa les larges pupilles de la créature.

— Et elle le sait.

— C'est l'heure de tous les sacrifices, fit Côme, solennel. Plutôt mourir pour l'Onde que succomber à la Charogne.

Le vent se leva et fit battre les pans de sa houppelande. Ses longs cheveux blonds ondulèrent tandis qu'il tendait ses poignets marbrés de coupures au regard du Muezzin.

— Faites couler mon sang, Ezrah. Je ne suis pas des Provinces-Licornes, je ne suis pas des vôtres, mais j'ai confié ma vie aux Phénix, et je vous fais confiance, à vous aussi. À travers les Ondes, les Féals sont unis, dites-vous ? Je donne ma vie à votre Licorne au nom des Phénix.

— Tu veux... donner ta vie ? demanda le Muezzin, à la fois effrayé et interloqué.

À l'évidence, les choses ne tournaient pas comme il l'avait prévu. Il pensait se sacrifier lui-même, et voilà qu'un gamin de seize ans se proposait de le faire à sa place.

— Pas question ! refusa-t-il violemment. Tu dois guider tes frères et veiller sur leur avenir. Il faudra que tu organises le convoi. Moi, en revanche, je n'ai plus grand-chose à faire ici. Plus rien ne me retient. Mon corps doit aller au sable, et mon âme s'envoler avec le vent du sud.

Sa volonté s'exprima si nettement que la Licorne obtempéra sur-le-champ. Elle s'avança dans l'eau, ses sabots éclaboussant les pierres, s'ébroua et tourna la tête vers Ezrah, en un semblant d'invitation. Celui-ci mit un genou à terre, à la lisière de la source, et sortit un poignard de son habit. Son poing serré et son poignet offert au-dessus du ruisseau n'attendaient plus que la caresse de la lame.

Il sourit à Côme...

Mais son sourire s'effaça aussitôt.

Une forme noire se jeta sur le dos du jeune phénicien.

D'autres silhouettes se déployèrent autour de l'oasis et des lames déchiquetées reflétèrent la lumière de la lune.

La Licorne se pétrifia. Ezrah se redressa vivement et, une sainte colère plaquée sur le visage, il vida ses poumons :

— Ar-laïda ! L'oasis est sacrée !

Puis il donna un grand coup de pied à l'assaillant de Côme, qui avait roulé par terre avec lui. Les cartilages de son nez éclatèrent et la figure du phénicien fut aspergée de sang. Côme en profita pour faire balancer son adversaire sur le flanc et se relever tout en dégainant son épée.

Mais les autres assassins les cernaient déjà.

Leurs faces étaient des masques grotesques, caricatures de chair et de muscles, creusés de deux orbites sombres et fendus d'une rangée de dents pourries et désordonnées. Le cuir noir rehaussé de pointes qui enserrait leurs corps massifs parachevait la panoplie des Charognards.

Ezrah exécuta quelques passes préparatoires, faisant voler son poignard d'une main à l'autre, de façon à distraire l'attention des guerriers tout en élaborant une tactique. Ils ne paraissaient pas nombreux. Une Sombre Sente devait s'être incarnée aux abords de l'oasis, certainement attirée par l'Onde. Ce n'était pas une offensive de la Charogne, juste une avide tentation. Mais le gamin devait coûte que coûte leur échapper, ainsi que la Licorne.

Côme, près de lui, tenait en respect le Charognard à terre, son épée aux reflets jaunes pointée sur lui.

— ... À la moindre alerte, je vous transperce le crâne, bredouilla-t-il tandis que son adversaire ricanait, aplati au sol, prostré comme un énorme insecte.

Soudain, Ezrah sauta par-dessus le ruisseau et décocha deux coups de pied simultanés aux Charognards avant de retomber. Ses victimes titubèrent en arrière, et un troisième assassin, surpris par sa rapidité, reçut la lame du Muezzin en plein front.

Au même moment, le Charognard aux pieds de Côme empoigna le bas de sa robe et tira brutalement. Côme vacilla mais se retint de tomber. Il écrasa la tête de son adversaire sous son pied, lui cognant la face contre une pierre à trois reprises, puis profita de son étourdissement pour l'enjamber.

Il fallait qu'il le tue. Or, jamais de sa vie Côme n'avait pris une vie humaine.

Ce n'est pas une vie humaine ! lui cria son esprit.

L'homme se remettait déjà debout, face à lui, un rictus méprisant sur son visage défiguré, quand il arma son geste.

La tête du Charognard vola au loin dans une gerbe de sang noir.

Pendant ce temps, Ezrah se battait contre trois assaillants. Il repoussait les attaques de leurs horribles lames dentées avec son poignard, faisant preuve d'une habileté incroyable, mais qui ne durerait pas : à un contre trois, il consumait tant d'énergie que les Charognards auraient tôt ou tard le dessus.

Le Licornéen fléchit les jambes pour esquiver une attaque de taille, et tout en se redressant, il lacéra la cuisse du Charognard penché vers lui. Il grogna de douleur et perdit l'avantage. Cette précieuse seconde de répit suffit à Ezrah pour lui déchirer la gorge.

Mais les deux autres assassins se précipitèrent sur lui.

Côme se jeta dans la mêlée et fit diversion en piquant la hanche de l'un d'eux. Son coup avait raté mais il avait tout de même réussi à attirer l'attention d'un Charognard sur lui, laissant Ezrah négocier avec l'autre guerrier.

— Tu en as vu d'autres ? cria le Licornéen.

— N... non, répondit Côme tandis que son nouvel adversaire marchait vers lui, épée levée, un ignoble sourire sur ses lèvres déchirées.

— Pas besoin, cracha ce dernier. Je vais jouer un peu avec toi, petit.

Côme crispa ses deux mains sur la poignée de son épée. Il tremblait comme une feuille.

— Fuis, garçon ! fit le Licornéen tout en fondant sur son ennemi, fouettant l'air de son poignard pour le faire reculer. Rejoins les autres ! À vous tous, vous aurez une chance de...

L'épée du Charognard effleura la joue de Côme. Il l'avait esquivée de justesse, mais avait perdu l'équilibre et gisait à terre à présent, son arme pointée au-dessus de lui. Les larmes inondaient son visage.

Le Licornéen fit volte-face et lança son poignard. La lame acérée se ficha dans la nuque du Charognard avant qu'il n'ait pu abattre son arme sur Côme.

Une intense douleur explosa dans l'épaule d'Ezrah. Son adversaire en avait profité pour frapper et s'apprêtait à l'achever.

— Non ! hurla Côme en voyant l'épée déchirée se lever derrière le Muezzin.

Au même moment, le sol trembla. Le dernier Charognard ouvrit des yeux écarquillés et fit un pas en arrière, son épée tendue vers le ciel.

Ezrah pivota et agrippa sa tête d'une main tandis que l'autre enfonçait le poignard jusqu'à la garde dans l'œil du guerrier noir.

Le sol trembla à nouveau et le sable se mit à s'agiter, telles des vagues s'écrasant sur la plage.

Côme se releva, haletant, et, cherchant l'origine du phénomène, vit la Licorne au milieu de la source, majestueuse, impériale, et à ses pieds, un garçon en robe de bure agenouillé dans l'eau. Un flot rouge s'échappait de ses mains et brouillait la blancheur de l'onde. Surplombant la scène, la corne du Féal baignait la scène d'une lumière mauve, irréelle.

— Adaz ! s'exclama le Muezzin recroquevillé, en se tenant l'épaule.

— Adaz ! répéta Côme. Qu'est-ce que... Qu'est-ce que tu fais ? Mais tu es fou !...

— Il est trop tard, fit la voix rauque d'Ezrah. Le rituel est en train de s'accomplir. Il faut le laisser finir...

La gorge gonflée de sanglots, Côme resta immobile, à contempler le sacrifice de son ami.

Le jeune Licornéen tourna lentement la tête vers lui. Il arborait une expression étrangement paisible.

— Je vous ai épiés, dit-il à voix basse. Je vous ai entendus et j'ai su ce que je devais faire.

Une phosphorescence bleue naquit dans la source et partit à la conquête de l'oasis, et du sable environnant. Elle se divisa en rigoles, puis en un réseau de fines nervures qui s'échappèrent dans le désert.

Adaz s'écroula dans le ruisseau. Côme et Ezrah s'approchèrent de lui et le phénicier blond prit son frère dans ses bras.

— Pas toi... pas toi...

— Mon rêve... se réalise, murmura le garçon.

La Licorne toucha doucement la tête d'Adaz du bout de sa gueule. Les paupières du mourant retombèrent lentement. Un sourire serein illuminait son visage.

— Il... il est mort, dit Côme à travers ses larmes.

Ezrah plongea ses yeux dans ceux du phénicier et secoua la tête, l'air indécis.

— Vois, chuchota-t-il en reportant son regard sur Adaz. Vois le destin d'un Licornéen s'accomplir.

Le corps du garçon commençait à s'effriter, à se changer en une poudre claire qui se déversa sur le sol sans un bruit. Très vite la robe se vida complètement et il n'en resta qu'un habit froissé dans les mains de Côme.

Un vent chaud se leva, éparpillant le sable qui avait été Adaz sur les dunes alentour.

Chapitre 9

Le quartier du Bec s'étendait au nord du royaume des morts. Les premiers Charognards s'étaient installés ici, près des squelettes des Griffons et des Pégases. Les becs des Féals des Origines s'étaient fichés dans la terre noire et se dressaient vers le ciel comme les coques d'immenses navires. Les mandibules avaient initialement constitué des abris de fortune puis, sous l'impulsion des nouveaux arrivants, les fondations du quartier à venir. De hautes maisons s'étaient peu à peu élevées en cercles concentriques autour des précieuses reliques pour former, trois siècles plus tard, les frontières du plus vieux quartier de la Charogne.

Des canaux de Fiel coupaient les rues à intervalles réguliers, alimentés par des rigoles qui couraient sous les pavés et recueillaient l'eau noire et huileuse qui suintait des cadavres des Origines. Ces rigoles émergeaient à l'air libre sur le flanc des canaux, dans les gueules moussues de lourdes statues de pierre représentant chaque famille de Féal.

La Mère des Ondes suivait du regard la barque d'un passeur qui ridait la surface du Fiel. Vêtu d'une houppelande rapiécée, le Charognard menait son embarcation à l'aide d'une longue perche nacrée. Ses mouvements cadencés éveillaient en elle les sourds échos de ses doutes, la certitude d'être à l'image de cette perche qui allait et venait sous la surface du Fiel.

Elle se détourna lorsque la barque disparut à l'angle d'une maison et reporta son attention sur l'horizon ténébreux du royaume des morts.

Elle avait trouvé refuge au sommet d'une mandibule plantée de guingois et soutenue par de hautes colonnes d'onyx. Pour rejoindre une terrasse d'agrément qui s'élevait au faîte de l'imposante relique, elle avait emprunté un vieil escalier de bois qui se frayait un chemin entre des lianes épaisses et blanches semblables à des ossements.

Ces lianes rayonnaient autour des squelettes des Origines échoués un peu partout dans le royaume. Ils nourrissaient la Charogne et étendaient en tous lieux les racines de leur pouvoir. Pareils à des nervures organiques, les os progressaient dans les maisons, les rues et les citadelles. Certains avaient escaladé la pente du bec pour venir s'enrouler autour de la terrasse où leurs entrelacs formaient d'étranges sculptures pâles et noueuses.

La Mère des Ondes épousa du plat de la main la courbe d'un os qui plongeait entre deux planches vermoulues. Elle était épuisée mais heureuse de pouvoir enfin goûter à quelques instants de répit. Harcelée et traquée par les Charognards, elle avait sacrifié plusieurs de ses Ondes pour échapper aux recherches et se réfugier ici, sur cette terrasse déserte dont la perspective offrait une vue idéale sur le trajet qu'il restait à parcourir jusqu'à la citadelle royale.

Sa progression s'avérait plus difficile qu'elle ne l'avait supposé. Si elle savait que le vrai combat à mener se tiendrait au cœur même de l'enceinte royale, elle n'avait pas imaginé en livrer d'autres pour approcher la citadelle. L'âpreté des récentes batailles lui laissait un goût amer, le sentiment d'avoir été découverte avant l'heure et d'avoir gâché l'effet de surprise qu'elle escomptait. Certes, Symentz avait veillé à ce que les Pèlerins ne soient pas un obstacle. Il l'avait conduite d'une main ferme dans le dédale du temple et l'avait abandonnée au seuil de la rue sur la promesse timide de se revoir un jour. Émue par sa dévotion et l'expression désespérée gravée sur son visage de porcelaine, elle avait déposé un baiser vibrant sur ses lèvres puis, sans un mot et désormais livrée à elle-même, elle s'était enfoncée dans la nuit.

Les Charognards avaient déserté la vieille cité. Les ruelles silencieuses et les maisons abandonnées témoignaient de l'ardeur des combats menés aux frontières du M'Onde. Les Sombres Sentes jetées sur le front charriaient la force vive du royaume. Dupée par la relative facilité de sa progression, elle n'avait pas vu venir le danger, elle n'avait pas su anticiper la vigilance de l'ennemi.

Le roi l'attendait.

Peut-être même avait-il sciemment dégarni le rang des milices afin d'endormir sa méfiance et mieux la surprendre. À trois reprises déjà, elle avait été forcée de briser l'harmonie des âmes qui la composaient. Abandonner derrière elle une Onde pour couvrir sa retraite et fuir... Seule, elle n'avait aucune chance de l'emporter face aux troupes que le roi déployait contre elle. Elle le soupçonnait de vouloir la harceler méthodiquement, de grignoter sa résistance sans prendre de risque, la voir s'épuiser, se vider de son énergie et attendre le moment propice pour porter le coup fatal.

Le roi avait lancé à ses trousses de redoutables créatures qui finissaient toujours par retrouver sa trace. Des Charognards déments, tenus d'ordinaire au secret dans les geôles de la citadelle royale, qui incarnaient le Fiel et qui hantaient désormais les rues de la cité à la recherche de leur proie. Sensibles à l'extrême aux émanations de l'Onde, ils agissaient comme des sourciers, le nez levé et frémissant aux moindres vibrations de l'air putréfié. La Mère des Ondes les avait affrontés, eux et leurs chiens de guerre, aux abords de la citadelle sans avoir jamais pu prendre le dessus.

Elle poussa un soupir de dépit et songea à Januel qui palpitait dans son cœur. Elle s'était incarnée sur sa chair, elle avait déployé autour de ses membres la magie de l'Onde pour le forger à son image et se substituer à lui. Tout comme elle lui avait donné naissance, il lui avait permis à son tour de naître et d'exister pour accomplir la volonté du peuple des Ondes. Depuis peu, elle percevait le murmure de sa présence et les échos, plus lointains, du Phénix. Le Féal s'éveillait, bercé par la voix de son maître. Elle tendait parfois l'oreille pour les écouter et se réjouissait de les sentir plus complices que jamais. L'intimité forcée à laquelle sa mère l'avait condamné l'avait rapproché du Phénix. Januel partageait le même sort que lui : tous deux logeaient dans un cœur.

La Mère des Ondes pressa la main sur sa poitrine comme si elle espérait les sentir dans sa chair, comme si elle voulait leur adresser un message et leur dire combien elle souhaitait, en dépit de la situation, qu'ils survivraient tous deux aux épreuves à venir.

Elle porta la main à ses cheveux pour écarter une boucle capricieuse tombée sur son épaule. Depuis son incarnation, elle les arborait tressés et posés en couronne sur son front. Elle avait néanmoins gardé une robe identique à celle qu'elle avait revêtue pour apparaître à son fils et préférait rester pieds nus.

Un regard vers l'ombre menaçante de la citadelle royale l'incita à saisir l'épée suspendue dans son dos. La nuance turquoise de ses yeux s'assombrit lorsque l'épée du Saphir étincela dans l'obscurité.

Des reflets bleu nuit jouaient sur les deux coudées et demie de longueur de la lame sacrée. Recourbée à son extrémité, elle puisait son pouvoir des veines qui couraient depuis le pommeau jusqu'à la pointe. La Mère des Ondes referma lentement les doigts autour de la garde sculptée. L'Esprit frappeur réagit aussitôt à l'appel et se manifesta d'une voix familière dans l'esprit de son maître :

— *Salut, ma belle... Un problème ?*
— Aucun. Juste besoin de t'entendre.
— *Vague à l'âme ?*
— Peur seulement...
— *Bah, la routine.*

La Mère des Ondes prenait plaisir au ton badin avec lequel l'Esprit s'adressait à elle. Avant de confier l'épée au capitaine Falken, elle s'était longuement entraînée afin de pouvoir maîtriser tous les aspects de son pouvoir. Les doutes qu'elle avait éprouvés au début de leur relation s'étaient dissipés au rythme des secrets dévoilés par l'Esprit. L'épée offrait une maîtrise du combat si singulière et si complexe que la Mère des Ondes avait oublié ses scrupules et s'était abandonnée sans réserve à ses enseignements.

Le décor qui l'entourait s'opacifiait peu à peu et la plongea finalement dans une obscurité totale. L'osmose entre l'épée et son porteur commençait toujours ainsi. Pour manier l'épée, il fallait être aveugle.

Puis, dans le noir, s'amplifièrent les sons qu'une oreille humaine ne pouvait percevoir en temps normal. Les infimes craquements du bois, le froissement d'une étoffe, le pas furtif d'un insecte. Les bruits s'aiguisaient, filtrés par l'Esprit frappeur.

Née sur les champs de bataille des Origines, l'épée offrait à son maître une unique dimension, une dimension sonore où flottaient par endroits les échos des combats antiques. Les chocs titanesques, les cris terrifiants poussés par les Féals avaient semé ici et là des résonances en forme de fantômes, de petites notes assonantes qu'il fallait savoir déchiffrer afin de s'engouffrer à l'intérieur et profiter de leur puissance pour rythmer son attaque. La Mère des Ondes avait essuyé de nombreux échecs avant de pouvoir couler la mélodie de son propre style dans celles des fantômes et démultiplier ainsi la violence et la vivacité de ses assauts.

Elle y était parvenue et pouvait, en certaines circonstances, frapper avec la puissance d'un Féal. Attentive, elle écoutait à présent les sons qui flottaient autour d'elle. Derrière le fond sonore propre à la terrasse et aux bruits qui montaient de la rue, elle décela les mélodies du passé, trois Résonances qui, dans l'état d'esprit où elle se trouvait, agissaient comme un baume sur ses forces déclinantes.

Il était temps d'agir. De recommencer, de trouver la faille qui lui permettrait de s'introduire dans la citadelle royale.

— Je te garde en main.

— *Très franchement*, répondit l'Esprit d'une voix espiègle, *je ne peux m'empêcher d'être excité chaque fois que tu prononces cette phrase.*

— Idiot... dit-elle avec un sourire complice.

— *Quoi, je suis une épée, oui ou non ? Un symbole indéniable ! Une sensualité exacerbée que tu refuses d'admettre pour d'obscures raisons pratiques.*

— Tu deviens grossier.

— *Je tente ma chance, c'est différent*, répliqua-t-il d'un ton moqueur.

— Contente-toi de mes mains.

— *Tu ne sais pas ce que tu manques.*

L'Esprit savait qu'elle appréciait ses provocations et qu'il demeurait le seul à pouvoir atténuer ses angoisses. Il s'apprêtait donc à renchérir lorsqu'elle souffla :

— Tu n'entends pas ?

— *Non.*

Le temps d'un soupir, elle avait perçu le rythme d'un pas régulier. Un son diffus qui s'était coulé, comme une fausse note, dans la mélodie grinçante du vieux bois. Elle se concentra pour tenter de le surprendre à nouveau mais n'entendit rien.

— *Ton imagination*, grommela l'Esprit.

— Peut-être, admit-elle.

— *À coup sûr. Ils n'auraient pas pu nous retrouver si vite.*

— On s'en va.

Elle avait été imprudente. La terrasse formait un cul-de-sac que l'ennemi pouvait exploiter à son avantage. Inspirée par une crainte sourde, elle serra plus fort la garde de l'épée et se dirigea vers les premières marches de l'escalier.

Elle ne voyait rien mais la persistance des sons qui l'entouraient la maintenait en alerte. La démarche féline, elle rejoignit l'escalier et tendit l'oreille.

— *Vérole...* murmura l'Esprit.

Des pas. En nombre.

— Ils nous ont retrouvés.

— *Au moins une dizaine.*

— Au moins, oui.

L'ennemi ne cherchait plus à dissimuler son approche et faisait vibrer l'escalier de haut en bas.

— *Nous sommes coincés,* grommela l'Esprit.

Privée de ses yeux, la Mère des Ondes essayait de se remémorer l'architecture des lieux. Vingt coudées au moins la séparaient des toits alentour. Trop haut pour s'y recevoir sans dommage. L'escalier demeurait la seule issue possible à moins de s'engager sur les colonnes qui soutenaient la pointe du bec. Une descente périlleuse et sans doute trop longue pour espérer surprendre l'ennemi.

— On prend l'escalier. On tente de passer en force.

L'Esprit salua la décision d'un nouveau juron et entra en action. Dans un premier temps, il occulta les bruits parasites pour se concentrer sur la rumeur diffuse qui montait de l'escalier. Un préalable nécessaire pour permettre à sa maîtresse de focaliser son attention sur l'ennemi.

— *Ma belle ?*
— Quoi ?
— *Sur les colonnes, derrière nous. Au moins une vingtaine. De toi à moi, ça devient un tantinet préoccupant.*
— Combien de temps avant qu'ils soient sur la terrasse ?
— *Je passe...*
— Alors ignore-les et focalise-toi sur les Résonances.
— *Dangereux, ça, ma belle.*
— Fais ce que je te dis.

L'Esprit obéit malgré le risque encouru. Sa maîtresse exigeait ni plus ni moins qu'il étouffe le bruit de l'ennemi afin de déceler, dans l'obscurité, l'écho d'hypothétiques Résonances.

La Mère des Ondes recula au milieu de la terrasse et ignora l'angoisse qui venait avec le silence. Rien ne pouvait plus la renseigner sur l'approche de l'ennemi. Elle était aveugle et sourde.

— *J'en ai trois*, la prévint l'Esprit. *Deux dans l'escalier, une sur la terrasse.*
— Oui, je les entends.

Elle se précipita aussitôt vers la mélodie argentine qui s'élevait dans l'angle nord de la terrasse et ordonna à l'Esprit de revenir sur l'ennemi.

Les Charognards étaient là. Près d'elle, à moins de cinq coudées.

Des chuintements et des sifflements qui tournoyaient autour d'elle comme une nuée de vautours. En pareille circonstance, l'imagination était sa pire ennemie. Le souvenir des sourciers grinçait aux portes de sa mémoire. Les visages émaciés, les os de leurs poitrines qui crevaient la peau pour dessiner, à la surface du torse, des mâchoires pointues, les jambes chétives qui ressemblaient à des branches calcinées, les mains courbées comme des serres...

Ils se jetaient sur elle lorsqu'elle s'engouffra au cœur de la Résonance. Aussitôt, l'Esprit se gorgea du son de l'antique carillon qui tintait dans le noir. Elle tituba sous la violence de l'impact et soutint les vibrations répercutées dans son bras.

Les ongles des Charognards strièrent ses épaules et son dos de profondes balafres lorsqu'elle put enfin déployer la mesure de son art. Elle alliait désormais à la fluidité de ses mouvements la force primordiale des combats originels.

Elle repoussa, d'un moulinet, ses plus proches assaillants et profita de leur reflux pour se précipiter vers l'escalier. Elle refusait un combat perdu d'avance et se coulait entre les Charognards comme une rivière entre les rochers. Abusé par sa rapidité, l'ennemi tarda à réagir. Les ongles tranchants cinglaient le vide tandis qu'elle jouait des épaules pour imprimer à son corps des mouvements secs et imprévisibles. Elle parvint au seuil de la terrasse et dut soudain s'immobiliser.

Sur les premières marches de l'escalier grondaient les dogues efflanqués des sourciers. Des chiens de guerre qui progressaient lentement, ventre au sol. Elle perçut le grincement mouillé de leurs babines, le jeu des muscles pourrissants. Le souffle de ses poursuivants l'empêcha de réfléchir plus longtemps. Un cri farouche s'échappa de sa gorge et, l'épée brandie, elle se jeta au cœur de la meute.

Les dogues encaissèrent l'assaut sans tenir compte des pertes. La mêlée en précipita plusieurs dans le vide. Elle décapita les premiers, embrocha ceux qui essayaient de bondir à sa gorge et brisa l'échine des blessés. Elle progressait en tourbillon mortel et força la meute à reculer.

Dans son dos, les Charognards s'engageaient à leur tour dans l'escalier pour la prendre à revers.

— *Vérole...* lâcha l'Esprit. *Derrière toi. Cette fois, je crois bien qu'on est cernés.*

Dans les yeux de sa maîtresse, le tumulte de l'Onde était tel qu'une lumière bleutée éclairait son visage. Des mèches de sa chevelure défaite tombaient sur ses épaules ensanglantées. Elle sentait déjà la Résonance décliner et prit la décision qui s'imposait.

Tout en maintenant les dogues en respect de la pointe de son épée, elle se concentra sur son propre corps et brisa une fois encore l'harmonie des Ondes. Parmi les six qui lui restaient, une seule convenait à la situation. Celle d'un guerrier chimérien, ancien seigneur d'une province prospère. Avec ses plus fidèles lieutenants, l'homme s'était sacrifié sur les remparts de son château pour repousser une horde de pillards. Sa droiture et la noblesse de son cœur lui avaient valu le respect des Ondes. Avec une infinie tristesse, elle lui fit de brefs adieux et le libéra.

Les Charognards virent le guerrier s'extraire de la Mère des Ondes comme un fantôme. Elle jetait dans la bataille un roc capable de freiner le flot de ses poursuivants, un guerrier d'une stature imposante vêtu d'une armure de bataille et armé d'une lourde masse à deux mains. La silhouette de l'Onde sacrifiée luisait d'un éclat opalin. Les sourciers grondèrent et dégringolèrent les marches à sa rencontre.

La Mère des Ondes lança un dernier regard sur son compagnon et se porta au contact de la meute des chiens de guerre. Les forces inspirées par la Résonance diminuaient encore.

Le combat précédent avait incité les dogues à la prudence. Aucun ne chercha à l'attaquer de front. Ils guettaient une faille, un moyen de franchir le cercle défensif de son épée pour planter leurs crocs dans ses jambes et la déséquilibrer. Elle tua les deux premiers qui firent une tentative mais ne parvint pas à arrêter le troisième. Les dents rehaussées de métal claquèrent avec rage et se refermèrent sur son mollet comme un piège à loup. Elle hurla et sentit sa jambe se dérober sous l'effet de la douleur. L'épée brisa le crâne de la bête et éclaboussa sa robe d'un liquide poisseux et noir. La créature avait ouvert une brèche. Tandis que le guerrier chimérien ployait sous l'assaut des Charognards déchaînés, les dogues contre-attaquèrent et se ruèrent sur leur proie en se grimpant les uns sur les autres.

Déséquilibrée et gênée par sa blessure, la Mère des Ondes repoussa l'assaut tant bien que mal. L'haleine chaude et putride des créatures souffla sur son visage. L'une d'elles saisit un pan de sa robe et l'arracha avec un grognement.

— *Une Onde !* s'écria l'Esprit. *Une Onde ou c'est la fin !*

Jamais la situation n'avait été aussi critique, jamais les Charognards n'avaient été aussi nombreux. Elle comprit que le roi avait choisi ce moment précis pour en finir avec elle, que les Charognards l'avaient rabattue à dessein vers le quartier du Bec afin qu'elle se réfugie sur une terrasse semblable à celle-ci. Un piège grossier dont la simplicité et l'efficacité cinglaient cruellement son intelligence. Elle serra les dents et, les deux mains vissées sur la garde de l'épée, fit reculer ses adversaires en poussant des cris rauques.

Elle entendit, dans son dos, le souffle court du Chimérien submergé par l'ennemi et se résigna, la rage au ventre, à casser à nouveau l'harmonie. Ses pensées affranchirent cette fois-ci l'âme d'un moine taraséen. Un homme dans la force de l'âge qui avait témoigné durant toute sa vie d'un haut sens moral. La sagesse du Taraséen avait éclairé plus d'une fois la Mère des Ondes sur le sens de sa quête. Elle avait aimé le timbre de sa voix, la manière dont il professait ses conseils avec l'assurance d'un père. Une larme tiède, une seule, roula sur la joue de la Mère des Ondes lorsque le fantôme se détacha de son corps pour faire face à la meute.

Vêtu d'un simple pantalon de toile, il était armé d'un bâton de bois sculpté dont l'extrémité brisa, avec un craquement sec, l'échine du dogue qui s'acharnait sur la robe de la Mère.

— *Un sursis, rien de plus*, commenta l'Esprit d'une voix sinistre.

— Merci de ton aide, le rabroua-t-elle.

Les deux Ondes acculées la protégeaient encore de chaque côté de l'escalier mais l'espace protégé se réduisait à chaque instant. Elle résista à l'envie d'abandonner son arme pour *voir* enfin ses ennemis mais l'Esprit intervint :

— *Non, si tu me lâches, tu es morte.*

— Je sais.

La plaie ouverte à son mollet saignait abondamment et la force inspirée par la Résonance avait disparu. Elle demanda à son fils :

— Ton Phénix peut m'aider ?

— Non, mère. Il ne me répond plus depuis le début du combat.

— Qu'est-ce qui se passe ?

— Je ne sais pas.

Elle referma son cœur et s'adressa à l'Esprit :

— Écoute-moi. Le roi a jeté toutes ses forces ici. J'en suis persuadée. Sa horde est là, au complet.

— *Pure spéculation, ma belle...*

— Non, pas de doute. Tu n'entends pas ? Ils sont tous là, tous ceux qui nous ont harcelés depuis que nous sommes en Charogne. Ils sont venus pour en finir.

— *Admettons...*

— Je tente le tout pour le tout. Je libère mes Ondes. Les quatre qui me restent. Je ne garde que mon fils. Et on tente de rejoindre la citadelle maintenant.

— *Toutes les Ondes ? Et ensuite, que feras-tu ?*

— On fonce à la citadelle et on improvise en sachant qu'on n'a plus le droit à l'erreur.

En sacrifiant ses Ondes, elle faisait un pari extrêmement audacieux mais elle n'avait plus le choix. Il fallait à tout prix échapper à la nasse refermée par le roi et fixer la horde le plus longtemps possible de manière à pouvoir profiter de ce répit pour pénétrer enfin dans la citadelle.

Elle s'abstint de dire adieu aux Ondes qu'elle s'apprêtait à libérer et fit voler en éclats l'harmonie qu'elle avait eu tant de peine à consacrer dans le cœur de Januel.

À ses côtés se dressaient désormais une Licornéenne au visage d'ébène, une Pégasine au regard froid et deux seigneurs grifféens drapés dans de lourdes capes de velours rouge. Des hommes et des femmes illustres qui avaient fusionné jadis, dans une clairière, pour donner naissance à la Mère des Ondes.

Elle ordonna aux deux seigneurs de prêter main-forte au Chimérien à l'agonie et de retenir le plus longtemps possible les Charognards massés sur la terrasse. Aux deux femmes, elle intima d'ouvrir une brèche dans la meute des chiens de guerre et de la refermer derrière elle.

Elles joignirent leurs forces à celles du vieux moine et engagèrent un combat dont l'écho souffla jusqu'aux limites du quartier. L'Onde et le Fiel livraient sur cet escalier branlant une lutte à mort, un combat viscéral. Les chiens basculaient en grappes noires et écumantes par-dessus les rambardes, les marches ployaient sous le poids des cadavres. Des trois Ondes qui couvraient l'avance de leur Mère, une seule parvint avec elle à franchir le rempart dressé par la meute. Le vieux moine et la Pégasine furent engloutis et disparurent à jamais sous les crocs des chiens de guerre.

Disposés en retrait au pied de l'escalier, leurs maîtres tentèrent sans succès de s'opposer à l'élan indomptable conduit par la Mère des Ondes. Entre ses mains, l'épée du Saphir était devenue une arme vengeresse que les Résonances de l'escalier avaient exaltée. Les maîtres-chiens furent bousculés et massacrés. Rien ne pouvait arrêter la fureur d'une mère qui venait de sacrifier ceux qu'elle considérait comme ses enfants.

L'énorme mandibule qui avait été le théâtre de l'affrontement luisait désormais d'un éclat d'onyx. Le sang des Charognards et de leurs chiens dégoulinait sur les lianes blanches qui encadraient l'escalier. La Mère des Ondes ne vit rien de tout cela. Aveugle jusqu'au bout, elle s'enfonça dans les ruelles du quartier sans un regard en arrière, sans même un adieu à l'adresse de la Licornéenne qui, la dernière, se posta au bas de l'escalier pour couvrir sa retraite.

La tristesse trempait son âme au feu de l'oubli. Elle n'accordait aucun droit au passé, elle refusait d'entendre le râle de ses compagnons. Elle pensait à la citadelle qui dominait le royaume des morts, elle pensait au roi de la Charogne, à celui qu'on appelait maître Grezel et qui lui avait donné un fils.

La robe déchirée, la chevelure en désordre, elle s'enfonça dans la pénombre.

Dans ses yeux, l'Onde avait la couleur de l'abîme.

Chapitre 10

Fatoum sortit sur le balcon circulaire au sommet du minaret et se mit à suivre le couronnement de l'édifice. La corniche étroite convenait tout juste à ses pas. Le Muezzin marchait au bord du vide, l'air dégagé, le regard lancé droit devant lui. Cette surprenante promenade l'aidait à se vider l'esprit, à éclaircir ses idées, à élaborer des stratégies.

Il expira à fond. Sa certitude de mourir, survenue au matin, avait laissé place à un état étrange, mélange de la béatitude promise aux martyrs et d'une intuition sceptique.

Sa certitude de finir sa vie aujourd'hui même était troublée par une sorte de curiosité : en somme, ce serait un peu plus compliqué que prévu.

Fatoum eut un petit sourire. Il avait consacré sa vie au clergé licornéen et au service des Féals, et son investissement dans cette tâche n'avait eu d'égal que son renoncement à tout autre intérêt personnel. Toutefois, il était resté très curieux. Il aimait découvrir plus que savoir, être surpris plus que surprendre.

C'est sans doute à cause de ce trait de caractère qu'il avait conquis ses élèves si aisément : les jeunes l'estimaient grandement et lui vouaient même une sorte d'affection, chose rare dans la doctrine rigoriste des Licornéens.

Et ce soir, Fatoum connaissait cette sensation, pareille à une mouche qui refuse de quitter votre épaule malgré vos efforts, le sentiment inexplicable et tenace que quelque chose allait se produire.

Ce n'était pas l'espoir, non. Mais quelque chose comme... un grain de sable dans des rouages.

Fatoum arrêta sa marche, légèrement étourdi, et se tourna vers l'ouest. Les rangs de la Charogne s'alignaient devant la ville, nimbés d'une brume noirâtre. On eût dit les vestiges d'un incendie, comme si le désert s'était embrasé et qu'il n'en restât qu'une étendue calcinée enveloppée de nuées sombres.

Fatoum se frotta les bras. Le froid de la nuit s'insinuait à travers le tissu de son burnous vert. Le Muezzin se tint immobile quelques instants, sa silhouette roide se découpant sur la lune décroissante. Il avait du mal à s'y résoudre, pourtant il le fallait bien : les Licornes devaient charger ce soir.

Ce serait à coup sûr sa dernière décision en tant que Muezzin d'El-Zadin. Il ne savait plus s'il devait en être fier ou en avoir honte.

Il se rassura en songeant que, quitte à mourir, il mourrait en chevauchant un Féal.

Qu'aurait-il pu espérer de mieux ?

Le départ des Licornes au combat prit des airs de parade. Les femmes en saris multicolores passaient entre les Féals en ligne et les arrosaient de pétales de fleurs qu'elles puisaient dans des paniers d'osier. Les enfants chantaient de leurs voix claires sous le regard impénétrable des Muezzins. Ceux-ci avaient revêtu leurs habits d'apparat par-dessus leurs armures de crin de Licorne. Le tissu rouge aux reflets métalliques brillait de mille feux sous la lune. Ces cuirasses souples apparaissaient entre les pans des longues mantes vertes des prêtres du désert.

Fatoum, comme les autres Muezzins, regardait fixement les lignes ennemies. Les Sombres Sentes s'étaient rassemblées durant l'après-midi et se mouvaient à présent dans la plaine telles d'immenses blessures recousues à la hâte.

Soudain les enfants se turent, les femmes se retirèrent et il n'y eut plus devant les murailles d'El-Zadin que les Féals immobiles surmontés de leurs cavaliers. Un lourd silence s'abattit sur la scène.

Les Muezzins fermèrent les yeux et firent tomber leurs mantes à terre. Leurs tuniques laissaient leurs bras découverts. Leurs pantalons resserrés aux chevilles se plaquèrent contre les flancs des Licornes.

Ils synchronisèrent leur respiration. Dans la charge, il ne devait y avoir qu'une seule Licorne, un seul Muezzin, dans lesquels se fondraient tous les autres. Cinquante Féals guerriers unis dans une même déferlante de puissance et de mort.

Et tout à coup les Licornes s'élancèrent.

En face, les hordes noires poussèrent un cri guttural et partirent à leur rencontre.

Le sable refluait devant les sabots des Féals pour faciliter leur avancée et accroître leur vitesse. Les Muezzins n'ayant pas besoin de rênes pour diriger leurs montures, ils dégainèrent chacun deux sabres aux lames courbes et démesurées.

Fatoum fit virevolter les siens, se préparant à moissonner les têtes putréfiées de ses ennemis.

Quelques battements de cœur plus tard, la charge des Licornes avait franchi la distance séparant la capitale des Sombres Sentes.

Les Féals pénétrèrent de plein fouet les rangs denses des Charognards. Les guerriers aux faces informes s'empalèrent sur les cornes des créatures qui les jetèrent dans les airs. Les sabres des Muezzins arrivaient juste derrière pour décapiter leurs ennemis et leur trancher les bras.

La dernière bataille d'El-Zadin venait de commencer.

L'alchimiste poussa la porte du Sanctuaire du Sommeil et s'engagea entre les coussins qui jonchaient la pièce. Un parfum capiteux planait sur l'endroit mais Hadik ne le remarqua guère. Après des années passées à travailler dans le Sanctuaire, les odeurs acides des potions et des élixirs chauffés avaient définitivement détruit son odorat.

L'alchimiste releva le bas de sa gandura, la robe décorée de symboles serpentins qui témoignait de sa fonction, pour enjamber les dormeurs qui encombraient le passage vers sa table. À l'autre bout de la salle rectangulaire, où les poutres de bois précieux du plafond encadraient le conduit d'une cheminée circulaire, son bureau alourdi de feuillets griffonnés et de petits pots bouchés était éclairé par une lanterne bleue.

Hadik s'assit sur son tabouret, gratta sa barbiche et retroussa ses manches. Il s'empara prestement de plusieurs pots et en fit sauter les opercules avant d'en mélanger savamment le contenu dans une cornue qui trônait à côté de sa table. Une vapeur épaisse naquit à l'intérieur du globe de verre, au centre du dispositif, et se diffusa dans le complexe réseau de tubulures qui envahissait les murs de la salle.

Puis il se leva et se rendit devant un gong qu'il fit résonner avec violence.

Les dormeurs ouvrirent les yeux en grommelant et se redressèrent sur leurs couches bigarrées.

— Bonsoir, Seigneurs-Miraj, fit Hadik avec une courbette. Le Sanctuaire du Sommeil vous offrira ce soir un spectacle de rêve et de sang comme vous n'en avez jamais goûté.

Un murmure d'approbation parcourut la pièce. Ils étaient une vingtaine, à moitié nus, affalés sur leurs coussins. Depuis l'enfance ils avaient été initiés aux drogues sacrées. Ils permettaient à Hadik d'affiner ses créations et de produire ainsi les meilleurs narcotiques : les plus puissants, les plus subtils, ceux qui vous emportaient pour plusieurs mois dans une inconscience peuplée d'images, ceux qui se consommaient comme un alcool durant les fêtes...

Mais ce soir, les Seigneurs-Miraj se rendraient infiniment plus utiles. Hadik allait enfin pouvoir essayer ce qu'il considérait comme sa plus belle œuvre. Il l'avait concoctée à la demande des Muezzins d'El-Zadin, et ceux-ci avaient exigé de lui, une heure auparavant, d'en faire présent aux rêveurs de son Sanctuaire niché dans la ville basse de la capitale.

Hadik fit signe à ses invités de se saisir des tuyaux pendus près d'eux. Reliés aux tubulures remplies de vapeur, ils allaient leur fournir les visions qu'il avait imaginées.

Les Seigneurs-Miraj glissèrent l'embout de leurs tuyaux entre leurs lèvres et s'installèrent confortablement.

L'alchimiste se passa la main sur son crâne chauve. L'anxiété le torturait. Cette drogue était d'une force et d'une richesse inégalées. Elle avait été distillée durant des mois dans des cornes de Licornes, ce qui lui conférait une magie inédite.

Ces mêmes Licornes qui galopaient à travers les Sombres Sentes menaçant la capitale.

Hadik s'adossa au mur et retint son souffle.

Un paysage commençait à apparaître dans l'espace de la pièce, au-dessus des dormeurs allongés.

Un horizon cuivré... un ciel bleu nuit... la ligne ondulée des dunes...

Hadik plissa les yeux pour mieux discerner les murailles et les tours d'El-Zadin qui se profilaient au fond de la salle.

Il réprima un frisson de pur plaisir et fila vers la cornue. Il prit le globe central dans ses deux mains, le leva au-dessus de sa tête et le fracassa sur le plancher.

Les Licornes et leurs cavaliers s'évanouirent instantanément.

Les Charognards occupés à ferrailler avec les Muezzins se retrouvèrent seuls dans la plaine, stupéfaits. Leurs yeux porcins clignaient à la recherche de l'origine de ce prodige. Autour d'eux, rien ne semblait avoir changé, à part la disparition soudaine de leurs assaillants : les dunes brunies, l'outremer du ciel, la ville au loin...

Les Charognards baissèrent leurs armes, abasourdis.

Alors les Muezzins, dissimulés derrière le rêve narcotique des dormeurs, entreprirent de les massacrer.

Les lames courbes crevèrent leurs carapaces de cuir noir et les éventrèrent à la file. Les Licornes piétinèrent les hommes à terre et déchirèrent d'un coup de corne le visage de ceux qui s'approchaient d'elles. Certains Muezzins descendirent de leurs montures et sillonnèrent les escouades de Charogne en tailladant de toutes parts, tels des démons cruels et invisibles.

Fatoum, aux prises avec l'un de ces guerriers à la face informe, fit voler tant de mains qu'il ne put les compter. Il était couvert du sang noir et gluant des Charognards. Son cœur battait si fort qu'il avait l'impression qu'il allait exploser dans sa poitrine.

Les Charognards perdirent beaucoup d'hommes en quelques instants, mais se ressaisirent très vite. Le mirage se déchirait déjà et par les trous ils apercevaient de nouveau les Féals et leurs maîtres, debout dans le sable imbibé de sang, assassinant sans répit.

La riposte fut sauvage. Les Charognards se ruèrent sur les Licornéens avec une énergie décuplée par la rage d'avoir été trompés. Leurs lourdes épées maculées de rouge brisèrent des sabres avant de fouiller les entrailles de leurs propriétaires.

Un mouvement massif entraîna les troupes de la Charogne vers la ville, submergeant les Muezzins. Les Licornes résistaient encore, ruant en tous sens, fracassant les os et les mâchoires des soldats monstrueux. Fatoum se dressa sur sa monture et compta rapidement les survivants de la charge. Vingt, peut-être une trentaine de Féals surplombaient la marée humaine.

Il vit également que le mirage créé par Hadik et ses dormeurs se délitait définitivement et que ses lambeaux emportés par le vent venu de l'est passaient au-dessus du camp ennemi.

Une idée folle illumina sa conscience. Sans hésiter, il dégagea le passage devant sa monture à grands coups de sabre, tout en faisant pivoter la Licorne sur elle-même, et repartit au galop en direction de l'ouest.

Il ne prit pas le temps de voir si d'autres Muezzins avaient suivi son exemple. Les yeux braqués sur l'un des oripeaux de rêve qui planait devant lui, il poussa à bout sa Licorne, gagnant encore de la vitesse pour espérer le rattraper.

Le morceau de paysage, représentant le sommet d'une dune sur fond de ciel, n'existait presque plus lorsque Fatoum arriva à sa hauteur. Tel un acrobate, le Muezzin se mit debout sur le dos de sa monture, agrippa le bout de mirage et le garda en main à la manière d'une banderole tout en se rasseyant sur sa Licorne.

Fatoum fit halte et se retourna pour repérer ses compagnons : il en dénombra une demi-douzaine qui avaient eux aussi attrapé un lambeau de mirage. Il attendit qu'ils arrivent à sa hauteur et ensemble, ils reprirent leur progression.

Le terrain qu'ils traversaient était boueux. Sous l'influence morbide de la Sombre Sente, le sable du désert était devenu un infect magma marron, mélangé à du sang coagulé et à d'autres matières que Fatoum préférait ne pas identifier. Ici les Charognards se faisaient moins nombreux, la plupart étant en route pour la ville. Fatoum espérait que là-bas, El-Zadin comptait suffisamment de guerriers pour les repousser.

Mais l'arrière-garde des Charognards répondait présent à l'arrivée des Licornes. Des soldats contrefaits et bossus couraient vers les Muezzins en brandissant des hallebardes aux lames barbelées. Malgré les handicaps de leurs corps, ils se déplaçaient rapidement et arboraient une musculature impressionnante.

— Regardez ! cria Fatoum aux autres prêtres tout en surveillant l'approche des Charognards. Derrière eux ! C'est le cœur d'une Sombre Sente ! Prêts ?

Comme un seul homme, les six cavaliers repartirent au galop, croisant au passage le fer avec les Charognards. L'un des Muezzins tomba sous la lame énorme d'un ennemi et son corps tranché en deux s'écrasa au sol avec un bruit spongieux. Un autre, bloqué par trois hommes, dut mettre pied à terre pour sauver sa Licorne et fit face bravement. Il plongea son sabre courbe dans le ventre d'un adversaire avant de couper d'un seul geste les deux mains d'un autre, qui restèrent agrippées au manche de la hallebarde. Mais le troisième lui faucha les jambes à l'aide de son arme et vint l'achever en faisant éclater sa tête comme il l'eût fait d'un œuf.

Fatoum et les survivants parvinrent quand même à leur but et firent sauter leurs Licornes au-dessus de la tranchée noirâtre qu'était la Sombre Sente, tout en faisant choir le lambeau de mirage à l'intérieur.

La réaction fut explosive : le rêve matérialisé s'engouffra dans le sillon aux relents de mort et le sol se souleva, tel un agonisant en proie à de violentes convulsions.

La Sombre Sente, gorgée des visions enchanteresses des Seigneurs-Miraj, se racornit sur toute sa longueur, propageant la maladie à plusieurs centaines de coudées à la ronde, et finit par se résorber.

Les Licornes et leurs Muezzins étaient déjà loin, le cœur satisfait. Plus aucun Charognard ne surgirait de ce côté, désormais.

Hélas, sur le chemin qui les ramenait aux environs de la ville, ils virent des Licornes dépecées par les lames infectieuses des hordes noires, et les plaintes déchirantes des Féals leur glacèrent le sang jusqu'aux portes d'El-Zadin, où ils tombèrent à genoux en pleurant à lourds sanglots.

Leurs trois Licornes étaient les ultimes survivantes.

Fatoum n'avait pas dormi deux heures quand on cogna à la porte de sa chambre. Il se leva en sursaut et commanda d'entrer.

Un jeune Cavalier des Sables ouvrit la porte à toute volée.

— Ils... Ils sont arrivés !

Le Muezzin s'ébroua et répondit sur un ton agressif :

— Qui ? Quoi ?

— Venez ! Venez voir !

Est-ce la fin ? La Charogne a-t-elle envahi la ville ? pensa Fatoum en s'engageant dans le couloir tendu de tapisserie sur les pas du Cavalier. Pourtant ce dernier n'avait pas l'air désespéré, ce qui étonna le Muezzin. Depuis le massacre des Licornes, l'espoir semblait avoir définitivement déserté El-Zadin.

Il sortit de sa demeure et tomba en arrêt.

Sur la place des Martyrs se tenait une improbable cavalerie. Des Pégases magnifiques, dont la splendide robe retenait la blancheur lunaire, piétinaient sur les dalles de marbre. Sept des Féals étaient chevauchés par des hommes aux cheveux longs aussi blancs que la crinière de leurs montures.

Un huitième homme, en armure blanc et argent, ôta son heaume empanaché et salua Fatoum. Il s'apprêtait à parler mais préféra s'effacer devant un jeune homme blond en houppelande. Un grand sourire éclairait son visage marqué par la suie, la poussière et la fatigue.

— Monseigneur, dit solennellement le garçon, veuillez accepter l'offrande de la guilde des phéniciers.

Fatoum pivota pour embrasser l'ensemble de la place.

D'autres jeunes moines accompagnaient l'adolescent blond. À leurs pieds, d'énormes fontes débordaient de fourreaux et de poignées d'épées.

La liesse des habitants de la capitale fut de courte durée. Avant de pouvoir devenir le signe de la victoire, les épées apportées par les phéniciers signifiaient d'autres combats, d'autres morts, dont la finalité était impossible à déterminer.

C'est justement ce que venait de rappeler Fatoum dans le Palais Zadin, le cœur de l'autorité des Provinces-Licornes. Dans cette somptueuse demeure entièrement vouée aux mosaïques et aux bassins, la Salle des Clans accueillait les grandes rencontres qui avaient décidé de l'existence du pays depuis des siècles.

— Pardonnez-moi, avait demandé Côme pour débuter le conseil, mais... je ne vois ici que les représentants du clergé. Où est la famille royale ?

— Elle est morte depuis longtemps, répondit laconiquement Fatoum. Des assassins charognards les ont pris en embuscade et les ont exécutés. Les Muezzins assument le pouvoir jusqu'à la fin de la guerre.

La fin de la guerre... Personne n'avait réagi à l'emploi de ces mots, mais tous pensaient la même chose : qui pouvait encore y croire ?

— Je vous demande pardon, fit Côme, embarrassé. Je n'avais pas l'intention de mettre en doute votre autorité.

— Vous êtes tout pardonné, jeune homme. Grâce à vos efforts et votre initiative, vous allez peut-être sauver notre ville, la vie de ses habitants, et au-delà, l'honneur des Provinces-Licornes. Mais continuez votre récit, je vous prie.

Côme se racla la gorge et reprit l'exposé de leur itinéraire. Autour de la table ovale se tenaient Fatoum et les deux autres Muezzins survivants, des représentants des différents clans licornéens, Mel et Callo, ses compagnons phéniciers, ainsi que les éclaireurs pégasins à qui ils devaient d'être là.

— Eh bien... comme je vous le disais, un bataillon de Pégases qui se trouvaient dans l'Empire de Grif' a entendu l'appel de la Licorne et nous ont rejoints. Grâces leur soient rendues.

Côme salua les éclaireurs, aussitôt imité par les autres membres de l'assemblée.

— Ainsi, nous avons pu voyager par les airs et vous apporter les épées que nous avons forgées au feu des Phénix pour vous aider à triompher des Charognards.

— C'est un cadeau inestimable que nous fait votre guilde, dit Fatoum. Cependant, je m'étonne que ce ne soient pas des maîtres qui nous l'aient apporté. En outre... est-ce à dire que l'Empire griféen n'en a pas besoin ?

Côme perçut l'ironie qui perçait dans les paroles du Muezzin. La façon dont il avait prononcé le mot « maître » témoignait des sentiments que Fatoum avait portés jusqu'ici aux phéniciers. Comme la plupart des clergés, il était jaloux de leurs privilèges et détestait l'arrogance dont ils faisaient preuve.

— Hélas, monseigneur, nos Maîtres ont péri. Ils se sont sacrifiés pour la cause de l'Onde.

Côme ne voulait pas donner de détails supplémentaires. La mission de Januel était d'une trop grande importance pour être divulguée aux prêtres des autres clergés. De plus, ce qui avait eu lieu dans la Tour de la Guilde-Mère ne pouvait pas être compris par des profanes.

— Nous sommes les derniers disciples de la Tour Écarlate d'Aldarenche... et je ne sais même pas si d'autres Tours subsistent de par le M'Onde, acheva le jeune phénicier.

— Quant à l'Empire, ajouta l'un des éclaireurs pégasins, il ne sera bientôt plus que cendres. Aldarenche est tombée. L'exode a poussé des milliers de femmes et d'enfants sur les routes, sous la coupe des Charognards qui les enlèvent, les violent, les torturent et en font commerce avec le royaume des morts.

— Les soldats... les gardes... hasarda l'un des Licornéens.

— La défaite est totale, déclara l'homme en armure d'argent. À ma connaissance, cette ville est l'un des derniers fronts en activité.

— Est-ce à dire que le gros des troupes de Charogne converge vers nous ? demanda Fatoum.

— Je le crains, répondit Côme. Bien que nous n'ayons pas d'informations sur le destin des royaumes du Nord, les Contrées Pégasines, la Basilice...

— Alors c'est une chance que vous ayez pris le chemin du désert, l'interrompit Fatoum. En nul autre endroit vos épées ne s'avéreront si utiles.

— Pensez-vous, demanda Mel, que nous ayons une chance de remporter la victoire ?

Le Muezzin prit le temps de réfléchir.

— Presque toutes les Licornes sont mortes et nos forces armées ne sont plus que symboliques à présent. Il nous reste des archers, de vaillants fantassins et des chevaux. Nous nous sommes évertués à ralentir la Charogne, à freiner l'inéluctable. Toutes nos troupes ne suffiront jamais à balayer les attaquants. Nous avons réussi à fermer une Sombre Sente mais il y en a tant d'autres...

— Et nos armes ? Que vaudront-elles dans la bataille à venir ?

— Un secours réconfortant, mon jeune ami. Elles permettront aux Licornéens de se battre jusqu'au bout et de rester fiers.

— Nos épées ont des talents que, pardonnez-moi, vous ne soupçonnez pas, répliqua Mel. J'espère qu'elles vous seront plus utiles que vous ne le croyez.

— Je l'espère de tout cœur, renchérit Fatoum.

— Quelle est votre stratégie ? s'enquit l'un des Pégasins.

— Nos archers sont postés sur les murailles de la ville. Les hommes à pied défendront les portes, et nous en avons également caché dans les dunes environnantes. Grâce aux Licornes, nous sommes en mesure de jouer quelques tours aux Charognards... guère plus.

Le Pégasin interrogea Côme :

— Avez-vous d'autres propositions ?

— Oui. Outre les épées, nous avons apporté les urnes de nos Phénix. Certains d'entre nos compagnons ont assez d'énergie pour procéder à leur Renaissance.

Les Muezzins et les Pégasins écarquillèrent les yeux. Le jeune homme parlait si simplement de l'un des plus grands mystères de sa guilde ! Côme se rendit compte de leur réaction et sa poitrine se gonfla d'orgueil.

— Nous demandons l'autorisation d'entreposer les urnes dans un lieu protégé et d'y réveiller les Féals.

— Accordé, répondit tout de suite Fatoum. Ici même, si vous voulez. Ce Palais est à vous.

— L'endroit nous convient, accepta Côme tout en songeant : *Faut-il que les Renaissances les impressionnent pour qu'ils nous confient le Palais Zadin !...*

Puis il comprit ce qui motivait le Muezzin. La peur. La peur des Phénix.

Comme pour donner le change, l'un des autres Muezzins prit la parole pour la première fois :

— Nous avons également imaginé un plan afin de contrecarrer les Sombres Sentes. C'est encore flou mais nous allons y travailler avec acharnement.

— Parfait, approuva Fatoum. Je propose que les

épées des phéniciers soient distribuées à nos meilleurs guerriers.

— Je demande à repartir vers les cieux, dit un éclaireur pégasin en quittant la table. Il est impératif de rallier Lideniel au plus tôt.

— Bien sûr, répondirent Côme et Fatoum simultanément. Merci pour votre aide inestimable, ajouta le jeune moine.

— Bonne chance, le saluèrent les éclaireurs en lui serrant la main.

Les Muezzins faisaient mine de partir à leur suite, quand Côme déglutit et attira l'attention de Fatoum.

— Si vous permettez, monseigneur, il est encore un sujet dont nous voudrions débattre avec vous.

— Faites.

Côme hocha la tête à l'adresse de Callo, qui fila ouvrir la porte de la Salle des Clans.

Dans l'encadrement se tenait Ezrah. Un épais bandage couvrait son épaule et son burnous était déchiré du même côté. Pourtant il conservait une dignité intacte.

— Ah ! Le voilà. Je me demandais quand vous vous décideriez à nommer l'homme que vous avez rencontré dans le désert. Ezrah ! Le Muezzin déserteur... éructa Fatoum, un éclat de haine dans le regard. Sais-tu à quel point tu nous as déçus, à quel point j'ai été blessé par ton départ ? Traître !

— À la mort de mon fils... commença Ezrah.

— Ce n'est pas une excuse ! cria Fatoum. Tous nos fils tombent au combat ! Nous ne fuyons pas tous pour autant.

Le Muezzin était visiblement hors de lui. Il se mit à faire les cent pas autour de la table, les dents serrées.

— Que... que va-t-il advenir de lui ? demanda timidement Côme.
— Il aura les mains tranchées. Telle est notre loi.
— Ne croyez-vous pas... tenta d'objecter le moine.

Un geste impérieux de Fatoum le stoppa net.

— Il n'est pas permis aux étrangers de dicter leurs lois aux Licornéens. J'apprécie ce que vous avez fait pour nous, Côme d'Aldarenche, mais là finit votre liberté. Nous avons nos coutumes. Respectez-les. Et si vous ne les approuvez pas, taisez-vous. Ezrah savait quelle peine il encourait.
— Mais sans lui, nous ne serions pas venus à votre secours, insista Côme.
— Un mot de plus et je vous jette dans les geôles d'El-Zadin, annonça sèchement le Muezzin.
— Puis-je parler ? s'enquit Ezrah de sa voix rauque.
— Tu n'as droit à aucune défense.
— Je ne compte pas me défendre, ô serviteur des Licornes. Je veux dire que j'accepte la sentence. Je suis venu la chercher. J'en ai besoin. Elle apaisera mon cœur.
— On ne peut pas permettre ça ! s'écria Mel en se levant.

Côme n'osa pas intervenir cette fois. Il souhaitait porter assistance à Ezrah dans ce moment tragique, mais en même temps, il entrevoyait la nécessité diplomatique de ne pas mécontenter les Muezzins. Certes, les phéniciers leur apportaient une aide précieuse, mais que pouvaient une poignée de moines contre les Licornéens ? Côme ne connaissait pas assez les traditions et les lois de ce pays pour prévoir la réaction des prêtres. Il était toutefois évident que le fait de contredire la décision du premier potentat des Provinces-Licornes ne pouvait que jouer en leur défaveur. Le tempérament de Mel risquait de causer une véritable catastrophe.

Fatoum, d'ailleurs, porta sur Mel des yeux emplis de colère.

— Tu vas mourir, mon garçon, cracha-t-il en posant les mains à plat sur le bois de la table.

— Écoutez-moi, insista pourtant le jeune phénicier. Vous l'avez dit vous-même, il n'y a presque plus de guerriers valides dans cette ville. J'ai vu Ezrah se battre, il est extraordinaire. Le combat à venir requiert toutes les forces disponibles. Vous ne pouvez vous passer d'un tel talent ! Et de toute façon, à quoi ça servirait de châtier un homme quand toute une cité est au bord de la défaite ?

— Mel, je t'en prie, tais-toi, intervint Côme en se levant à son tour.

Fatoum adressa un geste sec aux Licornéens de l'assemblée. Ils quittèrent leurs fauteuils et s'emparèrent d'Ezrah pour le conduire hors de la salle.

— Ezrah ! cria Mel, la main sur le pommeau de son épée.

Le Muezzin tourna la tête :

— Laisse-moi accomplir mon destin, gamin. Comme Adaz avant moi. Nous faisons tous partie de la même mosaïque. Nous glissons dans le même sablier.

Il trouva le courage de leur sourire.

— Bonne chance à vous, mes enfants.

Et il disparut dans l'antichambre de la Salle des Clans.

Au même moment, Mel s'aperçut que la lame courbe d'un sabre était appuyée sur sa gorge.

— C'était la première et la dernière fois, lui souffla Fatoum à l'oreille. Tu es courageux pour ton âge, mais tu manques d'éducation. Ne m'oblige pas à t'infliger la correction que tu encours.

Côme ne savait comment réagir. La colère du Muezzin était justifiée mais son mépris l'irritait. Ils n'étaient qu'une bande de gamins, sans doute. Cependant, la guilde des phéniciers méritait le respect.

Il dégaina son épée et fit jouer les reflets jaunes de la lame dans les rayons de l'aube qui filtraient à travers les hautes fenêtres de la salle.

— Au nom de l'Asbeste, je vous commande de vous reprendre, monseigneur ! clama Côme d'une voix qu'il espérait suffisamment assurée.

S'il échouait maintenant, il ne susciterait chez le Licornéen qu'un éclat de rire. Il surprit le regard circonspect des éclaireurs pégasins.

— Le conseil des guildes doit-il tourner au pugilat ? Nous avons du travail, je crois. Cette aube a déjà des couleurs de sang. Puisse le crépuscule se parer du sang noir des Charognards.

Fatoum éloigna sa lame du cou de Mel et la rangea à sa taille avec un bruit soyeux.

— Bien parlé, phénicier, admit-il, secrètement rassuré d'avoir pu rappeler ce garçon à l'ordre sans devoir sacrifier une jeune vie ni rompre l'alliance établie avec la guilde.

Les trois moines quittèrent la salle sans un mot de plus.

Fatoum se sentait épuisé. Tous ses membres lui faisaient mal et il s'employait à camoufler sa souffrance comme l'exigeait son rang. En regardant sortir les phéniciers, il eut pourtant un ricanement amusé.

— Petits insolents, grinça un Muezzin pour l'approuver.

— Non, rectifia Fatoum, je pensais au grain de sable dans les rouages...

Chapitre 11

Ils devaient être une centaine, peut-être plus, dans un vieux manoir décrépit. Construit aux premiers âges de la Charogne, le bâtiment s'élevait à la périphérie du royaume, non loin du mur des Cendres. L'odeur de brûlé imprégnait les murs lépreux et le bois vermoulu qui soutenaient tant bien que mal la charpente. Jadis, le maître des lieux avait donné, dans ces salons, des fêtes somptueuses dont l'écho résonnait encore sous les plafonds de stuc. De grands escaliers desservaient le labyrinthe des étages, des chambres spacieuses livrées à la poussière et la moisissure. La fumée âcre des drogues avait noirci les lambris et formait, jusqu'à une coudée de hauteur, d'étranges nappes d'un brouillard jaunâtre.

Une centaine, peut-être plus...

Des mendiants repoussés, au fil des ans, vers les frontières du royaume, faute d'avoir été choisis par les Seigneurs pour combattre sur le front des Sombres Sentes. Des morts dont même la Charogne ne voulait plus et qui venaient attendre ici, dans ce manoir, le couperet d'une nécrose trop patiente. Ils traînaient dans les couloirs tant que leurs jambes les portaient encore et se rassemblaient par petits groupes autour d'un foyer, un brasero où crépitaient les braises de l'oubli.

La drogue promettait des rêves à leurs consciences engourdies, de brefs moments d'extase dans les brumes du passé. En dépit des risques encourus, ceux qui avaient encore la force de tenir debout se réunissaient, chaque matin, dans le hall d'entrée pour guetter la venue des Carabins. Pareils à une meute de chiens affamés, ils grognaient, griffaient et mordaient pour être les premiers à saisir au vol les petites perles noires et brillantes que les Carabins jetaient par poignées depuis la rue. Ce rituel rythmait l'existence du manoir et se répétait partout ailleurs où des mendiants se regroupaient en nombre.

Sork veillait comme un père sur cette assemblée de miséreux. De son vivant, il avait été l'un des plus importants marchands d'esclaves des Rivages Aspics et entendait bien le redevenir dans le royaume des morts. Il avait fui les rafles orchestrées par les Seigneurs pour s'installer ici, dans ce manoir, où il comptait mettre à profit son expérience pour s'attirer les faveurs des Carabins.

Pour l'heure, ce petit monde lui convenait à merveille. Petit et sec, les yeux vifs et la voix grave, il arpentait les couloirs et les dépendances de son domaine avec une énergie comparable à celle qui l'animait lorsqu'il commandait sa redoutable flottille sur la mer d'Ébène. Une poignée de courtisans l'escortaient en permanence et se chargeaient de faire respecter son autorité.

— Allez, debout ! tempêtait-il en ce moment même. Debout, toi. Et toi, là, lève-toi ! Allez, chers enfants, faisons honneur à nos Carabins.

Il haranguait ses troupes avec enthousiasme et, d'un léger signe de tête, laissait le soin à ses sbires de jouer du couteau pour convaincre les récalcitrants.

— Allez, répétait-il en claquant des mains. Les perles vont pleuvoir, il me faut des mains !

Il s'immobilisa un instant devant un mendiant qui brandissait, le regard vide, des moignons violacés :

— Mais bien sûr, cela suffira ! Allez, en bas, avec les autres !

Aucune pièce, aucun couloir n'échappait à l'ouragan. Dans son sillage, le cortège repoussait contre les murs les volutes de fumée qui ondulaient au sol et dévoilaient par endroits des corps rongés par la nécrose. Leur découverte lui arrachait chaque fois un faible cri désappointé :

— Ah non, encore un ! Allez, celui-là, dehors ! Faites vite, nettoyez, dehors les morts, dehors !

Lorsqu'il estima la foule rassemblée au rez-de-chaussée suffisamment convaincante, il consentit enfin à s'arrêter, au grand soulagement de ses courtisans éreintés, et s'installa aussitôt au sommet de l'escalier de marbre qui dominait le hall. Avec une lenteur digne d'un souverain, il prit place sur son trône, un vieux fauteuil de bois craquelé et grinçant. Puis, d'une canne qu'il tenait dans sa main droite, il frappa sur le sol pour exiger le silence :

— Calmes, mes petits, calmes... On ne s'entend plus.

Par les trous béants qui jadis avaient été des fenêtres montait le grondement caractéristique du cortège des Carabins.

— Les voilà, chers enfants ! Les voilà ! s'écria Sork d'une voix extatique. Les mains bien hautes ! Soyez délicieusement pathétiques, mes adorables petites choses ! Allez, qu'on se bouscule, qu'on sautille ! Moignons bien hauts !

Les encouragements du maître des lieux ébranlèrent la foule des mendiants qui se ruèrent comme un seul homme vers les fenêtres.

— Oui ! Comme ça ! Écrasez, griffez, piétinez ! Qu'ils sentent votre désir !

L'excitation avait soulevé Sork de son siège. Enivré par le chaos qui embrasait le rez-de-chaussée, il haranguait ses troupes en fouettant l'air avec sa canne, pareil à un chef d'orchestre.

Dans la rue, le cortège des Carabins s'immobilisa et imposa pendant un bref instant le silence dans les rangs des mendiants.

Il comptait cinq carrosses de bois noir menés par des chevaux efflanqués à la robe d'onyx. Des rideaux de feutre sombre masquaient l'intérieur des véhicules et, sur les garde-boue, se tenaient les Scarions chargés d'assurer la protection des Carabins.

Ces mystérieux guerriers arboraient tous le même manteau de laine à col haut et d'élégantes bottines de cuir. Leurs visages livides portaient les marques de nombreuses cicatrices aux sinuosités ésotériques. Dans leurs mains osseuses brillaient de fines lames ouvragées. Ils mirent pied à terre, se regroupèrent et déployèrent des marchepieds aux portes des carrosses qui s'ouvrirent lentement pour livrer passage à leurs maîtres.

Les Carabins étaient des vieillards, des momies conservées au seuil ultime de la nécrose par leur propre médecine. Drapés dans des toges noires et luisantes, coiffés de chapeaux pointus à large bord, ils quittèrent un à un l'abri de leurs carrosses à petits pas méfiants et, par groupe de trois, se consultèrent avec des voix sifflantes.

Les mendiants crurent que les Carabins hésitaient encore. L'hydre de leurs bras tendus et suppliants battit aux fenêtres sous le regard impavide des Scarions. Les vieillards se turent enfin et saisirent dans les poches de leurs toges des poignées de perles noires.

Ce geste tant attendu enhardit quelques mendiants qui bousculèrent leurs compagnons pour s'engager dans l'embrasure des fenêtres. L'escorte des Carabins intervint aussitôt et exécuta séance tenante les plus téméraires. Quatre miséreux basculèrent en arrière et disparurent, engloutis par la foule implorante.

Sork avait abandonné son trône pour s'engager dans l'escalier. Les perles qui s'étaient mises à pleuvoir par les fenêtres avaient transformé le grand hall en champ de bataille.

— Voilà ! criait Sork en levant les bras à chaque marche franchie. Qu'ils vous voient écorcher et tuer pour une seule de ces jolies perles ! Allez, mes enfants, battez-vous ! Grognez plus fort ! Voilà, comme cela, adorables petits !

Il s'engageait sur la dernière marche lorsqu'il se rendit compte qu'on cognait aux portes du manoir.

Les cris de ses disciples avaient couvert, jusqu'ici, les coups sourds du heurtoir.

La confusion tempéra soudain l'expression de son visage :

— Quoi ? Ils veulent entrer ? murmura-t-il. Mais pourquoi ? Maintenant ? Ils frappent, oui, ils frappent à la porte. Il faut ouvrir ! Vite, vite !

Avec des gestes fébriles, il ordonna à ses gardes de tailler aussitôt un passage dans la foule en délire. La fureur des mendiants qu'il avait mis tant d'ardeur à encourager se retournait contre lui. Sans doute venait-on enfin pour l'arracher au manoir et lui offrir des responsabilités à sa mesure... Cette idée le galvanisait et l'incitait à cogner avec une rage impatiente sur tous ceux qui ralentissaient sa progression. Sa canne s'abattait sans relâche sur les mains et les épaules :

— Place, place ! On frappe à la porte !

Ses fidèles courtisans parvinrent enfin à ménager un espace à l'entrée du hall et se tinrent par la main pour former autour de leur maître une haie infranchissable.

Sork étreignait les clés du manoir et peinait à trouver la bonne.

— Ils vont se lasser... gémissait-il en les essayant une à une.

Il poussa un soupir de soulagement lorsqu'un cliquetis salutaire fit vibrer la lourde serrure de bronze.

— Voilà. J'ouvre la porte, seigneurs Carabins, je l'ouvre.

Les deux battants de la grande porte en chêne s'écartèrent. Sur le perron se tenait un vieillard voûté et visiblement irrité. Entouré par quatre Scarions, il se porta à hauteur de Sork et renifla :

— Toi, tu es maître des lieux ?
— Oui, seigneur Carabin, répondit-il d'une voix servile.
— As-tu vu la Rôdeuse ?
Sork écarquilla les yeux, décontenancé.
— Un simple bruit qui court, seigneur Carabin...
— Non, grogna ce dernier. Un fait. L'as-tu vue ?
— Non, bien sûr. Je sais juste...
— Tais-toi. Réponds simplement à ma question.
— Je...
— Tu ne l'as pas vue ?
— Non, seigneur Carabin.

D'ordinaire volubile, Sork éprouvait à présent des difficultés croissantes pour s'exprimer. La rudesse de son interlocuteur l'empêchait de développer ce discours qu'il avait si souvent répété en prévision du jour où les Carabins le remarqueraient enfin.

Celui qui était venu jusqu'ici semblait déçu et prêt à rejoindre son carrosse. Sork voyait déjà les portes du manoir se refermer pour un temps sur ses ambitions et malgré l'avertissement du vieillard, il se risqua à prendre la parole sans y être invité :

— Je possède néanmoins de précieuses informations sur cette femme.

Il avait jeté sa phrase comme un appât. Sur le point de le rabrouer, le Carabin fronça les sourcils et marmonna :

— Parle et sois précis.
— On dit qu'elle répand la terreur aux abords des murs de Cendres.
— Je sais cela.
— Qu'elle tue sans distinction mendiants et promeneurs.
— Je sais cela aussi.

— Certains prétendent qu'elle va à demi nue, qu'elle a de longs cheveux noirs et de grands yeux violets. D'autres, en revanche, affirment qu'elle apparaît dans une robe bleue et que ses yeux sont blancs et aveugles.

— Oui, enchaîna le vieillard, visiblement désireux de se confier. Sont-elles deux ou va-t-elle seule ? Voilà le mystère, murmura-t-il sur le ton de la confidence. Mais c'est une femme, c'est certain. Elle rôde dans nos quartiers, aux abords des murs de Cendres. Elle a attaqué l'un de nos carrosses. Nous avons alerté les Seigneurs mais nous n'avons pas été entendus. Le M'Onde résiste et nos guerriers sont partis. Il faut que nous réglions cette affaire par nous-mêmes. Un contretemps fâcheux. Terriblement fâcheux. Toi, comme tous les autres, vous devez être prudents. Fermez vos portes, dressez l'oreille. Ceux qui nous aideront seront récompensés.

Sork se mordillait les lèvres. Il n'osait rapporter les propos tenus la veille par l'un de ses courtisans. Des propos qui se bousculaient dans sa tête et qui, à la lumière des préoccupations du Carabin, devenaient bien plus graves qu'il ne l'avait supposé.

« Une rôdeuse, l'avait averti son disciple. Une femme, monsieur. Avec une grande cape noire. Sur le toit. J'ai préféré vous avertir avant d'agir.

— Si elle revient, prends quelques hommes et tue-la. Je ne veux pas qu'une garce foule mon joli toit. »

Une *rôdeuse*... Sur le moment, Sork n'avait même pas fait le rapprochement. Si les Carabins apprenaient cela, on pourrait l'accuser de négligence, songea-t-il avec une inquiétude grandissante.

Il n'eut pas le loisir de tergiverser longtemps sur la meilleure attitude à adopter : le vieillard prenait congé.

— Nous partons. Sois attentif, lâcha-t-il dans un froissement d'étoffe.

Sork hocha la tête plusieurs fois, bien que le Carabin fût déjà au bas du perron. Il pouvait encore l'interpeller et lui avouer qu'une rôdeuse avait foulé son toit mais la peur qui nouait son ventre scella à jamais sa confession.

Au moment même où le vieillard posait le pied sur la première marche de son carrosse, un visage émergea de l'obscurité de l'habitacle. Celui d'une femme qui arborait un sourire carnassier. Dans ses yeux violets étincelait une telle joie primale que Sork poussa un petit cri pour conjurer l'effet qu'ils produisaient.

La Rôdeuse.

Concentré sur les marches qu'il était en train de gravir, le Carabin avait gardé la tête baissée. Tournés vers le manoir, les Scarions n'avaient aucune raison de redouter qu'un danger puisse menacer leur maître de l'intérieur du carrosse. Aucun ne remarqua sa surprise lorsqu'il heurta, du front, un obstacle imprévu, qu'il leva lentement les yeux et qu'il découvrit, à portée de lèvres, le visage de Scende la Draguéenne. Sans cesser de sourire, elle lui intima le silence en posant sur sa bouche l'index de sa main gauche puis, dans un silence parfait, le happa brutalement à l'intérieur de l'habitacle.

La disparition soudaine du Carabin tira Sork de son mutisme.

— Là, la Rôdeuse ! hurla-t-il en pointant le doigt vers le carrosse.

Deux Scarions disposés de part et d'autre du marchepied firent volte-face. L'habitacle oscilla sur ses roues un bref instant. Un choc sourd fit grincer les essieux et par la porte restée ouverte roula la tête tranchée du vieillard.

La soudaineté de l'attaque avait pétrifié le cortège. Aux portes des carrosses, les Carabins suivirent sans y croire les sinistres rebonds de la tête de leur compagnon avant de refluer avec de petits cris stridents vers les murs du manoir.

On ignorait encore si la Rôdeuse disposait de complices dans les autres carrosses. La plupart des Scarions dégainèrent leurs lames et firent aussitôt rempart autour de leurs maîtres. Les autres formèrent spontanément un cercle autour du véhicule où se cachait l'assassin.

Scende la Draguéenne se glissa à la porte et embrassa la scène d'un regard nonchalant.

Elle portait une robe déchirée à mi-cuisses qui dévoilait ses jambes fuselées. Une mince bande de tissu couvrait sa poitrine et, sur ses épaules, pesait la même cape noire qui l'avait accompagnée dans la mort. Sa chevelure de jais tombait en mèches sales autour de son visage. Elle arborait au front une large cicatrice en étoile qui rayonnait depuis les sourcils jusqu'à la racine des cheveux. Une lueur sauvage embrasait ses grands yeux violets.

Elle essuya négligemment le plat d'une lame poissée de sang puis croisa le fer de ses deux épées longues pour faire jaillir une étincelle en signe de défi.

Deux Scarions s'élancèrent dans sa direction. Le claquement de leurs bottines résonna dans la rue au moment même où Scende agrippait une hanse du carrosse pour se propulser vers eux. Les deux pieds en avant, elle percuta la poitrine du premier guerrier et roula sur le sol à la rencontre du second.

Les deux épées prolongèrent le mouvement de son corps et s'enfoncèrent jusqu'à la garde dans le ventre du Scarion. Le Charognard tituba et heurta la Draguéenne. D'un geste vif, elle retira ses lames et se pencha à son oreille :

— Sais-tu où est Januel ?

L'écume d'un sang noir bouillonnait aux lèvres du Scarion. Il gargouilla et s'effondra sur les pavés. Elle repoussa le corps du bout du pied et se tourna vers ses trois compagnons.

Aux portes du manoir, Sork voyait déjà l'avantage qu'il pouvait tirer de la situation et faisait signe aux Carabins de le rejoindre. Ces derniers semblèrent, dans un premier temps, l'ignorer. Puis, voyant avec quelle facilité la Rôdeuse avait supprimé deux des membres de leur escorte, ils soulevèrent le bas de leurs toges et se mirent à courir vers le perron à petits pas grotesques.

Les Scarions suivirent la débandade de leurs maîtres jusqu'au grand hall où Sork, visiblement enchanté de les voir enfin pénétrer dans sa demeure, leur indiquait avec empressement le chemin des étages.

— Là-haut, vous serez en sécurité.

Ses courtisans avaient spontanément ouvert un chemin vers le grand escalier afin que les Carabins puissent franchir sans tarder la foule des mendiants. Ceux-ci ne s'intéressaient guère au drame qui se nouait dans la rue. Ceux qui détenaient les braises de l'oubli jouaient déjà des coudes pour s'isoler et consommer leur trésor à la lueur des braseros.

Les Carabins qui clôturaient la marche empêchèrent Sork de refermer la porte du manoir derrière eux.

— Lâche tes mendiants sur elle, ordonnèrent-ils en lui glissant une bourse pleine entre les mains.

Sork voulut protester mais les vieillards s'engageaient déjà dans l'escalier.

— Tu as entendu ? le rudoya un Scarion. Jette ces braises dans la rue. Tes mendiants la retiendront.

Son regard appuyé dissuada Sork de tenter une dérobade. Piégé par les événements, il devait désormais lancer ses troupes dans la bataille, sous peine de perdre la confiance des Carabins. Il se détourna pour masquer son trouble et s'adressa à ses disciples d'une voix forte mais néanmoins tremblante :

— Regardez ! cria-t-il sans conviction. D'autres braises pour mes adorables petits !

Il arma son bras et jeta, au beau milieu de la rue, la bourse pleine qui explosa sous la violence de l'impact et libéra son précieux contenu à même le sol.

Le barrage des courtisans céda comme une digue sous la pression des mendiants galvanisés à la vue des braises répandues sur les pavés. Par la porte demeurée ouverte mais aussi par les fenêtres, ils abandonnèrent le grand hall pour se ruer à l'extérieur.

Quatre Scarions gisaient à terre. Le dernier rampait vers son épée malgré les deux lames de la Draguéenne plantées dans son dos. Elle le précéda et s'agenouilla devant lui, les bras croisés sur ses genoux :

— Sais-tu où est Januel ? souffla-t-elle.

Le guerrier ne réagit pas et, pour toute réponse, referma la main sur son arme. Scende se redressa devant la créature à l'agonie et, d'un geste sec, appuya les paumes sur les pommeaux des deux épées. Le Scarion se cambra lorsque les fers s'enfoncèrent plus profondément dans son dos. Un filet de sang noir coula aux commissures de ses lèvres. Il poussa un dernier soupir et son corps, encore tendu par la souffrance, mollit puis ne bougea plus.

Scende arracha ses lames au socle putride du cadavre. Devant elle, la façade du manoir vomissait ses miséreux. Elle fit un bond de côté pour se camper devant les braises et faire face au flot des mutilés. Elle voulait l'affrontement, elle l'exigeait pour elle et pour son corps de la même façon qu'elle s'était imposé, au fil des jours, des batailles impossibles afin de repousser ses limites.

La mort avait transcendé son art du combat, son expérience et ses ultimes réserves sur le prix de la vie. Elle tuait sans l'once d'un remords, elle tuait pour prendre la mesure de son agilité, de son endurance et de sa souplesse dans le royaume des morts. Des sentiments mêlés irriguaient son cœur et joignaient leurs forces pour forger son talent : la froideur calculée d'une mercenaire qui aiguisait ses coups ; la tempérance d'une Draguéenne qui lui permettait, en toutes circonstances, d'évaluer les risques ; l'énergie du désespoir qui étouffait les plaintes lancinantes des courbatures et des écorchures.

La nécrose elle-même gardait ses distances. Tenu en échec par l'authenticité de son amour, le mal de la Charogne attendait, dans l'ombre, la capitulation du corps de la Draguéenne soumis aux pires épreuves.

Les mendiants marquèrent une légère hésitation en découvrant la Rôdeuse dressée entre les braises et eux. Ils devaient être près de cinquante, rassemblés sur le pavé. Les cadavres des Scarions eussent incité n'importe quel Charognard à la prudence, mais ceux-là n'entendaient plus les avertissements de leurs esprits soumis au manque et à la douleur de la nécrose. Les braises étaient à portée de main, les braises scintillaient dans la pénombre comme des étoiles.

Scende n'attendit pas que la meute s'ébranlât. D'un coup d'épaule, elle ajusta un pan de sa cape et, le visage fermé, s'engouffra comme une tornade dans les rangs des mendiants. Ses épées la précédèrent et, avant même que les mutilés n'aient eu l'opportunité de la stopper, elle avait ouvert son sillon jusqu'aux marches du perron.

La saignée ainsi pratiquée ne détourna pas les Charognards des braises de la rue. Ceux qui avaient amorcé un mouvement dans sa direction renoncèrent à la poursuivre lorsque leurs compagnons se furent jetés sur les braises. Ils rejoignirent la meute qui labourait le sol et oublièrent aussitôt sa présence.

À pas lents, Scende quitta les marches du perron pour s'avancer à nouveau parmi eux et accomplir un massacre. Elle exécuta chaque mendiant en posant la question qui brûlait ses lèvres et montait comme un sanglot dans la clameur du combat :

— Sais-tu où est Januel ?

Lorsque le silence revint et que l'écho de sa propre voix s'éteignit avec l'ultime râle d'un supplicié, les pavés de la rue se gorgèrent du sang versé. Le royaume des morts s'imprégnait des Résonances du Fiel nées au cœur de la bataille. Aux étages, Carabins et Scarions pouvaient sentir les vibrations de l'air saturé par l'odeur de putréfaction. La Charogne saluait sa prêtresse et ses offrandes.

Debout au milieu des cadavres, Scende porta son regard aux fenêtres du manoir. Les vieillards qui s'y étaient massés refluèrent dans l'ombre, terrifiés. Malgré la cape qui couvrait ses épaules, son corps était couvert des marbrures et des estafilades héritées du combat. Elle rejeta ses cheveux en arrière. Son front se plissa, ses yeux s'étrécirent. Elle tuerait encore pour obtenir une réponse à sa question.

Elle croisa ses lames derrière sa nuque et, en foulées déterminées, alla à la rencontre du manoir et de ses occupants.

Chapitre 12

Le soleil entamait à peine son ascension quand les guerriers licornéens reçurent les épées jaunes des mains des disciples phéniciers. Les jeunes moines leur prodiguèrent des conseils en prenant leur rôle très à cœur, parlant avec fermeté à des soldats qui avaient parfois le double de leur âge.

La valeur particulière des épées nées du feu des Phénix était relativement simple : leur dureté était sans pareille, car elle était renforcée par la volonté de leurs forgerons. Tandis que les guerriers les manieraient, les moines se concentreraient sur eux. Tant que leur conscience resterait exclusivement braquée sur la lame, le métal serait quasiment indestructible.

D'autre part, la magie du feu imprégnant l'épée mordait cruellement la chair des Charognards, leur infligeant plus de douleur qu'une lame habituelle. Elle cautérisait leurs entrailles et combattait le semblant de vie impie qui les animait.

En définitive, face aux épées de la guilde, la résistance des soldats de la Charogne se voyait quasiment réduite à néant.

Cependant, il n'y avait en tout et pour tout que soixante-neuf armes sorties de l'Atelier, et les Charognards devaient être des milliers.

Les guerriers d'El-Zadin quittèrent l'ombre des murailles, se répartirent en escouades et se dirigèrent vers l'horizon couleur de suie. La mort mugissait dans les dunes.

Cent coudées plus loin, des cris de panique retentirent dans leurs rangs.

Fatoum se précipita au sommet du minaret pour empoigner la longue-vue. Dans son œilleton, les soldats regardaient leurs genoux, leurs bras, frottaient leur peau d'ébène en poussant des exclamations effrayées.

Le Muezzin vit clairement l'un d'eux perdre la moitié de ses doigts. Ils tombèrent au sol, vite rejoints par la moitié du bras. L'homme se roula à terre, empêchant Fatoum de distinguer plus nettement ce qui arrivait à son corps.

Puis il remarqua un autre guerrier qui déchirait la peau de sa figure rien qu'en se passant les mains sur ses joues.

— La lèpre, murmura-t-il.

Un frisson d'horreur parcourut son échine.

Une lèpre effroyable frappait les premières lignes à la vitesse de l'éclair, disjoignant les membres et émiettant les visages. La maladie rongea les corps des soldats en quelques instants, jonchant le champ de bataille de fragments humains, des troncs et des membres épars évoquant des statues brisées.

Parallèlement, les Charognards profitaient de la panique pour abattre les Licornéens avec une aisance révoltante. De son poste d'observation, Fatoum assista impuissant au meurtre méthodique d'un tiers de ses hommes.

Heureusement la dispersion des escouades permit aux autres d'échapper au terrible maléfice. Le combat s'engagea. Le choc des lames jaunes et des lames rouillées résonna dans la plaine.

Les premiers hommes d'El-Zadin qui réussirent à terrasser leurs adversaires leur arrachèrent un hurlement inédit. La morsure de leur lame, écartelant la chair des Charognards, carbonisa leur peau et envahit leurs entrailles d'une flamme invisible. Leurs globes oculaires fondirent dans leurs orbites tandis que les créatures succombaient dans des spasmes atroces. La fumée pestilentielle s'échappant de leurs orifices piqua les yeux des Licornéens, mais une sensation de puissance nouvelle décupla leur énergie.

À mesure que les épées phénicières se taillaient un chemin dans les rangs charognards, ceux-ci grésillaient sous le feu des Féals en se tordant de douleur. Un seul coup d'épée suffisait à les envoyer au trépas. En une heure, l'équilibre des forces fut rétabli.

Tout à coup, un Charognard à la musculature phénoménale chargea sur une escouade de six Licornéens. Son épée bâtarde fendit en deux le premier, éventra le deuxième et bloqua le coup de taille du suivant avant de lui fracasser la mâchoire avec le pommeau.

Un seul membre de ce groupe tenait une épée jaune. Il transperça la poitrine de l'adversaire qui l'occupait et fit volte-face pour voir ses deux derniers compagnons se faire tuer en quelques passes d'armes par une montagne de muscles. Il se jeta sur le Charognard. Cependant, trop sûr de lui, il sous-estima la force de son ennemi et son épée explosa en heurtant la bâtarde. Les os des bras du Charognard se brisèrent également, mais il venait de montrer l'exemple : à sa suite, les plus puissants guerriers de la Charogne prirent leurs épées à deux mains et se ruèrent sur les porteurs de lames jaunes.

Le contrecoup de cette offensive précipita plusieurs forgerons phéniciers dans le coma. La destruction des épées qu'ils avaient modelées et sur lesquelles ils se concentraient leur causait une commotion telle que leurs consciences ne pouvaient y résister.

Les troupes licornéennes gardaient l'avantage face aux hordes noirâtres. Pour combien de temps ?

Vers midi, des hurlements éclatèrent au cœur de la ville. Une Sombre Sente venait de s'y incarner, lâchant une multitude d'assassins aux relents de moisi dans les ruelles.

Les Muezzins détachèrent les rares corps de garde restés dans les murs d'El-Zadin pour circonvenir l'attaque. Ils virent les Charognards égorger les femmes et les enfants, sauter d'une victime à l'autre en exécutant des moulinets avec leurs épées courtes. Vêtus de pauvres hardes usées et découvrant l'essentiel de leur peau, ils se déplaçaient trop rapidement pour être encerclés et se disséminaient déjà par toute la ville.

Des duels s'engagèrent un peu partout, répandant la frayeur parmi les habitants qui couraient en tous sens pour échapper aux semeurs de mort. Un garde mourut tout de suite sous un essaim de Charognards, d'autres parvinrent à embrocher les corps mal protégés de leurs adversaires mais, devant le nombre, la plupart choisirent de fuir pour se regrouper plus loin.

Fatoum commanda de lever des barricades afin de bloquer les déplacements des assassins. Les gardes d'El-Zadin condamnèrent les artères principales, sans pouvoir s'occuper des venelles. Ils n'étaient pas assez nombreux. Les Muezzins postèrent alors des archers sur les toits des maisons. Les Charognards pris au piège furent criblés de flèches ou achevés contre les murs des rues barricadées.

Çà et là, toutefois, les cris de gens égorgés continuaient de retentir. Les sournois meurtriers poursuivaient leur besogne dans les ruelles de la cité. Les Muezzins dépêchèrent des gardes sur leurs traces mais de nombreux innocents périraient encore avant qu'ils n'aient fini d'explorer le réseau arachnéen des rues d'El-Zadin.

Côme et Mel se rendirent au centre de la ville, là où les hommes de la Charogne avaient fait irruption. La balafre noirâtre semblait s'asphyxier, respirant à la façon d'un poisson jeté sur un quai. Elle s'ouvrit soudain largement et éructa trois nouveaux Charognards.

Mel dégaina immédiatement et croisa le fer avec l'un des envahisseurs. Sa lame jaune glissa le long de l'autre et coupa profondément la main qui la tenait. L'homme gémit, sans pour autant lâcher son épée, et reprit le dessus sur le jeune moine.

Sa peau était jaunâtre et ourlée du vert et du noir de la moisissure. Ses arcades sourcilières, ses pommettes et son menton saillaient dans sa face de brute. Ses muscles noueux coulaient sous les oripeaux de ce qui avait été un uniforme grifféen. Il tenait d'ailleurs une épée de la garde impériale qui paraissait enduite d'une fine couche de goudron séché.

En trois passes, il accula Mel à l'étal d'une boutique et lui dessina une sinistre diagonale en travers du visage. Le moine plissa les yeux de rage et de honte et insinua sa lame sous la garde du Charognard pour lacérer son flanc. Puis il fit remonter l'épée et, bien que son adversaire tentât de la freiner, il l'enfonça dans sa gorge et en fit ressortir la pointe au sommet de son crâne.

Une bile sanglante s'écoula de la bouche du Grifféen défunt. Mel lui répondit par un grognement satisfait. Il venait de trucider son premier Charognard et, contrairement à Côme, sans la moindre hésitation. Cette expérience lui procura une véritable jouissance.

Un guerrier vient de naître, songea Mel en rejetant le cadavre loin de lui.

Côme tentait pour sa part de se débarrasser du deuxième assaillant tout en essayant d'échapper au troisième. Il courait frénétiquement, ne s'arrêtant que pour parer une attaque et repartant aussitôt. Contrairement à Mel, il n'avait pas eu l'occasion de s'entraîner beaucoup dans le désert et se savait toujours incapable de vaincre un Charognard. Lors du combat de l'oasis, il avait eu beaucoup de chance. Surtout, il avait eu Ezrah à ses côtés.

Mel surgit dans le dos de l'un des ennemis de Côme, un grand échalas aux bras allongés et cerclés de fer gris. L'épée jaune lui coupa une épaule puis mordit dans sa nuque. Le Charognard pivota pour faire face à cette attaque en traître et reçut la lame du phénicier en pleine bouche. Sous l'effet de la brûlure, ses dents se déchaussèrent, sa langue se racornit et sa cervelle se mit à bouillir, giclant par ses oreilles.

Côme ne sut pas profiter de l'intervention de son compagnon et son adversaire, à la faveur d'un maladroit coup d'estoc du phénicier, éjecta son épée et lui perça la cuisse, faisant riper la lame courte sur son os. Côme hurla de douleur et s'effondra dans le sable.

Derrière le Charognard qui s'apprêtait à l'achever, il aperçut Mel qui relevait son épée pour venir à la rescousse. Sa lame était chauffée à blanc. La haine de Mel et son goût du combat s'étaient communiqués à son arme, relayés par l'esprit du Phénix qui avait présidé à sa création.

Le temps d'un battement de cœur, Côme en fut si stupéfait qu'il en oublia l'homme qui allait l'exécuter. Il ferma les yeux, se recommandant à l'Asbeste, mais le coup ne vint pas. Rouvrant les paupières, il vit la lame flamboyante de Mel pointée au-dessus de lui, à travers l'abdomen du Charognard. Une fleur carbonisée fleurissait autour de la langue de métal. Elle transformait peu à peu le corps de l'assassin en une statue de charbon.

Côme recula en se traînant par terre, les lèvres serrées sur un gémissement. La douleur de sa cuisse était insupportable. Mel se pencha sur lui et dit :

— La première blessure semble insoutenable. Les suivantes le sont moins. Tu t'habitueras, mon frère.

Côme écarquilla les yeux. Mel parlait comme un vétéran. Il s'abstint de le lui faire remarquer. Après tout, ce moine de douze ans venait de faire preuve d'un talent prodigieux pour le combat et Côme ne pouvait que s'en réjouir.

Même si la folie couvait dans le regard de son ami.

Le combat des deux phéniciers les avait éloignés du centre de la ville. Pendant ce temps, un nouvel élan de panique avait gagné les gardes car la Sombre Sente ne cessait de s'élargir, vomissant toujours plus de Charognards. Ceux-ci se ruaient sur les soldats licornéens, les empêchant de retourner prévenir les Muezzins. Aucune stratégie n'était en mesure de contrecarrer leur invasion.

Dans quelques heures, les sbires de la Charogne auraient dévoré El-Zadin de l'intérieur.

Hors des murs de la capitale, les guerriers licornéens poursuivaient leur œuvre de mort, ménageant de grandes brèches dans les bataillons surgis des ténèbres. Les lames phéniciennes accomplissaient des prodiges, galvanisant les troupes des Provinces. De nombreux hommes tombaient dans le sol trempé de sang. Par endroits, on s'y enfonçait comme dans des sables mouvants.

Les fils des rivages firent de nouvelles razzias, malgré ce sol boueux où leurs chevaux perdaient de la vitesse et s'embourbaient trop souvent. Les Charognards ne se laissaient plus prendre et ne les suivaient plus jusqu'aux murailles d'El-Zadin. Il importait peu car les archers n'osaient pas arroser la plaine de peur de toucher leurs propres troupes. Ils se contentaient de viser des ennemis isolés et de leur ficher une flèche dans la gorge, le torse ou les reins.

Le nombre des Charognards se réduisait manifestement à l'approche de la nuit. Les chefs des clans licornéens décidèrent d'investir leurs ultimes forces dans la bataille.

Fatoum sortait de son minaret quand il tomba nez à nez avec la face ridée d'un grand Licornéen aux cheveux courts et blancs.

— Ezrah ! s'écria le Muezzin. Tu t'es échappé, misérable ?

— Non, Fatoum, lui répondit la voix rauque. Vois : ta justice s'est accomplie.

Ezrah brandit les moignons bandés qui terminaient ses bras.

— C'est la corrosion de la Sombre Sente qui a détruit les portes de mon cachot, reprit le Muezzin. Les Charognards envahissent la ville, Fatoum. Tes gardes sont en train de périr sous leurs assauts.

— Mais... on ne m'a pas averti...

— Aucun n'a pu venir jusqu'à toi. Ils se font massacrer. Moi seul ai pu m'évader et me faufiler jusqu'ici. Il faut agir vite !

Fatoum était désemparé. Ses yeux roulaient dans ses orbites et des tremblements inextinguibles s'emparaient de lui. Voyant qu'il était incapable de prendre une décision, Ezrah le planta là et s'en fut en courant.

Il ne voyait qu'une solution. Encore fallait-il que les phéniciers acceptent un ultime sacrifice...

La mer d'Ivoire paressait au soleil, insensible au tumulte qui dominait le reste du M'Onde. Sur le port d'Aïffaz, nul ne s'en préoccupait. Les hommes valides étaient partis au combat dans les terres. Quelques femmes trottaient sur le quai, sous le voile couronnant leur robe bleue, tirant des enfants apeurés par l'atmosphère de désolation qui pesait sur la petite cité.

Saïna était l'une d'elles, traînant son fils de six ans. Elle allait chez une voyante que lui avait recommandée sa sœur. La vieille avait, disait-on, le pouvoir de lire des bribes d'avenir dans les pupilles de ses clients. Saïna n'y avait jamais cru, pourtant cette fois, n'y tenant plus, elle avait décidé de la consulter. Elle voulait savoir si son mari était encore vivant. Il avait quitté la maison un mois plus tôt pour El-Zadin et le champ de bataille. Les Charognards se préparaient à assiéger la ville, lui avait-on rapporté.

La peur et le désespoir donnaient la nausée à Saïna. Elle était si bouleversée qu'elle n'entendait plus les pleurs de son fils derrière elle.

Elle s'apprêtait à remonter la ruelle où demeurait la voyante quand, tout à coup, les pleurs de son enfant se tarirent, attirant l'attention de la mère.

Le petit garçon regardait le large, ses grands yeux captés par quelque chose.

Saïna se retourna en direction de la mer et proféra un juron d'une obscénité dont elle ne se serait jamais crue capable.

Une cohorte de larges voiles couleur jade encombrait le golfe. C'était toute une flotte qui approchait du port, plus d'une dizaine de navires aux proues en forme de serpent se préparant à accoster dans l'ignorance générale.

Saïna ne le savait pas encore, mais elle venait de rentrer dans l'histoire des Provinces-Licornes. Les chroniques parcheminées du peuple du désert se souviendraient d'elle comme celle qui avait vu arriver les renforts aspiks.

Ezrah fit irruption dans le Palais Zadin sans que les gardes aient le temps de l'intercepter. Il ouvrit à toute volée les portes de la salle que les phéniciers avaient investie.

Là, dans la pénombre des fenêtres obturées, brûlaient des centaines de bougies. Leur luminosité écarlate recouvrait les urnes de métal noir entreposées sur des piédestaux de fer forgé. Les six porteurs qui les avaient rapportées d'Aldarenche se retournèrent vers l'intrus.

Ezrah les salua brièvement et entreprit d'exposer son idée sans préambule.

— Pardonnez mon entrée brutale, mais l'heure est grave. Nous n'avons que très peu de temps pour sauver la ville.

— Que se passe-t-il ? s'enquit l'un des moines, qui se nommait Cylviel. Nous allions procéder à la première Renaissance et ce n'est vraiment pas le moment de troubler notre retraite. Je vous prie de vous adresser à Côme, qui doit être...

— Pas le temps. Écoutez-moi : vous seuls pouvez m'aider. Je ne sais pas si vous accepterez ce que je vous demande, et si vous refusez, je m'inclinerai. Mais sachez que votre refus condamnera cette ville et précipitera cette partie du M'Onde dans les limbes.

Cylviel croisa les bras sur la tunique de cuir dur qui protégeait sa robe de bure et consulta ses confrères du regard.

— Je présume que nous pouvons vous accorder un instant.

Il ramena en arrière sa longue chevelure platine typique des Pégasins de la péninsule, la région de Lideniel, et fit signe à Ezrah de s'asseoir par terre.

Les six moines et le Muezzin s'installèrent en tailleur sur le plancher. En parcourant les membres de ce cercle, Ezrah soupesa le drame qui se nouait et ses épaules s'affaissèrent sous la gravité de la situation. S'il ne parvenait pas à convaincre ces jeunes gens, les Provinces-Licornes n'avaient pas plus d'avenir que la mèche de ces bougies.

— Je vous écoute, fit Cylviel en posant les mains sur ses genoux.

— Je serai bref : la sentence que j'ai encourue m'a été infligée, dit Ezrah en levant ses poignets bandés, et pendant que j'étais enfermé dans un cachot, une Sombre Sente est apparue au centre de la cité.

— Comment ? s'exclama l'un des moines. Les Charognards sont en ville ?

— Oui. Une première attaque semble avoir été circonscrite, mais une seconde offensive s'est déployée et personne ne peut l'arrêter. Excepté... vos Phénix.

— Pardon ? bredouilla Cylviel, puis, devant la mine accablée du Muezzin déchu, il se reprit : Que suggérez-vous exactement ?

— Libérez-les de leurs Cendres et projetez-les sur le quartier central.

— Jamais ! s'écria un autre porteur. Nous sommes les gardiens des urnes, notre devoir est de protéger les Phénix, pas d'en faire des... de vulgaires projectiles !

— Vous rendez-vous compte des dégâts ? s'enquit celui qui se trouvait à la gauche d'Ezrah. La moitié d'El-Zadin sera rayée de la carte !

— Je vous assure que...

Cylviel interrompit le Muezzin :

— Avant tout, pourquoi être venu ici au lieu de consulter Côme ?

Ezrah vit le soupçon émerger sur les traits du jeune homme aux cheveux blancs.

— J'ai couru à travers les ruelles pour échapper aux Charognards. Je n'ai pas pris le temps de chercher... Je ne sais pas où est Côme. Si je l'avais vu, je me serais adressé à lui. Maintenant, vous devez prendre une décision. C'est à vous de le faire parce que vous êtes, effectivement, les gardiens des Phénix. J'ai conscience du sacrifice que je vous demande. Imaginez-vous ce que j'ai ressenti en apprenant que toutes les Licornes étaient mortes ? Je sais ce que représente la mort d'un Féal. Que l'on soit Muezzin ou phénicier, la douleur est la même.

Il fit une pause pour reprendre son souffle et scruta les traits de ses interlocuteurs. L'épuisement et l'urgence avaient plaqué sur leur figure un masque contre-nature, vieilli et grave, les cruelles marques d'une responsabilité qu'ils n'avaient pas désirée. Le stylet qui les avait prématurément gravées était celui du pouvoir.

C'est l'usage de ce pouvoir qu'Ezrah devait absolument susciter.

— Je n'ai jamais considéré les Phénix comme des instruments, comme une source dont vous autres, phéniciers, pouviez tirer des outils, des marchandises, des privilèges. À ma manière, je suis votre frère sous l'égide des Féals. J'ai fusionné avec la Licorne comme vous avec les oiseaux de feu. Vous êtes conscients que se servir des Féals équivaut à les servir. Si nous n'employons pas les Féals dans les événements de ce M'Onde, ils n'ont plus de raison d'être. Et sans eux, le M'Onde mourrait.

Une autre pause. Cylviel et ses cinq confrères l'écoutaient attentivement.

— Je vous demande de sacrifier des Phénix pour sauver tous les Féals.

— Je suis sensible à ce que vous dites, répondit sans tarder le jeune Pégasin, visiblement troublé. C'est pourquoi je vais vous révéler le grand secret de notre ordre au milieu de cette guerre. Tout ce que nous faisons ici, dans cette cité, et toute cette effroyable bataille ne sont pas grand-chose par rapport au véritable enjeu de la guerre. Ce n'est pas nous qui pouvons la gagner.

Cylviel fit mine d'englober la ville d'un geste ample.

— Ces efforts, ces sacrifices ces affrontements, tous ces gens qui périssent sont accessoires. Le véritable enjeu n'est pas de ce M'Onde. Il réside en Charogne, où Januel, le Fils des Ondes, le Grand Maître de la Guilde des phéniciers, est parti réveiller les Phénix des Origines.

Ezrah fronça les sourcils. Il était à la fois révolté par la déclaration du moine et tétanisé par la révélation de ce que la guilde ourdissait à l'écart.

Cylviel devina les mille interrogations qui inondaient l'esprit du Licornéen et décida d'y couper court :

— Comme vous l'avez dit, le temps presse et je n'ai pas le loisir de vous expliquer les détails de cette quête. Mais ce que je peux vous affirmer, c'est que la seule chose qui compte pour nous six est en train de dormir dans ces urnes. La vie des Phénix importe plus que notre propre vie. Plus que l'existence de tous les habitants d'El-Zadin.

— Offrez-m'en un, souffla Ezrah.

— Quoi ?

— Je dis : offrez-m'en un.

Les yeux du Muezzin se firent durs et froids. Acculé, il changeait d'attitude.

— Sans moi, continua-t-il, votre voyage dans le désert aurait été vain. Je vous demande de me payer mes services. J'exige la Renaissance d'un Phénix et, aussitôt qu'il m'appartiendra, j'en disposerai comme bon me semble.

— Ce que vous demandez est inconcevable ! cria l'un des gardiens.

— Et quand bien même nous accepterions, intervint Cylviel, il n'y aurait qu'un moyen de projeter le Phénix sur la ville. Et il vous tuerait.

— Cela n'a strictement aucune importance. Payez-moi.

Le silence s'abattit à nouveau sur la salle. On n'entendait que le léger grésillement des bougies. Les moines fixaient sans ciller le Licornéen mutilé. Ezrah eut envie de hurler qu'il était peut-être déjà trop tard, mais il se mordit les lèvres. Son cœur cognait contre ses côtes et les moignons de ses bras lui cuisaient atrocement.

Cylviel passa la main dans sa crinière platine et se leva lentement. Ezrah estima, sans savoir pourquoi il ne le réalisait que maintenant, que le moine avait quinze ans, tout au plus. Ce frêle adolescent allait prendre la décision la plus importante de toute sa vie.

Cylviel interrogea du regard ses cinq compagnons et l'un après l'autre, ils secouèrent doucement la tête.

Non... non... cinq fois non.

Le jeune Pégasin reporta son attention sur le Muezzin. Son expression avait l'allure d'une condamnation. C'était la pire chose qu'Ezrah eût vue, avec la mort de son fils.

— Mes frères refusent d'accéder à votre requête et de vous donner leur Phénix, Muezzin, dit solennellement le phénicier.

Un vertige brusque s'empara d'Ezrah. Il crut qu'il allait défaillir. Tout était irrémédiablement perdu.

— Alors je vous donne le mien.

Chapitre 13

Shestin regagna sa cellule, y déposa son écritoire, ses encres et sa plume et ressortit en hâte. Dehors, l'air était glacé. Il rajusta son manteau gris et traversa les galeries du cloître. Dans le jardin intérieur, les nelens aux branches noires et glabres étaient incrustés de givre. Shestin entrouvrit les lèvres et lâcha un nuage blanc. Où était parti l'homme aux cheveux blonds ?

L'échevin se remit en marche et passa les portes du monastère. La neige nappait les alentours. Un moine achevait de dégager à coups de balai le chemin pavé menant à l'entrée. L'homme était un peu plus loin, assis sur une pierre. Il tournait le dos au monastère.

Shestin hésita. Il n'était pas de son ressort de parler avec les hôtes. Par-dessus tout, il n'était pas question pour lui d'interférer avec les décisions des Pères. Mais sans aller jusque-là, il avait très envie de s'entretenir avec l'homme qu'on appelait Tshan. Il disposait d'un peu de temps avant de retourner à ses tâches quotidiennes.

Il s'engagea sur le chemin et bifurqua dans la neige pour rejoindre l'homme assis.

— Fiche-moi la paix, grommela ce dernier en entendant les pas de l'échevin crisser dans la neige.
— Messire, je...
Il ne savait pas quoi dire. Sa formation ne l'avait pas préparé à un tel entretien. Du reste, toute sa vie, solitaire, retirée du monde, rendait les rencontres rares et brèves. Il ne soignait pas les blessés et avait peu l'occasion de parler avec des étrangers, tout simplement. Il se bornait à servir les Pères de son mieux.
— Je... j'aimerais parler avec vous.
L'homme baissa la tête, comme accablé.
— Approche...
Shestin vint à sa hauteur et s'accroupit dans la neige. Il grelottait.
— Tu n'as pas grand-chose sur le dos.
— J'ai l'habitude.
Tshan eut un sourire sans joie.
— L'habitude de souffrir ?...
— C'est une bien faible souffrance...
L'homme resserra le châle sur ses épaules et se frotta les cuisses. Il portait une tunique et un pantalon de laine grise, l'habit des patients du monastère.
Le silence s'installa.
— Vous ne devriez pas rester là, fit Shestin, tout en sachant qu'il était inutile de le rappeler.
— Tu es venu me materner, toi aussi ? rétorqua Tshan, l'air mauvais.
L'échevin se mordit les lèvres. Il reporta son regard sur les montagnes de craie. Le ciel était limpide.
— Qu'est-ce que tu veux ?
— Je me disais... Je ne vous connais pas et je ne

peux sûrement pas juger, mais... un homme tel que vous n'a pas le droit de refuser de vivre.
— Ah bon ?
— Vous avez dû beaucoup voyager, voir tant de choses... Le M'Onde a besoin de vous. Le M'Onde a besoin de tout le monde.
— Et moi, tu crois que j'ai besoin du M'Onde ?
— Même si vous n'en avez pas besoin, cela ne vous empêche pas de continuer. Regardez, moi, par exemple, je suis loin de tout, mais je m'acquitte de ma tâche...
— Tu es heureux ?
Shestin ne répondit pas tout de suite. S'était-il jamais posé la question ? Oui, il était heureux. La paix qu'il goûtait dans ce sanctuaire, le dialogue avec les oiseaux, la certitude d'être utile...
— Oui, je crois.
— Pas moi. Le problème est réglé.
— Peut-être parce que vous ne connaissez pas de gens heureux. Vous n'avez jamais *rendu* quelqu'un heureux.
— Tais-toi, d'accord ?
— Je vous demande pardon.
— N'en rajoute pas, souffla Tshan, excédé.
Shestin se leva et retourna à pas lents vers le monastère. Pourquoi avait-il cherché à rompre la solitude d'autrui ?

Tshan se remettait rapidement de ses blessures. Son corps endurci montrait une impressionnante capacité de résistance et de régénération. D'ailleurs, les jeunes moines affectés à son service n'en étaient pas fâchés : ce blessé irascible ne leur rendait pas la vie facile. Ils ne se permettaient pas de le juger, mais d'autres patients moins âpres à vivre requéraient leurs soins.

Pour sa part, l'Archer Noir ne s'inquiétait pas vraiment de son état. Ses blessures ne l'empêchaient ni de marcher ni de se servir de ses bras, ce qui pour lui était l'essentiel. Il se demandait sincèrement, tout en consacrant le plus clair de ses journées à contempler les montagnes de Caladre, ce qu'il allait faire. L'instinct du mercenaire prenait le dessus : il voulait d'abord rester encore un peu pour recouvrer des forces. Ensuite...

Tshan avait pris conscience, avec un pincement, qu'il était trop tard pour se laisser mourir. Ces damnés Caladriens l'avaient tiré de l'impasse. Il ne pouvait désormais que se remettre, se reconstituer. S'il désirait en finir avec la vie, il lui faudrait s'organiser. En décider. Et agir.

Cela se complique, songeait-il avec cynisme.

Il aurait voulu périr dans le naufrage de la Tarasque. Il aurait été logique et facile qu'il fût englouti avec tous les autres. À présent, il se retrouvait seul, avec le poids de son deuil, de ses regrets, des choix à faire.

Shestin revint le voir de temps à autre. Ils ne se disaient pas grand-chose. Le goût d'une présence réciproque se dessinait entre eux. Tshan admit en son for intérieur que, bien des années plus tôt, il l'aurait pris sous son aile pour en faire un mercenaire, à son égal.

Il n'arrivait pas à considérer l'échevin comme un homme de son âge. Shestin avait trente ans passés et pourtant, aux yeux de l'Archer Noir, il n'en paraissait pas vingt. Pour lui, ce garçon n'avait pas vraiment vécu.

Et que valait cette vie dont Tshan semblait s'enorgueillir ?

Un sentiment étrange ne le quittait pas : il se croyait fini lorsque Scende était venue le trouver dans son auberge, et l'action l'avait rendu à lui-même. Elle lui avait même permis de récupérer le plein usage de sa main.

Aujourd'hui, en possession de ses moyens, sans lacune et sans faille, toute envie de vivre et d'agir l'avait quitté. Avec la mort de Scende, avec ce geste final qu'elle avait quémandé, Tshan avait perdu son âme de guerrier. Il n'avait plus d'amis, plus de but, même plus de rédemption à trouver.

Il avait vu une caravane de blessés entrer dans le monastère. Il avait entendu les cris des mutilés et les râles des agonisants. Les horribles récits des soldats ne suscitaient chez lui qu'une moue indifférente.

— Je ne suis plus un homme, avait-il dit à Shestin lorsque celui-ci l'avait accosté une seconde fois dans le cloître. Et cela m'est égal.

Jusqu'à ce qu'il se penche, un soir, sur le cadavre de Shestin.

Il errait dans le couloir desservant les cellules des serviteurs. À la chiche lumière des chandeliers plantés dans les murs, il avait remarqué une forme à terre. Ce n'était qu'en s'accroupissant auprès de lui qu'il avait reconnu le manteau gris et la figure paisible de l'échevin. En paix jusque dans la mort.

Tshan regardait, hypnotisé, la flaque de sang qui s'élargissait lentement sur les dalles froides.

— Les oiseaux ne chanteront plus pour toi, murmura l'Archer Noir.

Puis il se redressa, ses yeux noisette fouillant la pénombre, ses jambes campées avec une assurance qu'il croyait perdue. Si Tshan avait oublié l'homme qu'il était, son corps s'en souvenait. Dans son crâne, une question se mit à cogner, lancinante : Pourquoi lui ? Pourquoi ? Pourquoi ?

Il se remit à avancer, longeant le mur, en quête d'une réponse qui avait l'odeur du meurtre.

Il descendit l'escalier aussi silencieusement que possible. Un coup d'œil dans le dortoir lui assura que tout était normal. Les moines s'affairaient calmement entre les lits. Tshan décida de ne pas lancer l'alerte. Une brume noire planait devant ses yeux.

Qui que ce fût qui eût assassiné Shestin, il voulait refermer ses doigts sur sa gorge, il voulait entendre son dernier râle, se réjouir de sa terreur, goûter sa dernière supplique, et le tuer lui-même.

Tshan se coula dans les antichambres et les cages d'escalier et se dirigea à pas de loup vers les chambres des Pères. Il gravit les marches de marbre qui y menaient, se faufila entre les lourds rideaux qui protégeaient l'étage des courants d'air et s'engagea dans un long corridor. Des globes translucides étaient suspendus au plafond. Les fenêtres étaient grillagées. Des perchoirs à Caladre sortaient des murs.

Au bout, une haute porte à double battant était entrouverte. Une lueur chaude s'en échappait. Elle tombait sur le crâne ouvert d'un garde, assis par terre, adossé à la porte. Mort.

Tshan se plaqua au battant entrebâillé et laissa l'ouverture le happer avec un mouvement liquide.

À l'intérieur, les Pères s'entretenaient dans d'énormes fauteuils de fer forgé. Leurs Caladres étaient juchés sur des mains de métal scellées dans les parois, paumes ouvertes vers le plafond. Leur queue les reliait à la bouche des vieillards. Ceux-ci parlaient à voix basse par l'intermédiaire des oiseaux. Seul le feu d'une haute cheminée sculptée éclairait la salle.

Tshan resta immobile à l'entrée, cherchant du regard le signe d'un intrus. L'assassin venait de pénétrer dans la pièce et se cachait certainement dans un recoin d'ombre. Il attendait de frapper. Il était venu tuer les Pères.

Un assassin de la Charogne.

Les Caladres auraient dû le sentir.

Tshan retenait son souffle. Il hésitait. Devait-il alerter les Pères ? L'assassin prendrait sûrement la fuite et la vengeance lui échapperait.

Tshan avisa une zone d'ombre près d'une commode à proximité et fit trois pas chassés pour s'y lover. De là, il ne voyait plus que les deux tiers de la salle mais il était mieux dissimulé.

C'est alors que, levant la tête, il vit une ombre glisser au plafond. Il chercha d'abord le mouvement qui la projetait, mais dut admettre que personne ne se déplaçait au sol.

L'ombre était fine et sinueuse. Pas celle d'un être humain. Plutôt la forme d'un serpent, glissant sur la paroi avec les circonvolutions caractéristiques de l'animal.

Tshan se prépara instinctivement à se saisir d'un arc et d'une flèche. La déception le frappa violemment. Il aperçut un tisonnier posé contre la cheminée mais il était trop loin.

Le reptile fantomatique poursuivit sa progression, s'enroula dans les branches d'un lourd lustre éteint dominant le cercle des Pères et se laissa pendre mollement.

Tshan se redressa de quelques pouces et examina le plateau de la commode. Une écritoire traînait là, avec des petits pots d'encre et deux plumes. *Peut-être celle de Shestin*, songea l'Archer avec colère. Puis un éclat glacial perça ses yeux et il tendit la main pour attraper une plume...

Sans que Tshan pût s'en rendre compte, le serpent commença à muter. L'ombre étroite gonfla pour acquérir la silhouette d'un homme. Elle accoucha de l'assassin en un clin d'œil, au beau milieu du cercle des Pères. Un individu costaud, aux chairs blafardes sanglées dans un uniforme délavé. Ses deux yeux étaient crevés.

Brandissant un long poignard, il se jeta sur un vieillard terrifié et leva sa lame.

Tshan lança la plume. Son bras décrivit une courbe parfaite. Portée par une vitesse accrue par la précision de sa course, la plume fusa dans les airs et traversa le poignet du meurtrier.

La surprise, plus que la douleur, arrêta son geste. Tshan s'élança et percuta l'homme à pleine vitesse. Ils s'écrasèrent tous deux dans l'âtre. L'Archer Noir, étourdi par les souffrances qui possédaient son corps, remarqua que le tisonnier était tombé dans les flammes. L'homme se débattait avec force. Ses vêtements étaient en feu. Tshan le maintint d'une main au prix d'une douleur insupportable. Il lui semblait que son bras allait se détacher. Il parvint à se saisir du tisonnier en plongeant son autre main dans le brasier. Une atroce odeur de chair brûlée envahit ses narines.

L'assassin entailla son épaule, sa poitrine et sa joue avec son poignard. Il finit par attaquer profondément le bras qui le maintenait dans le feu. La lame trancha le biceps, arrachant des larmes à Tshan.

L'Archer Noir assura sa prise sur le tisonnier et l'enfonça d'un coup sec et puissant dans le front de l'homme, qui cessa instantanément de se débattre.

Tshan s'extirpa de la cheminée et s'effondra sur le sol. Il brandissait le poignet de sa main brûlée en hurlant. Le sang trempait son bras déchiré, inutilisable.

Les Pères se saisirent de lui et l'écartèrent de l'âtre. Les Caladres volaient frénétiquement dans la salle, heurtant et entremêlant leurs ailes et dispersant des plumes scintillantes dans la pénombre. Ils se livraient à une véritable cacophonie, reflétant la panique de leurs maîtres.

Puis ils semblèrent se mettre d'accord et les prêtres reprirent place dans leurs fauteuils, laissant Tshan gémir au centre du cercle. Les Caladres se posèrent sur le corps de l'Archer Noir, le plaquant au sol sous leur poids. Tshan se tint immobile, concentré sur sa douleur.

Les Féals entonnèrent un chant. Ils déployaient la magie de la syrinx.

La décision avait été difficile à prendre car les Pères savaient que cela les affaiblirait grandement. Pour commencer, ils resteraient muets durant des jours et des jours, le temps que les oiseaux récupèrent. En outre, le rituel risquait de tuer certains des vieillards, les vidant de leurs forces pour les offrir à Tshan.

Les Féals firent vibrer leurs organes à l'unisson dans une plainte cristalline qui franchit les aigus pour atteindre des notes surnaturelles. Les serviteurs qui, alertés par le bruit, entrèrent dans la salle eurent les tympans brisés et s'effondrèrent, inconscients.

Les vieillards faisaient un sacrifice énorme mais l'enjeu était à ce prix. Il fallait sauver Tshan pour lui confier la dernière mission du monastère.

L'Archer Noir se sentit dériver dans un espace mental où tout repère avait disparu. Pour la première fois depuis longtemps, il se sentait en paix. Une eau bleue accueillait son corps et le berçait doucement.

En même temps, les tissus de sa peau et de ses muscles se reformaient, comme recousus par une main invisible. Son membre carbonisé retrouva sa couleur et sa texture initiales.

Lorsque les Caladres regagnèrent leurs perchoirs et que Tshan put se redresser, deux vieillards gisaient au fond de leur fauteuil, la bouche entrouverte sur un filet de salive. Les autres sanglotaient en silence, le front dans leurs mains osseuses.

L'Archer Noir contempla, médusé, ses chairs régénérées et chuchota un remerciement à l'assemblée des Pères.

Puis il s'approcha de la cheminée et tira le cadavre noirci de l'assassin.

— Je le reconnais. C'est l'un des hommes arrivés avec la caravane. Un Aspik nommé Kartan, je crois. Un amiral ou je ne sais quoi.

Il se releva et vit les moines qui emportaient les

serviteurs évanouis près de la porte d'entrée. Puis il croisa le regard des Pères. Les vieillards le fixaient de leurs yeux clairs qui tranchaient avec l'âge de leurs corps. Le doyen, en particulier, vrillait dans les siens ses iris topaze, la mine sévère, presque accusatrice.

— Je ne l'ai pas fait pour vous, cracha l'Archer Noir. Ce salopard a tué Shestin. Un vétéran que vous avez admis pour le soigner... Votre générosité est bien récompensée ! L'homme est pourri, vous ne l'aviez pas encore compris ?

Un échevin plus jeune que Shestin pénétra dans la salle et vint en trottinant s'asseoir aux pieds des vieillards pour transcrire leurs discours. Les larmes avaient séché sur ses joues. Shestin était son ami.

Il trempa sa plume dans l'encre et, comme si le doyen n'attendait que ce signe, il se mit à transcrire les paroles du Féal sur le papier tout en les traduisant à haute voix.

— Je ne peux parler longtemps. Mes frères... muets.

— Il n'y a pas grand-chose à dire, l'interrompit Tshan. La Charogne a commencé à s'introduire en Caladre. Vos jours sont comptés. Et... je vous remercie de m'avoir soigné.

— Toi, Tshan... écoute ma sentence. Nous devions enseigner... Januel...

— Je sais. Vous attendiez le Fils de l'Onde et vous avez eu un mercenaire en morceaux. C'est malheureux mais c'est comme ça. Je ne fais pas vraiment l'affaire. La Charogne a gagné.

Le doyen leva la main.

— Le secret... Durant des années, nous sommes restés en contact avec... Grezel.

— Qui ?

— Le phénicier qui a... amené Januel à la Tour Écarlate. Son père.

— Mmh... fit Tshan, dubitatif.

— En vérité, continua le Féal du doyen au prix d'un visible effort, le roi.

— Le roi ? Quel roi ?

— Le roi de la Charogne.

— *Quoi ?*

Le vieillard fit signe à l'échevin qui tendit à Tshan un grimoire relié de plumes de Caladre.

— Lisez ces chroniques, messire, dit le jeune homme. Mon Père n'a plus la force de s'exprimer...

L'Archer Noir s'empara du livre et se mit à le parcourir avec des gestes énervés.

— Le signet... précisa l'échevin en voyant l'homme malmener ses précieux écrits.

Tshan ouvrit la page désignée et lut, les yeux écarquillés, le récit des entretiens entre l'âme du roi de la Charogne et les Pères caladriens.

— Vous n'avez plus de nouvelles depuis... qu'il vous a prévenus de l'envoi des mentors aux trousses de Januel.

Le doyen secoua la tête.

— Alors ?

— Nous n'avons qu'une seule solution, articula le Féal du vieillard en se raclant la gorge. Une solution... radicale. Le tuer.

— Tuer le roi ?

— Tshan... Tuez le roi pour nous.

L'Archer Noir éclata d'un grand rire qui fit frissonner les plumes des Caladres.

Une heure plus tard, il se trouvait dans le jardin du monastère, encadré par le cloître. La lune inondait l'endroit d'une lumière immaculée. La nuit était bleue, du bleu de l'Onde, du bleu qui avait bercé Tshan durant la magie de la syrinx.

Comme s'il avait volé ses atours à la nuit, l'Archer Noir avait retrouvé son allure légendaire. Un justaucorps noir moulait son corps, et des bottes à revers de la même couleur chaussaient ses pieds enfoncés dans la neige fraîche.

Et surtout, dans sa main, il tenait un arc. Le bois était marqué d'encoches. Où Tshan allait partir, elles scanderaient ses derniers instants.

En face de lui, la fontaine centrale coulait doucement avec un murmure harmonieux.

Un homme encapuchonné entra dans le jardin. Une barbe pointue dévalait son manteau gris. Ses mains étaient dissimulées dans ses manches croisées sur son ventre. C'est lui que, sur les ordres du doyen, Tshan attendait.

Le nouveau venu releva la tête pour examiner le guerrier. Tshan eut la surprise de distinguer ses yeux brillants dans l'ombre de la capuche. L'homme était aveugle. Son regard était aussi blanc que la neige.

— Ainsi c'est toi qui vas réaliser l'ultime sentence ? croassa l'aveugle.

— On dirait, fit Tshan en passant la main sur ses cheveux ras.

— C'est toi qui vas mettre fin à mon sacerdoce ?

— Qu'est-ce à dire ?

— Depuis des siècles, je n'ai qu'une fonction et je ne l'ai jamais accomplie. J'étais destiné à ciseler l'Arme Bleue qui tuerait le roi de la Charogne et à l'offrir au guerrier que les Ondes choisiraient.

— Les Ondes ne m'ont pas choisi !

Le barbu eut un petit rire aigre.

— Tu m'amuses... J'avais sept fois ton âge lorsque les Caladres des Hauteurs m'ont confié cette tâche.

— Des Hauteurs ? répéta l'Archer Noir.

— Ceux qui vivent à l'écart du M'Onde, sur les sommets, répondit l'aveugle en désignant les montagnes.

Tshan put alors voir la main qu'il venait de lever et réprima un frisson. Elle était d'un blanc pur et couverte d'un duvet de plumes. Ses doigts étaient terminés par des serres.

— Vois-tu ces arbres ? C'est moi qui les ai plantés et moi qui les entretiens, la nuit venue, depuis tant d'années. Patiemment, nuit après nuit, je les ai nourris, je les ai taillés, je leur ai parlé... C'est moi qui leur ai appris à ouvrir leurs branches pour accueillir les Caladres.

Tshan ne disait plus rien, fasciné par l'aveugle.

— Que veux-tu ? demanda ce dernier.

— Une flèche ! clama Tshan avec fierté. On m'appelle l'Archer Noir.

— Une flèche... Mmh... Laisse-moi réfléchir.

L'homme aux pattes de Caladre se dirigea vers un nelen, en caressa le tronc, puis alla vers un autre arbre pour inspecter ses branches.

— Mmh, approuva-t-il. Celui-là donnera une excellente flèche.

Avec une infinie douceur, il cassa une minuscule branche du nelen et la fit glisser entre ses doigts. La brindille se tordit et, sous les caresses, se raidit pour devenir exactement rectiligne.

— Elle te plaît ? croassa l'aveugle.

— Elle semble... parfaite.
— Bien, bien... Maintenant, prépare-toi.

L'homme s'approcha de la fontaine et posa la brindille verticalement au sommet du jet d'eau. Le trait noir ne cilla pas quand il retira sa main. Il resta suspendu, en équilibre.

L'aveugle cassa l'une de ses serres et la plaça à l'extrémité de la brindille. Aussitôt le bois et la pointe se soudèrent dans un éclair bleu. Une flèche couleur de ciel d'été...

— Prends-la. C'est la tienne.

Tshan fit crisser la neige sous ses bottes et s'empara délicatement de la flèche.

— Tu n'en as qu'une.

Le vent courut sur la neige et fit ployer les nelens. Les arbres se replièrent et moururent.

Une vague naquit à la surface de la fontaine et jaillit dans les airs. La ligne d'eau était étroite et droite. Pourtant Tshan avait l'impression de distinguer un portail de ténèbres dont le jet d'eau serait l'entrebâillement.

— Passe cette porte pour atteindre la forteresse du roi. Vite !

— Mais... il faut mourir pour entrer en Charogne.

— L'eau va te noyer, Archer Noir, acquiesça l'aveugle. Mais ton âme restera prisonnière de l'eau de la fontaine. Et tant qu'elle coulera, elle y demeurera en vie. Ta mission accomplie, si la fontaine existe toujours, tu t'éveilleras dans ce jardin, et l'Onde t'aura restitué ton âme.

Tshan plissa les lèvres et respira à fond. Il grimpa sur le rebord de la fontaine et pénétra dans l'encadrement de la porte spectrale :

— Scende, où que tu sois...

Chapitre 14

Côme et Mel revenaient vers le Palais Zadin. La jambe du phénicier blond ruisselait de sang et sa blessure à la cuisse l'empêchait de marcher seul. Mel le soutenait de son mieux. Ils avançaient très lentement dans les ruelles de la ville et devaient prendre garde aux Charognards qui rôdaient. Les moines s'appliquaient à longer les murs et à se faufiler dans les coins d'ombre, tout en cherchant leur chemin dans la capitale déserte.

Mel gardait son épée dans la main droite, paré à toute éventualité. Son autre main était glissée sous l'épaule de son ami qui clopinait laborieusement.

Une vibration subtile se propagea dans le lacis de la cité et se répercuta en eux. Elle leur procura une exquise sensation de chaleur et d'excitation. La Renaissance d'un Phénix.

— Nos frères ont commencé les rituels, souffla Côme.

Ils parcoururent encore quelques coudées, tournèrent dans une ruelle, puis Mel s'arrêta, attentif.

— Qu'y a-t-il ? s'enquit Côme. Tu veux faire une pause ?

— Tu sens ? Le Phénix...

L'autre fit le vide dans son esprit et se concentra sur la vibration qui n'avait pas quitté son corps.

— Elle dure... elle s'amplifie, même, remarqua Côme.

— Exact. Et j'ai l'impression qu'elle se rapproche de nous.

Le cœur des deux phéniciers s'emballa. La vibration avait fait place à un grondement sourd qui ne pouvait indiquer qu'une chose : un Phénix s'était libéré.

Les moines échangèrent un regard inquiet et se remirent en marche, accélérant l'allure à mesure qu'ils passaient d'une ruelle à l'autre, comme s'ils étaient poursuivis par une menace croissante. Ils essayaient de deviner ce qui avait pu se produire. Était-ce un accident ? Le Phénix avait-il échappé au contrôle des phéniciers lors de la Renaissance ?

Ou bien avaient-ils sciemment lâché un Féal dans la ville ? Les Phénix étaient les plus destructrices de toutes les créatures nées de l'Onde. Quelle folie avait pu les conduire à une telle décision ?

L'angoisse au cœur, au mépris de toute prudence, les jeunes moines progressaient à présent dans les aires éclairées par le soleil rasant.

Brusquement, une montée de pulsations les assaillit. Ils durent faire halte, le souffle court.

Les ombres des édifices pivotèrent autour d'eux et s'évanouirent. Une explosion de lumière envahit le ciel.

— Au nom des Ondes, qu'est-ce que...

Côme ne finit pas sa phrase. Il sentit la poigne de Mel s'accentuer dans son bras.

Au-dessus de leurs têtes volait un gigantesque oiseau de feu.

L'homme que l'on avait nommé Ezrah n'était plus qu'une tache sombre au cœur du brasier. Il faisait corps avec un Phénix. Sa chair incendiée se consumait dans les serres du Féal et ses os n'étaient plus que des brindilles grisâtres.

Pourtant, ses pensées réfugiées dans une ultime transe surplombaient la ville et évoluaient librement, telles des volutes de fumée échappées du foyer. Le hurlement qu'il avait poussé au départ du Palais, lorsque le Phénix réveillé par Cylviel s'était emparé de lui, persistait dans leur sillage.

Le Licornéen pouvait sentir son âme communier avec celle du Féal, dirigées à l'unisson vers un unique objectif, la Sombre Sente, et un tragique destin : leur mort et celle de centaines d'innocents.

Les ailes déployées de l'oiseau semaient sur son passage des flammes cramoisies, boutant le feu aux toits des maisons le long d'une ligne droite menant au centre de la ville.

L'esprit d'Ezrah dessina mentalement le visage de son fils. Il connut enfin la paix avant de disparaître.

Le voyage du Phénix ne dura que quelques battements d'ailes. Il fondit directement sur la Sombre Sente qui perçait la cité et éclata avec un bruit assourdissant.

Dans un rayon de cinq cents coudées, le brasier engloutit tout, rues, places, maisons et monuments, balayant le moindre être vivant, changeant instantanément les citoyens d'El-Zadin en silhouettes de cendre.

Le feu se communiqua aux édifices voisins et ravagea un large périmètre avant de s'éteindre de lui-même, aussi volatil qu'un puissant alcool.

Le cœur d'El-Zadin n'était plus qu'un tas de ruines calcinées cernant un cratère fumant. Un silence funèbre recouvrit toute la cité.

On raconte que les flammes du Phénix sacrifié descendirent dans la Sombre Sente et coulèrent jusqu'en Charogne, emportant avec elles des milliers d'âmes prisonnières du royaume des morts.

On dit aussi qu'un père et son fils firent alors leur entrée dans le domaine de l'Onde et qu'ils courent encore, à dos de Licorne, dans un désert sans fin.

Mel s'éveilla sous les débris, entièrement couvert d'une épaisse couche de poussière. Il se releva péniblement, repoussant une poutre qui bloquait ses jambes, et cligna des yeux dans le brouillard anthracite.

— Côme ? appela-t-il timidement, puis de plus en plus fort : Côme ! Côme !

Il trébuchait sur les tas de pierres. La plupart des bâtiments de la ruelle avaient été soufflés par l'explosion. Mel se mit à fouiller frénétiquement les reliefs des maisons écroulées sans cesser de crier le nom de son compagnon.

Un faible gémissement atteignit ses oreilles.

Mel se précipita dans sa direction et découvrit le phénicier enseveli sous les gravats. Il entreprit de le dégager à mains nues, puis en s'aidant de la lame de son épée.

Quand il eut dégagé le haut du corps de Côme, il se mit à genoux et essuya son visage maculé de suie et de poussière.

— Tu es vivant !

— Plus... pour longtemps, lâcha Côme dans un souffle douloureux.

Ses cheveux blonds étaient mouillés de sang. Ses mains reposaient sans vie sur son ventre. Son bras gauche adoptait l'angle étrange d'une fracture ouverte.

— Ne dis pas ça. Comment te sens-tu ?
— Mes jambes... je crois qu'elles sont... brisées.
— On va te soigner.
— Je ne peux pas marcher.
— Je vais te porter.
— Mel... J'aimerais mourir... auprès des urnes, articula le phénicier.

Et il sombra dans l'inconscience.

Fatoum contemplait, immobile, les vestiges noircis de la capitale. Du haut du minaret il suivait des yeux l'énorme panache de fumée noire qui montait dans les cieux. Elle semblait rejoindre les nuages qui filaient vers l'est. Le soir tombait sur les splendeurs perdues d'El-Zadin.

Combien de temps allons-nous mettre à mourir ? se demanda le Muezzin. *Que faut-il donc pour nous obliger à capituler ?*

Il écrasa une larme qui dévalait sa joue tannée et se tourna vers l'ouest, où des combattants épuisés croisaient encore le fer contre les Charognards. Il leur adressa machinalement une bénédiction et disparut dans l'escalier du minaret.

Cylviel ne fut pas surpris de le voir entrer dans la Salle des Clans. Il lui offrit un visage résolu et attaqua d'emblée :

— J'ai pris une décision, Muezzin. Je porte seul la responsabilité de ce qui vient d'arriver.

Fatoum leva une main bienveillante qui oscillait sous la fatigue.

— Je ne vous blâme pas, jeune homme. La Sombre Sente a été effacée et tous les Charognards ont été brûlés. Votre initiative a peut-être sauvé ma ville. Du moins, les heures qui viennent nous le diront.

Le Muezzin tut la souffrance et l'amertume intolérables qui écrasaient son cœur. Des milliers de gens avaient encore péri pour accorder un répit à la capitale des Provinces-Licornes.

Les urnes étaient disposées en cercle dans la lumière écarlate des bougies. Il n'y en avait plus que cinq, veillées par les moines en prière. La sixième gisait, renversée et ouverte, dans un coin de la pièce. Une traînée de cendres allait de l'urne aux fenêtres défoncées. Les murs étaient calcinés.

— Il... il n'y en avait qu'un seul ? demanda le Muezzin, étonné, en désignant l'urne vide.

— Oui, celui dont j'avais la garde, répondit Cylviel en s'écroulant dans un fauteuil. Moi seul ai accepté la requête d'Ezrah.

— Ezrah ? J'aurais dû m'en douter, fit Fatoum en s'asseyant à son tour.

Il secoua la tête et frappa du poing l'accoudoir de son fauteuil.

— Je ne mérite pas de vivre. C'est lui qui devrait être là, à ma place. Si je n'avais pas été aussi têtu !...

— Vous avez tort de dire cela, contesta le phénicier pégasin. Vous l'avez condamné car, selon vos lois, il était juste de le faire. Et lui s'est sacrifié parce qu'il pensait également qu'il était juste de mourir pour cette cause. Aucun de vous n'a eu tort.

— J'ai commis une erreur...

— L'erreur, ce serait de mourir pour rien, vous

ne croyez pas ? Ou de fuir sans essayer de défendre les siens.

— Peut-être, mais c'est à Ezrah que mon peuple rendra grâces... si nous remportons la victoire.

— Et il vous honorera, vous, car vous aurez commandé la résistance d'El-Zadin, ajouta Cylviel en se penchant vers le Muezzin.

— El-Zadin... disons : ce qu'il en reste.

— Tant qu'un seul cœur licornéen battra dans les Provinces, il honorera votre nom, Fatoum. Vous le savez, n'est-ce pas ?

— Cela m'est égal, mon garçon.

— Continuez à faire votre travail, c'est tout. Nous autres phéniciers, nous combattons pour nos semblables, mais d'abord pour le salut de l'Onde et des Féals. Alors que, devant vous, autour de vous, il y a encore des hommes, des femmes, des enfants à protéger, à sauver. Quoi que vous puissiez accomplir pour eux, ce sera votre devoir de le faire.

Fatoum eut un sourire triste.

— Vous avez raison. Voilà qu'un jeune homme, presque un enfant, me donne des conseils, à présent.

— J'ai beaucoup perdu aujourd'hui, monseigneur, répliqua Cylviel, mais les maîtres forgerons de la Tour Écarlate m'ont enseigné une chose : tant que la lame n'est pas parfaite, il faut continuer à la marteler.

Sur ces paroles, Fatoum quitta le fauteuil, tapota l'épaule du phénicier et fit mine de s'en aller.

— Monseigneur ? le rappela Cylviel.

— Oui ?

— Il y a autre chose que je voudrais vous dire.

Je l'ai révélé à Ezrah avant sa mort et je me dois de vous en parler également.

Le Muezzin plissa le front et dévisagea le phénicier, scrutateur.

— Une autre guerre fait rage, hors du M'Onde. Notre Grand Maître, Januel, qui a hérité de la guilde des phéniciers, est en Charogne. Il est le Fils des Ondes. Il est en quête des vestiges des Phénix des Origines afin de les réveiller et de les déchaîner sur le royaume des morts. Il y a là-bas une muraille de Cendres. Des brèches y ont été pratiquées. Elles sont le point de départ des Sombres Sentes.

Fatoum ouvrit de grands yeux ébahis.

Il se souvenait des mystérieuses recherches qui avaient été menées dans les Provinces-Licornes durant des années par les Muezzins de sa génération et par leurs prédécesseurs. On chuchotait qu'elles étaient commanditées par les représentants des Ondes. On avait exhumé des ruines séculaires dans le désert et déchiffré d'antiques inscriptions.

Ainsi les Ondes avaient fini par trouver ce qu'elles cherchaient. Elles avaient localisé le mur de Cendres et envoyé leur émissaire au cœur du « jardin maudit », comme l'appelaient les vieux Muezzins.

Fatoum accusa le coup. Il lui semblait que sous ses pieds résonnait un tumulte insoupçonné.

— Et... où en est-il de sa mission ?

— Nous n'en savons rien. Nous ne pouvons qu'espérer.

— Pourquoi m'avez-vous livré ce secret ?

— Pour que vous compreniez que... la Charogne a sans doute jeté toutes ses troupes dans la bataille qui se déchaîne devant ces remparts, dit Cylviel en se rapprochant des fenêtres crevées. On ne peut savoir au juste si d'autres fronts sont encore en activité. C'est certainement le cas. Mais le plus important est de tenir coûte que coûte, le plus longtemps possible, jusqu'au bout de nos forces.

— Il faut donner du temps à ce Januel, affirma Fatoum, pensif.

Les deux hommes se quittèrent sur ce constat. Cylviel alla prendre quelques heures de repos sans se douter que Fatoum, sitôt leur entrevue terminée, s'isolait avec ses plus fidèles lieutenants et, malgré la fatigue, évoquait toutes les hypothèses envisageables pour venir en aide à Januel. Des pistes furent effleurées et abandonnées, faute de temps et de moyens, d'autres furent envisagées et infirmées quelques heures plus tard par ceux qu'on avait consultés en hâte afin d'obtenir une réponse claire et précise.

Il fallut attendre les premières lueurs de l'aurore pour qu'une seule demeure, une hypothèse formulée du bout des lèvres par Fatoum lui-même.

Un messager alla aussitôt quérir Cylviel qui apparut, les yeux gonflés de sommeil, une tasse de thé à la main.

Les deux hommes restèrent seuls. Le plus jeune interrogea le Licornéen du regard en soufflant sur le liquide brûlant. Le Muezzin arpentait la pièce, l'index sur le menton, plongé dans une intense réflexion. Puis il s'immobilisa, considérant les urnes, le regard vague :

— Et si nous venions en aide à votre Grand Maître ? Plus directement, je veux dire.

— De quelle façon ?

— Ce n'est peut-être qu'un fantasme, une utopie... Pourtant, mes frères Muezzins, Asam et Khadim, y croient. À les entendre, c'est même la seule solution...

Il se tut et reprit sa réflexion.

— Parlez, bon sang ! s'écria Cylviel.

Fatoum lui jeta un regard grave :

— Notre peuple s'est toujours comporté avec sagesse. Asam est un radical. Je redoute son intransigeance et ses certitudes. Nous risquons d'agir dans la précipitation, de nous tromper lourdement.

— Il n'est plus l'heure de transiger.

— Sans doute. Si Asam dit vrai, nous pourrions bloquer l'incarnation des Sombres Sentes.

Un silence ponctua ses derniers mots.

— Impossible, murmura Cylviel, incrédule.

— C'est ce que j'ai longtemps pensé, mon ami. Mais il y a eu des preuves accumulées... des témoignages. Je parle de recherches qui s'affinent depuis des dizaines d'années.

— Alors, je dois parler à cet homme, Asam.

— Suivez-moi.

— Pssst !

Mel redressa la tête. Le poids de Côme lui arrachait les bras, éveillant des douleurs cuisantes dans ses épaules et son dos.

Dans l'encoignure d'une porte, un petit homme chauve et barbichu lui faisait signe.

Le phénicier posa Côme à terre et répondit, essoufflé :

— Aidez-moi à le porter.

L'homme releva le bas de son habit, une robe ornée de symboles sinueux, et vint se charger de Côme. Ensemble ils le traînèrent devant la porte.

— Je sais qui vous êtes. Dans quel état est votre ami ?

— Il a reçu une grave blessure à la cuisse et il a été pris dans l'éboulement, là-bas, vers le centre...

— Tirons-le à l'intérieur.

— Qui êtes-vous ? s'enquit Mel, qui ne faisait plus confiance à personne et se méfiait de la moindre rencontre.

— Mon nom est Hadik. Je suis alchimiste. J'ai aussi des notions de médecine. Je peux soigner votre ami. Dépêchons-nous.

Ils amenèrent le jeune homme inconscient dans le Sanctuaire du Sommeil et le couchèrent sur un amas de coussins aux couleurs chatoyantes. Les dormeurs avaient disparu. Seul le maître des lieux savait qu'ils étaient morts, le sourire aux lèvres, noyés dans la vision issue de leurs esprits drogués. Au fond de la pièce, une lanterne bleue éclairait un bureau en désordre. Mel ne prit pas le temps de détailler les étranges tubulures qui couraient sur les murs.

— Vous avez des potions ?

— Oui. Je reviens tout de suite.

Hadik partit fouiller parmi des dizaines de petites fioles alignées sur des étagères et d'autres encore garnissant un buffet. À son retour, il déboucha un flacon dont l'étiquette illisible cachait un liquide laiteux.

— Aidez-moi à le faire boire...

Le liquide glissa entre les lèvres de Côme qui déglutit et toussa.

— C'est bien... fit l'alchimiste. C'est un élixir de ma composition. Il lui rendra de l'énergie et fortifiera son organisme.

— Combien de temps ?

Hadik inspecta rapidement le bras cassé, l'abdomen et les jambes de Côme.

— Vilaines fractures... Je crains que ses jambes soient mortes. Il lui faut un chirurgien. Mais il devrait survivre jusqu'à son arrivée.

Des larmes de gratitude emplirent les yeux de Mel. Il s'adossa au mur et se laissa couler dans les coussins.

— Vous aussi, vous feriez bien de vous reposer, indiqua l'alchimiste.

— Hélas, la guerre n'est pas terminée. Je ne sais même pas où on en est...

Hadik le renseigna rapidement, récapitulant les événements récents et lui expliquant le sacrifice d'Ezrah et du Phénix.

— Je tiens mes informations des Muezzins en personne.

— Que faire ? demanda finalement Mel, en proie à une intense migraine.

— J'ai appris que les Muezzins préparaient un plan destiné à clore les Sombres Sentes. Écoutez : laissez votre ami ici. Il ne risque rien. Je vais essayer de trouver un chirurgien. Vous devriez tenter de dormir un peu.

Chapitre 15

Un silence inhabituel régnait dans la salle de l'Albâtre. Une poussière molle stagnait sur le dallage jadis martelé par les pas lourds des Seigneurs en armure. Au travers des hautes fenêtres en ogive filtraient les rayons pâles d'un éternel crépuscule. Privées des torches et de leur éclat, les nervures de la voûte ressemblaient au sombre lichen des forêts basiliks.

Seul le trône royal échappait à cette étrange apathie qui avait saisi la citadelle. Des braseros fixés aux accoudoirs crépitaient dans la pénombre et nimbaient les angles d'éclats vermillon. Dans son prolongement, on devinait à peine l'imposante silhouette de la colonne vertébrale d'une Tarasque. La relique jaillissait des profondeurs de la voûte comme une langue osseuse dont l'extrémité courbée soutenait le trône à vingt coudées du sol. À la lumière des braises, le bronze luisait comme une étoile solitaire.

Une femme se tenait à l'entrée de la salle. Sa silhouette s'esquissait dans l'embrasure des deux battants de bronze qui s'ouvraient sur la route d'Ivoire, l'axe fondateur du royaume. Devant elle s'étendaient les mille dalles noires et blanches où les Seigneurs avaient chacun leur place lorsque le roi donnait conseil.

La fatigue creusait le visage délicat de la Mère des Ondes. Ses joues avaient pris une teinte livide, sa bouche ressemblait à la virgule d'une flammèche vacillante, et dans ses yeux se lisait un étrange soulagement. Elle portait une robe de laine ocre lacérée qui découvrait ses hanches fines et ses jambes souples sculptées par les Ondes. Sur ses épaules tombaient des mèches d'onyx collées par le sang de l'ennemi. Entre ses seins pendait la corde d'un fourreau de cuir disposé dans son dos. À l'intérieur reposait l'épée du Saphir.

Ses pieds nus soulevèrent quelques boucles de poussière lorsqu'elle fit un pas en avant. Elle s'immobilisa au seuil du damier, saisie par un léger malaise. Les dimensions vertigineuses de la salle du conseil et l'aura invisible du Fiel l'affectaient en profondeur et refermaient sur son âme les doigts d'une main glacée.

Elle s'encouragea en pensée et franchit une première dalle. Sous la plante de ses pieds, elle sentit le relief d'un nom gravé dans le marbre, le nom d'un Seigneur qui, en ce moment même, devait combattre aux frontières d'un M'Onde qu'elle était venue sauver.

Elle marcha vers le trône avec une autorité gracieuse. Ses mouvements trahissaient sa détermination et les sacrifices consentis. Sa quête nouée des années plus tôt sous les frondaisons d'une chênaie s'achevait ici. Le chemin parcouru résonnait dans son esprit comme une litanie. Elle avait le sentiment d'avoir accompli tout ce qui pouvait l'être, d'avoir fait don jusqu'au bout de sa personne et de l'héritage que les Ondes avaient placé entre ses mains. Elle les représentait, elle incarnait leur combat.

Pour l'heure, le roi et ses sbires ne semblaient pas mesurer à quel point elle était proche du but. Dans un coin de son esprit, elle admettait qu'il pouvait s'agir encore une fois d'un jeu savant orchestré par le père de son enfant, qu'il la laissait venir jusqu'à lui pour mieux jouir de sa défaite. Elle avait supposé que les forces lancées à ses trousses s'étaient toutes regroupées dans le quartier du Bec pour lui tendre une embuscade. La suite lui avait donné raison. En abandonnant ses fantômes pour couvrir sa retraite et retarder ses poursuivants, elle avait trouvé une citadelle déserte, des portes ouvertes et des couloirs silencieux. Aucune trace de la garde royale, des Moribonds qu'on disait liés au roi comme l'écume d'une seule vague.

Elle ne pouvait plus reculer. Sans doute était-ce là la seule certitude qui animait ses pas et la conduisait, coudée après coudée, vers le trône royal.

— Tu es toujours aussi belle, l'interpella soudain une voix grave.

Elle n'était pas surprise, pas même déçue de découvrir qu'il l'attendait. Elle savait cette confrontation inéluctable. Elle s'immobilisa et leva les yeux vers le trône.

Confortablement installé sur des coussins de brocart, le roi siégeait dans une posture attentive, les coudes posés sur les accoudoirs et les mains jointes sous son menton. Il s'était penché en avant, un sourire attendri au coin des lèvres.

Elle fut frappée de voir combien les Carabins avaient su le préserver des ravages de la nécrose.

Il ressemblait trait pour trait à l'amant de ses souvenirs en dépit des rivets qui constellaient les frontières de son visage. Il portait un manteau de velours rouge agrafé à l'épaule et agrémenté d'un collet d'hermine. Au-dessous, elle devina un pourpoint noir aux plis soulignés de perles blanches, un pantalon de cuir noir et des chausses courtes.

Elle le trouva beau et lui rendit son sourire.

— Je t'admire, ajouta-t-il. Sincèrement.

— Pas moi, rétorqua-t-elle sans cesser de sourire.

Il eut un geste las et se renfonça dans son trône :
— Évidemment...

Il affichait une telle indolence, une telle confiance en lui qu'elle embrassa la salle du regard pour y déceler la présence des gardes. Ces derniers demeuraient invisibles. Elle reporta son attention sur le trône.

Elle ne voulait pas lui montrer son désarroi, lui laisser l'occasion de croire qu'elle avait espéré jusqu'au dernier moment que leurs étreintes passées demeureraient secrètes. La pression des souvenirs s'accentuait. Elle revoyait les Ondes réunies pour choisir un époux, elle voyait le nom de maître Grezel fleurir sur leurs lèvres bleutées. Elle entendait les Ondes raconter son courage, la manière dont il avait triomphé des nuits cruelles consacrées aux ronces noires, la manière aussi dont il avait accepté de faire le mal pour devenir un Charognard et être l'instrument de l'Onde au cœur du royaume des morts. Cependant, nul n'avait imaginé qu'il en deviendrait le roi et qu'il finirait par connaître la vérité.

La Mère des Ondes savait désormais que le Fiel avait non seulement triomphé dans l'âme du roi mais qu'il avait aussi pulvérisé les défenses érigées par les Ondes pour protéger l'essence de maître Grezel, l'essence même du bien qui avait coulé dans ses veines. Le roi connaissait la vérité. Le roi savait pourquoi elle était venue.

Elle frissonna et mit quelques instants pour reprendre ses esprits et comprendre sa question formulée d'une voix suave :

— Tu sais que tu vas mourir, n'est-ce pas ?

— Tes sourciers disaient la même chose et je suis là.

Il balaya l'argument d'un revers de la main :

— Ceux-là ne sont que de vulgaires chasseurs. Ils ont rempli leur rôle : je voulais t'avoir ici, te tuer sur ce damier pour lire dans tes yeux la mort du M'Onde.

— Pour cela, il faudrait que tu te battes avec moi.

— Me battre ? J'ai mille Seigneurs pour accomplir cette triste besogne. Non, je crois que tu ne comprends pas très bien la beauté de cet acte final. Nous sommes là, tous les deux. Je vais reprendre ce que j'ai donné. Reprendre ta vie et celle de notre fils pour faire taire une fois pour toutes cet espoir pathétique que les Ondes ont placé en nous. L'histoire se termine, ma chérie. J'avoue que mes troupes ont été éreintées mais l'essentiel se joue ici, grâce à toi. Sais-tu que les Licornéens résistent à mes armées ? Non, tu ne savais pas... Eh bien, réjouis-toi. Le dernier front est le leur, et ils sont en passe de remporter la bataille. Crois-tu pourtant qu'il s'agit bel et bien d'une victoire ? Tous ces morts qui pourrissent sous le soleil, tous ces corps valeureux promis à la Charogne. Parmi vos guerriers, il y a tant d'âmes corrompues... Je lèverai une autre armée avec vos morts et cette fois, il n'y aura plus rien pour s'opposer à notre triomphe.

— Si, le Néant.

Il ricana et frappa du plat de la main les accoudoirs de son trône :

— Le Néant... Mais, ma douce, le Néant n'est rien comparé aux forces que nous avons jetées les uns et les autres dans la bataille. N'as-tu pas remarqué qu'il refluait déjà ? Que nous l'avions nourri, écœuré même ! Il n'a plus de prise sur une Charogne gorgée du sang versé. C'est cela que vous n'avez pas voulu admettre, ma douce. Vos victoires sont aussi les nôtres... Ces soldats que vous avez sacrifiés hier seront ceux que vous affronterez demain. Oh, bien sûr, fit-il en levant les bras vers la voûte, il y aura toujours ces cœurs justes, ces cœurs purs, si touchants, qui n'aborderont jamais les rives du fleuve des Cendres. Ceux-là échapperont au Fiel et deviendront peut-être des Ondes. Mais combien, ma douce ? Combien de cœurs purs parmi vos défunts ?

Il bondit soudain de son fauteuil pour se tenir, les bras croisés, au bord de l'abîme :

— Une poignée de héros ne fait pas une armée, ma douce. Vous avez perdu, admettez-le. La Charogne va renaître sur les cendres de votre M'Onde. Rassure-toi, pourtant. Tu appartiens à cet avenir. Je vais te tuer, certes, mais je te veux à mes côtés. L'Onde qui coule dans tes yeux sera bientôt aussi sombre que tes cheveux. Oui, je veux que le Fiel illumine ton regard, que nous puissions nous aimer à nouveau et que tu deviennes ma reine.

La Mère des Ondes laissait à dessein les propos du roi cingler son cœur. Pour se fortifier, pour se rappeler combien sa quête importait aux yeux d'un M'Onde à l'agonie. Elle se sentit soudain étrangement apaisée. L'issue de cette rencontre s'imposait enfin avec clarté dans son esprit. La Charogne et le M'Onde s'affrontaient l'un et l'autre pour une simple question de survie. Il n'y avait pas d'autre alternative, aucun dialogue possible malgré l'espoir qu'elle avait secrètement entretenu dans son cœur. L'homme qui lui avait fait l'amour dans cette clairière n'existait plus. Elle ne pouvait plus l'atteindre.

Sa réponse fut le froissement de l'épée qu'elle fit glisser de son fourreau pour la brandir et la pointer vers le roi.

Ce dernier ricana et attrapa un revers de son manteau pour couvrir sa poitrine :

— Ma reine... déclara-t-il. Tu seras bientôt ma reine. J'ai hâte, ma douce !

La Mère des Ondes l'ignora et, en pensée, consulta une nouvelle fois son fils à propos du Phénix :

— Tu as réussi à lui parler ?

— J'ai essayé, mère, mais il ne m'écoute pas. Je suis inquiet, j'ai l'impression qu'il a peur...

— Le Fiel doit l'étouffer, dit-elle avec amertume.

Elle n'avait aucun moyen de voler à la rencontre du roi, songeait-elle, lorsqu'un bruit insolite attira son attention. Elle regarda autour d'elle et se pétrifia. En retrait, le long des hauts murs de l'Albâtre couraient de petites étincelles qui, soudain, enflammèrent des torches et dévoilèrent les silhouettes massives de la jeune garde charognarde.

Cent flammes crevèrent ainsi l'obscurité dans un ronflement sonore qui se répercuta sous la voûte de l'Albâtre.

La Mère de l'Onde embrassa d'un regard circulaire les cent Seigneurs qui la cernaient. Ils avaient tous revêtu leur armure de bataille. Sur le métal poli, la lumière coulait comme de l'or et embrasait la pointe des heaumes scellés. D'une main, ils brandissaient leurs torches et, de l'autre, tenaient la garde de haches à deux mains dont la courbe des tranchants reposait sur le sol.

— Contemple ! s'écria le roi d'une voix exaltée. Ils sont là pour toi seule, ma reine !

Échelonnés en ordre parfait sur les quatre flancs de la salle, les Seigneurs silencieux attendaient l'ordre de fondre sur leur proie.

La Mère des Ondes tournoya sur elle-même comme un animal pris au piège. L'ampleur des forces déployées par le roi semblait démesurée. Seule contre cent. Une Onde contre cent Seigneurs de la Charogne. Avait-elle l'ombre d'une chance ? Elle en doutait, même si, au fond de son cœur, la voix fébrile de son fils l'assurait du contraire.

— Je t'aime, lui murmura-t-elle avant de sceller son âme à celle de l'épée.

L'Esprit frappeur s'éveilla aussitôt et poussa un hoquet de surprise :

— *Vérole ! Il plaisante pas, le bougre !*

Un voile noir tombait sur les yeux turquoise de la Mère des Ondes.

— Le Phénix est inaccessible, prévint-elle. Je ne peux pas m'attaquer au roi. Je n'ai plus le choix.

— *Tu sais combien je connais ta valeur, ma belle, mais là... pas moyen de filer ?*

— Refuser le combat ? Pour aller où ?

— *Tu es seule, tu n'as plus d'Onde avec toi. On peut peut-être se retirer en douceur et trouver un meilleur moment pour le surprendre.*

— Tu ne comprends pas. Il veut cette bataille. Il savait que j'étais en Charogne depuis le début. Il a jeté ses chasseurs dans les rues pour m'éprouver et se laisser le temps de rassembler ses Seigneurs.

Elle s'interrompit et dressa l'oreille. Dans l'obscurité imposée par l'Esprit, elle percevait la rumeur du royaume et identifiait sans mal les sinistres aboiements de la meute.

— Les sourciers et leurs chiens sont là. Dehors.

— *Oui, je les entends*, confirma l'Esprit. *D'accord, pas moyen de reculer...*

— Tu es avec moi ? demanda-t-elle avec une tendresse qu'il ne lui connaissait pas.

— *Jusqu'au bout, ma beauté.*

Elle était désormais plongée dans les ténèbres. Autour d'elle enflait la sourde mélopée des Seigneurs immobiles. Elle percevait le crissement des armures, le craquement de la peau tendue par les rivets des Carabins. Elle les ignora et se concentra pour chercher, avec l'Esprit frappeur, la trace des Résonances.

— *Une bonne et une mauvaise nouvelle*, maugréa-t-il.

— La bonne ?

— *J'ai au moins une vingtaine d'échos.*

— La mauvaise ?

— *Elles flottent toutes là-haut, au plafond. Parmi les squelettes de la voûte.*

À son tour, elle entendit le carillon des Résonances inaccessibles et serra le poing.

— Elles ne nous servent à rien, dit-elle avec une rage contenue.

— *J'aurais pas dit mieux... Mais il y a autre chose. Un bruit que je ne connais pas. Là-haut, avec les Résonances.*

— Hostile ?

— *Fort possible.*

— De toute façon, c'est la fin.

Pour la première fois, elle concevait l'hypothèse d'un échec, elle admettait que le sort du M'Onde pouvait être bientôt scellé par les haches des Seigneurs. Le doute fissurait le rempart de ses convictions. Elle avait cru à l'empreinte sacrée de l'Onde, à la force qui inspirait son corps et qui finirait par avoir raison des embûches dressées entre elle et le roi. À présent, elle distinguait dans l'obscurité le spectre lancinant de la défaite.

Un cri de rage monta de sa gorge et explosa, comme une ultime provocation, sur ses lèvres fines. Le cri roula sous la voûte et agita le rang des Seigneurs. Ils s'impatientaient. Le roi de la Charogne dut sentir lui aussi la fébrilité qui grondait sous les armures.

— Tuez-la, Seigneurs.

L'ordre claqua aux oreilles de la Mère des Ondes. Elle se ramassa sur elle-même et, à pas coulés, commença à épouser les quatre coins de la dalle centrale de l'Albâtre.

Les Charognards s'avancèrent jusqu'à la frontière du damier pour former quatre remparts symétriques. Ils abandonnèrent leurs torches sur le sol et empoignèrent à deux mains le manche de leurs haches de guerre.

— *Vérole, ils arriveraient presque à me faire peur...* avoua l'Esprit frappeur.

Les Seigneurs observèrent un moment de silence puis trois d'entre eux se détachèrent des rangs. Ils s'avancèrent à moins de dix coudées de la Mère des Ondes et attendirent que leurs compagnons manœuvrent à leur tour pour resserrer les rangs et former une arène en carré. Épaules contre épaules, les Charognards prenaient leur temps et offraient à trois des leurs l'occasion de se distinguer aux yeux du roi.

En dépit des médecines des Carabins qui leur permettaient d'endosser une armure de guerre, leurs mouvements étaient lents et prévisibles. Sous la peau nécrosée, la Mère des Ondes écoutait les vibrations de leurs squelettes afin d'anticiper leurs assauts.

Le premier vint brutalement. Les trois Seigneurs disposés en triangle chargèrent vers elle, la hache croisée sur la poitrine. Leur marche pesante lui offrit le temps nécessaire pour se décaler vers celui qu'elle jugeait, au son, le plus rapide. Entraîné par son élan, le Charognard porta son attaque avec une force terrible. Elle se fendit en arrière pour éviter le couperet de la hache. L'inertie de l'arme avait obligé le Seigneur à découvrir son flanc. Guidée par le frottement des cordelettes qui jouaient aux jointures de l'armure, la Mère des Ondes trouva l'ouverture et plongea son épée dans le bas-ventre de la créature. Un cri assourdi s'échappa du heaume de l'ennemi qui s'affaissa sur les genoux. Elle voulut retirer sa lame pour faire face à ses deux compagnons qui se portaient à sa rencontre mais l'épée s'était coincée. Le temps d'un soupir, elle hésita.

Forcer pour extraire la lame ou l'abandonner dans le corps du Charognard et tenter d'esquiver ?

La fluidité naturelle de son corps commanda ses réflexes. Au moment même où deux haches fondaient sur elle, elle posa sa main libre sur le sol et accomplit une roue parfaite sur l'axe de l'épée. Une telle torsion eût à coup sûr brisé le poignet d'un homme mais la Mère des Ondes pouvait compter sur l'extraordinaire souplesse de ses articulations. Elle se reçut avec agilité à gauche de son adversaire et entendit les haches s'abattre à l'endroit même où elle se trouvait un instant plus tôt.

Les deux Seigneurs poussèrent à l'unisson un cri de fureur lorsque la Mère des Ondes se déroba soudain devant eux. Il était déjà trop tard pour freiner la course des haches. Leur compagnon poussa un cri étranglé lorsque les tranchants s'abattirent à pleine puissance sur son crâne. Le heaume explosa sous la violence de l'impact et déchiqueta la tête du Charognard.

Le choc libéra l'épée du Saphir. Avec une joie féroce, la Mère des Ondes profita du désarroi de l'ennemi pour contre-attaquer. Elle se glissa derrière eux alors qu'ils cherchaient encore à dégager leurs haches de l'amas de métal et de chair pulvérisés.

Dans le rang des Seigneurs monta un murmure de colère. Ralentis par le poids de leurs armures, les deux Charognards n'eurent jamais l'occasion d'achever leur volte-face. L'épée du Saphir crissa contre le métal et les décapita dans une gerbe de sang noir. Les deux heaumes volèrent dans les airs et achevèrent leur trajectoire au bord de la salle. Les corps des deux Charognards oscillèrent et s'écroulèrent dans un fracas. Un silence pesant retomba sur la salle de l'Albâtre.

— *Je peux te confier mon sentiment ?* souffla l'Esprit frappeur.

— Vas-y.

— *Je crois que là, tu les as énervés...*

Le ricanement convulsif de sa maîtresse fut couvert par le grondement des Charognards en marche. Dix d'entre eux avaient quitté les rangs pour converger vers elle.

— Le Phénix ?

Elle n'avait rien caché à son fils. Rongé par son impuissance, Januel articula faiblement :

— Il m'échappe, mère. N'attends rien de lui.

— Il t'échappe ?

— Oui. Quelqu'un cherche à le contacter.

— Qui ?

— Je l'ignore.

Elle rompit la communication. Les dix Seigneurs attaquaient.

La mêlée qui suivit ébranla les fondations de l'Albâtre. Depuis les guerres des Origines, aucun combat de cette nature n'avait résonné sous les voûtes de la citadelle royale. Sur les dalles antiques coula le sang noirâtre des créatures. Puis, au fil des assauts qui venaient s'échouer sur l'épée du Saphir, un sang plus clair s'y mêla. La Mère des Ondes cédait inexorablement du terrain. Son bras faiblissait, ses esquives perdaient peu à peu de leur vitalité. Les haches avaient creusé sur son corps de profondes entailles et ses ripostes ne servaient plus qu'à gagner du temps, à retarder l'issue fatale.

Un coup porté du plat de la hache lui fit soudain perdre l'équilibre. L'arme l'avait frappée au bas de la nuque et propulsée en avant. Elle roula sur le sol et tenta de se relever lorsqu'un gant ferré la saisit au cou et la souleva du sol avec violence.

— *Ma belle*, murmura l'Esprit frappeur, *l'honneur de t'avoir servie rendra ma mort plus douce.*

L'étau du Seigneur broyait sa gorge. Elle remercia l'épée et pensa au M'Onde qui mourrait avec elle.

Chapitre 16

Hadik revint bientôt avec un homme costaud aux petits yeux perçants. Mel se réveilla en sursaut.

— Il va s'occuper de votre ami, le rassura l'alchimiste en présentant le nouveau venu. Vous, venez avec moi.

Ensemble ils parcoururent au pas de course les ruelles d'El-Zadin, où les citoyens n'en finissaient pas de constater les dégâts et pleuraient leurs morts. Ils gravirent les marches conduisant à une demeure cossue, aux murs blanchis à la chaux, et pourvue d'un porche et d'un jardin intérieur. Hadik y pénétra sans s'annoncer et, Mel sur ses talons, gagna une vaste salle dont la plupart des parois étaient couvertes de cartes du ciel et de la terre ainsi que de diagrammes étranges. Une imposante bibliothèque occupait l'autre partie. En guise de plafond, un dôme de fer forgé soutenait une baie vitrée hérissée de lourdes lunettes de cuivre.

Là, devant une table où s'amoncelaient des centaines de parchemins, se tenaient Fatoum, les deux autres Muezzins et Cylviel.

Mel et Cylviel se donnèrent l'accolade.

— Où est Côme ? s'enquit le Pégasin.

— Blessé. Cet homme l'a placé en lieu sûr et l'a soigné. Un chirurgien s'occupe de lui maintenant.

Mel embrassa l'ensemble de la pièce du regard et remarqua les bruits de pas et de conversations qui provenaient des pièces attenantes. Un bataillon de serviteurs menait dans ces murs un travail de fourmi.

— Qu'est-ce qui se prépare ici, au juste ?

— Monseigneur était en train de me l'expliquer.

Le Muezzin nommé Asam enleva ses bésicles et posa les mains à plat sur une large feuille griffonnée de plans géométriques et de calculs.

— Le peuple licornéen est versé dans l'étude des constellations stellaires depuis des siècles, commença-t-il en chevrotant dans sa barbe. Nous savons depuis longtemps que l'on peut voir s'y refléter les courants magiques, aussi bien l'Onde que les Sombres Sentes. Cette discipline a été créée en observant les Licornes qui se promenaient rêveusement, le nez levé vers le ciel, à la nuit tombée. Il est même arrivé qu'un groupe de Licornes se disperse dans le désert de manière à composer avec leurs cornes le dessin des principales constellations...

— Mille pardons, Asam, mais le temps presse, l'interrompit Fatoum.

— Hum, oui, excusez-moi. L'astronomie nous a permis de repérer dans les mouvements des astres les répercussions des Sombres Sentes. Les parchemins que vous voyez là compilent ces observations.

— À quoi ça sert de retrouver l'image dans le ciel de ce qu'on voit déjà dans la plaine ? fit Mel, gagné par l'énervement.

— À déceler leurs failles, répondit l'autre avec condescendance. Voyez-vous, les étoiles nous montrent ce que nous ne pouvons pas distinguer au sol, justement : l'arborescence des Sombres Sentes.

Il fit voler des feuilles de la table et dégagea un rouleau de parchemin qu'il déroula sous les yeux des phéniciers. Sur la page s'affichaient des schémas complexes qui évoquaient aussi bien des labyrinthes que des arbres généalogiques.

— Les Sombres Sentes n'ont pas un développement rectiligne. Ces plans nous éclairent sur leur itinéraire et nous permettent d'établir des feuilles de route.

— Dans quel but ? demanda Cylviel.

— Certains de nos serviteurs se sont aventurés dans la plaine. Dans la plus grande discrétion, ils ont échappé à l'attention des combattants et ont écouté le sable.

— « Écouté » ? s'étonna Mel.

— Exactement, intervint Fatoum. Peu après le début de l'invasion des Provinces-Licornes par les Charognards, ils ont effectué des relevés de la magie tellurique du désert.

— De même que l'Onde irrigue le désert... dit Mel en se souvenant de ce que Côme lui avait expliqué après le rituel de l'oasis.

— ... les Sombres Sentes ont des ramifications plus subtiles et pernicieuses qu'on ne le croit, acquiesça Fatoum. Avec ces relevés, les scribes d'Asam rédigent des feuilles de route pour indiquer où se trouvent les points faibles du réseau de la Charogne.

— Extraordinaire ! s'exclama Cylviel. Pourquoi ne vous en êtes-vous pas servis ?

— L'ennemi est à nos portes, intervint Asam. Nos serviteurs qui écoutent les dunes sont des éclaireurs, pas des guerriers. Lorsqu'une bête fauve se dresse juste là, devant vous, à quoi bon savoir d'où elle vient ? Néanmoins, il nous faut mettre tout en œuvre pour aider Januel. Et nous disposons aujourd'hui d'une force qu'aucun Muezzin, jusqu'à maintenant, n'avait osé envisager.

— Les Phénix, comprit Cylviel.

— Exactement, fit Fatoum en consultant le Muezzin du regard. Notre question est la suivante : pourraient-ils se mettre, eux aussi, à l'écoute des sables et détecter le lien direct entre les failles des Sombres Sentes et les brèches de la muraille de Cendres ?

— Ce qui placerait Januel dans une position plus sûre pour effectuer le rituel de la Renaissance, compléta Cylviel.

Les phéniciers plongèrent dans un abîme de perplexité. Ils ne détenaient pas les connaissances nécessaires pour répondre à la question d'Asam. Seuls les Grands Maîtres auraient pu le dire, ou Farel lui-même. Mais ils n'étaient plus...

— Ce lien, comment pourriez-vous le rompre ? demanda Cylviel.

Fatoum adressa un geste à Asam et celui-ci fit apporter un coffret noir incrusté d'or. Lorsqu'il l'ouvrit, une aura cuivrée éclaira la salle.

Le coffret contenait une corne magnifiquement ciselée ressemblant à du verre délicatement travaillé. Ses contours paraissaient mouvants, sans que l'on puisse deviner si le phénomène était une illusion due à la luminosité ou s'il était réel.

— Les cornes-cristal sont extrêmement rares, déclara Asam. Et je doute que nous puissions les réunir en nombre suffisant vu le temps qu'il nous reste. Sans compter qu'il nous faudra l'accord des tribus. Celle-ci m'appartient mais pour les autres, il faudra parler, discuter, convaincre...

— Cela, je puis m'en occuper, affirma Fatoum.

— Rien ne certifie, poursuivit Asam, et je vous prie de bien en avoir conscience avant de prendre une décision, rien, donc, ne certifie que cela réussisse à une telle échelle.

— Soyez plus clair, dit Cylviel.

— Les cornes-cristal sont capables de dissoudre les nœuds de l'arborescence des Sombres Sentes. Mais il faudra en posséder assez pour espérer une synergie. Chaque corne doit répondre à une autre afin que leurs forces se combinent.

— Je suis prêt à mener l'expédition, annonça Mel en levant sa lame aux reflets jaunes. Réunissez d'autres guerriers pour escorter ceux qui iront planter ces cornes dans le sable.

— Mes frères vont faire renaître nos Phénix et les mettront à l'affût des failles, ajouta Cylviel tout en se demandant comment ils allaient s'y prendre.

— Il reste un problème, intervint Khadim pour la première fois.

De longs cheveux torsadés s'échappaient de son turban plat et ondulaient sur ses épaules. Mel nota qu'il avait le nez crochu d'un oiseau de mauvais augure.

— Les nœuds sont cachés en profondeur. Il faudrait creuser pour les faire jaillir et y planter les cornes-cristal. Jamais les Charognards ne vous en laisseront le temps.

Comme le soir rosissait les dunes licornéennes, les Aspiks rallièrent El-Zadin. Dans la nuit fiévreuse, une énergie nouvelle inonda la ville en même temps que les troupes débarquées à Aïffaz prenaient position.

Zoran, le général aspik, était un impressionnant gaillard, plus grand que la plupart des hommes de son peuple. Son visage anguleux, percé de deux yeux plissés et surmonté de rares mèches rousses, respirait la sévérité et l'obstination. La carrure de ses épaules et de sa poitrine tendait son uniforme de coton safran et d'écailles verdâtres.

— Les Rivages Aspics ne sont plus, annonça-t-il de but en blanc dans le bureau des Muezzins.

Cette nouvelle gifla l'assistance. Le découragement s'abattit sur les Muezzins et les phéniciers telle une averse de mousson. Tous avaient pensé que les Aspiks se permettaient d'envoyer des renforts parce qu'ils avaient été victorieux sur leur sol. C'était tout le contraire.

— Nos armées ont failli et nos villes sont tombées, ajouta le général d'une voix grave. Ophroth la première... Les troupes ont reflué vers le sud, où les Charognards nous ont acculés. Nous comptions sur l'aide des Tarasques. Las ! Les Sombres Sentes les ont sabordées. Si vous aviez vu ces immenses vagues noires...

Le discours de Zoran était lourd de souvenirs terribles et de défaites amères. Les Aspiks étaient allés d'échecs en espoirs déçus depuis le début de la guerre.

— J'ai opté pour la retraite et l'exil. Les troupes que je commande constituent la moitié de celles qui restent. Le général Kartan a emmené l'autre moitié en mer d'Ivoire, en direction de la Basilice.

Le silence de l'assistance lui indiqua que nulle nouvelle ne leur en était parvenue. Il ferma les yeux et soupira profondément.

— Enfin ! Mes troupes se sont reposées durant le voyage. Nous avons débarqué à Aïffaz. Les habitants des villages côtiers nous ont fourni de nombreux chevaux pour vous rejoindre.

— Mon général, à mon tour de vous expliquer combien vos renforts arrivent à point nommé...

Fatoum lui rapporta la situation le plus brièvement possible. Il devinait que le chef de guerre aurait aimé connaître tous les détails, mais il était crucial d'organiser l'offensive sans tarder.

— Quels sont vos effectifs ? demanda Khadim dès que Fatoum eut achevé son exposé.

— Près de mille hommes, répondit fièrement l'Aspik. Six cents fantassins, trois cents archers, une centaine de cavaliers, des catapultes, des balistes... et un couvent de Soyeuses.

Les Muezzins frémirent à ce nom.

— En ce qui concerne votre stratégie pour stopper les Sombres Sentes, reprit Zoran, je pense comme vous qu'il est impensable de creuser. Votre acharnement a réussi à contenir l'invasion des Charognards, et c'est un vrai miracle ! Mais j'ai passé suffisamment de temps sur les champs de bataille pour vous assurer que vous vous ferez massacrer si vous faites halte pour enfouir vos cornes-cristal dans le sol. Non, la seule solution consiste à opérer *de l'intérieur*.

— Ce qui signifie ?... s'enquit Cylviel.

— Nous avons également fait venir cinq Aspics avec nous.

La curiosité dévora ses interlocuteurs. Il était tellement rare de pouvoir contempler des Aspics vivants ! Ces Féals privilégiaient l'obscurité et ne sortaient quasiment jamais de terre. Nul ne savait comment s'y prenaient leurs disciples pour les côtoyer sous la surface. Les arts de maîtrise des Féals étant des secrets intouchables, celui des Maîtres des Aspics, à l'instar de la Renaissance des Phénix ou de l'initiation aux Licornes dans les cavernes du désert, n'avait jamais filtré en dehors de leur ordre.

Zoran parut déceler l'intention des phéniciers et des Muezzins, et y coupa court :

— Les Maîtres opéreront à l'abri des regards. Je puis déjà vous prévenir qu'ils se sont coulés dans la terre, devant les murailles nord.

La déception marqua le visage des Licornéens et de Cylviel, mais Mel ne retenait que l'atout majeur que représentaient les Aspics.

— Assez palabré, il faut agir, dit-il.

— Tu as raison, mon garçon, affirma le général en se dressant de son siège pour toiser la petite assemblée. Je crois que chacun sait ce qu'il doit faire.

Au loin, sur la plaine sanglante, des escouades licornéennes continuaient à se battre. Les possesseurs de lames phénicières dirigeaient les petits groupes de soldats qui ne tenaient presque plus debout. Des remparts d'El-Zadin, on sonna la retraite, mais les guerriers hypnotisés par les combats incessants n'y prêtèrent guère attention : à gestes machinaux, ils engageaient inlassablement le fer avec des Charognards, cognant leurs lames contre l'acier noirci, et quand ils mouraient, aucune plainte ne s'échappait de leurs poumons étouffés.

Des bataillons frais, surgis des Sombres Sentes, dépassèrent les escouades dispersées et s'approchèrent de la cité en mugissant. Ils étaient sûrs de leur victoire.

Les archers aspiks se déployèrent sur deux lignes. Ils encochèrent et tirèrent. Une rangée de Charognards s'écroula, criblée de flèches. Les archers firent un pas de côté pour recharger leurs arcs, laissant le champ libre à la seconde ligne. Une nouvelle rangée d'ennemis tomba.

Les prêtres leur avaient offert, comme à chacun des soldats, une bille noire qu'ils devaient laisser fondre sous la langue. Il s'agissait d'un caillot de sang d'Aspic qui leur conférait une vue aiguisée, comme en plein jour, malgré les ténèbres. Les Charognards avaient d'ores et déjà un avantage de moins.

Ensuite, les fantassins chargèrent tous ensemble. Leurs armures huileuses et luisantes leur donnaient l'allure de quelque gigantesque reptile rampant sur le sable. Sans un mot, sans un cri, ils se répandirent dans le désert et enlacèrent les rangs de la Charogne en une sinistre étreinte.

Le général Zoran était parmi eux. Il avait refusé de rester en arrière. Dans ses mains expertes, une arme aussi large qu'un tranchoir devenait une implacable sentence : il l'abattait avec une horrible cadence sur tous les ennemis qui passaient à sa portée et ne se préoccupait pas de les achever.

Avançant droit devant lui, il laissait ce soin à ses soldats.

Il exultait de pouvoir enfin se venger. Grâce à l'acharnement et au courage des Licornéens, les hordes noires n'étaient plus invincibles, désormais.

Face à cette foule, les Charognards redoublèrent de hargne et vinrent à la rencontre des Aspiks dans un complet désordre. Furieux et déçus de ne pas avoir mis à bas la capitale des Provinces, ils cédaient à l'énervement sans entendre les ordres hurlés en vain par les Seigneurs de la Charogne. Certains de ces officiers furent même occis par la piétaille dans un mouvement de révolte.

Les balistes et les catapultes parlèrent à leur tour, lançant des comètes dans le ciel assombri. Des gerbes de flammes fleurirent dans l'arrière-ban charognard, semant la panique.

Pendant ce temps, sur les flancs du champ de bataille, les cavaliers aspiks contournaient l'affrontement. Ils filèrent fièrement vers leur but et prirent les troupes nauséabondes à revers. Leurs épées fines et légères harcelèrent les soldats à pied, désorganisant un peu plus l'ordonnancement des forces des ténèbres.

Asam ouvrit les coffrets de bois noir et confia avec cérémonie les sept cornes-cristal d'El-Zadin aux Maîtres des Aspics. Le Muezzin les distinguait à peine dans l'obscurité de leur tente. Le camp établi au nord de la ville abritait les chevaux et les armes des renforts. Toute lumière était bannie de l'extrémité du campement, autour de la zone que les prêtres avaient choisie.

Asam entrevit juste le profil allongé de ces hommes voués au service des Féals reptiliens et leurs mains absolument lisses qui s'emparaient des cornes. Grâce à Fatoum, les tribus avaient accepté de céder leur bien le plus précieux et de placer leur confiance entre les mains d'une poignée d'Aspics. Il pensait leur donner les recommandations d'usage mais le prêtre rabattit le rideau sans prévenir.

— C'est fait, dit seulement le Muezzin au sortir du camp, revenant vers Fatoum et les phéniciers.

Les Aspics étaient eux-mêmes chargés d'enfoncer les cornes-cristal aux endroits judicieux. Les hommes des Muezzins devaient les y guider en courant selon un certain rythme. Les Féals souterrains suivraient les échos de leurs pas.

Khadim avait posé les parchemins sur le sol et, agenouillé, il indiquait la route à suivre à une poignée de jeunes Licornéens. Ils manquaient d'expérience, mais leur petite taille et la légèreté de leurs mouvements convenaient parfaitement à l'opération.

Mel, en retrait, guettait le retour de Hadik. L'alchimiste apparut enfin, une torche à la main.

— Alors ?

— Votre ami devrait s'en tirer, fit le barbichu avec un sourire réconfortant.

Mel ferma les yeux de soulagement. Puis il ajusta la cape noire qu'on lui avait jetée sur les épaules. Cylviel l'appela à se tenir prêt. Sept groupes se formèrent, l'un sous la protection de Mel, les autres commandés par des Licornéens.

Cylviel avait demandé à partir aussi, mais les phéniciers avaient jugé qu'il devait rester à El-Zadin.

Côme étant immobilisé, il prenait sa place de chef tacite de la guilde d'Aldarenche en exil.

— Vous voulez dire « la guilde d'El-Zadin », bien entendu ? avait glissé Fatoum avec une ironie affectueuse.

Un respect mutuel s'était instauré entre le Muezzin et le Pégasin et, si la guerre tournait en leur faveur, il déboucherait sur une véritable amitié.

Les sept groupes restaient silencieux tandis que Cylviel souhaitait bonne chance à Mel en échangeant des versets de l'Asbeste.

Puis un officier aspik leur remit des billes noires et les prévint que les Aspics étaient à leurs ordres. Les petits groupes s'enfoncèrent dans la nuit.

Chapitre 17

L'indécision la rongeait. Elle ne bougeait plus. Elle contrôlait jusqu'aux mouvements de ses sourcils pour ne pas trahir sa présence. Elle s'était assise dans la courbe d'un os en forme de U. Les mains vissées aux deux branches qui saillaient de chaque côté, elle se penchait en avant pour regarder entre ses jambes la scène qui rassemblait, cinquante coudées plus bas, le roi de la Charogne, ses Seigneurs et la Mère des Ondes.

Seules ses lèvres mordues jusqu'au sang témoignaient du combat silencieux qui se jouait dans son esprit. Même les ailes de dragon qui, d'ordinaire, relayaient ses émotions, demeuraient parfaitement immobiles. Plusieurs fois, elle avait vu le roi lever les yeux vers la voûte comme si une odeur ou un bruit l'avait intrigué. Il la sentait, peut-être même l'avait-il déjà repérée et feignait le contraire. Elle était néanmoins résolue à ne pas bouger tant qu'elle n'aurait pas pris sa décision.

Les combats livrés à la périphérie du royaume avaient encore creusé ses traits. De nouvelles balafres marquaient ses bras et ses jambes mais la seule qui comptait à ses yeux rayonnait sur son front. Elle effleurait souvent de l'index les bords de la cicatrice laissée par Tshan et la considérait comme un insigne à part entière, un symbole de son amour et de son passage dans le royaume des morts.

La veille, elle s'était installée dans les combles d'un manoir pour y couper ses cheveux devant un vieux miroir poussiéreux. À la lumière d'une chandelle, elle avait aiguisé un poignard puis élagué une à une les mèches de son passé. Les boucles qui tombaient au sol ressemblaient aux souvenirs dont elle ne voulait plus. Elle tranchait les dernières racines qui la reliaient au passé pour ne plus avoir à transiger avec ses regrets. Pour servir son amour, elle avait forgé son corps comme une arme. Elle l'avait poussé dans ses ultimes retranchements, elle avait tué et massacré des mendiants, des Carabins et d'autres dont les silhouettes formaient à l'horizon de sa mémoire une cohorte de fantômes.

Elle était une Charognarde.

Chaque jour, le Fiel s'invitait un peu plus loin dans les plis dans sa conscience. Elle était en sursis et finirait tôt ou tard par oublier le M'Onde et livrer son âme à l'emprise de la Charogne. Le choix qu'elle s'apprêtait à faire portait déjà la marque du Fiel : devait-elle aider le roi ou la Mère des Ondes ? Lequel des deux serait à même de la conduire à Januel ? Jusqu'ici, aucun Charognard n'avait su lui fournir le plus petit renseignement sur le phénicier. Depuis que Symentz l'avait emporté dans la foudre, il semblait avoir disparu bien qu'il fût nécessairement ici, dans le royaume des morts.

Ses yeux s'étrécirent et une goutte noire perla sur sa lèvre inférieure. Il lui suffisait d'une simple torsion du bassin pour basculer dans le vide, déployer ses ailes et fondre sur la Mère des Ondes. La saisir, lui arracher son épée, l'emporter jusqu'au trône et la livrer au roi... Se laisserait-il convaincre par ce signe d'allégeance ? Saurait-il lui rendre Januel ?

Le fracas de la bataille livrée sous ses pieds l'arracha à ses doutes. Elle posa son regard sur la Mère des Ondes et vit son combat. Elle avait triomphé avec une agilité remarquable de trois Seigneurs imprudents venus la défier. Elle avait virevolté comme une fée vengeresse au cœur de la meute. L'épée du Saphir avait soulevé dans son sillage des giclées d'un sang sombre et épais mais l'issue du combat était prévisible.

L'épée du Saphir.

La solution se trouvait sous ses yeux, depuis le début. Januel avait quitté le temple d'Ancyle avec cette épée entre les mains. Une épée dotée d'une âme ; en mesure de communiquer avec elle. Elle poussa un long soupir. Si la Mère des Ondes portait l'épée, elle devait savoir où était son fils...

Le poing ferré du Charognard achevait lentement son œuvre. Les yeux pétillants, le roi vautré sur son trône buvait à la source de l'Onde qui se tarissait peu à peu dans les yeux de sa future reine. En dépit de la distance qui les séparait, il lui semblait avoir le visage collé contre le sien, il lui semblait pouvoir deviner dans son regard les nuances annoncées de sa mort et de celle du M'Onde. La vie qui animait la Mère s'écoulait entre les doigts nécrosés de son bourreau. L'agonie embrasait l'Onde de ses yeux et nimbait son visage d'une vive lumière saphir.

Un mouvement sous la voûte attira soudain l'attention du roi. Il tressaillit et suivit avec stupeur la trajectoire parfaite du corps de Scende la Draguéenne lancée à pleine vitesse. Elle tomba comme une pierre, les jambes droites et les bras perpendiculaires au corps. L'aileron de ses ailes repliées fendit les cinquante coudées qui la séparaient de la Mère des Ondes dans un sifflement strident.

Un vent de confusion souffla sur les Seigneurs. La plupart ne réagirent pas, croyant à une intervention du roi. Cette apparition saisissante portait sa marque. Sans doute voulait-il se réserver le droit d'achever sa pire ennemie, laisser à cette Draguéenne le soin de saisir la Mère des Ondes pour l'emmener dans les airs et la livrer au pied du trône. Le combat les avait enivrés à tel point qu'ils ne firent pas le rapprochement entre Scende et la Rôdeuse dont la rumeur enflait à la périphérie du royaume.

Le Charognard qui broyait la gorge de la Mère des Ondes relâcha sa pression et abandonna le corps pantelant à la Draguéenne, qui le saisit dans ses bras. D'un battement d'ailes, elle se mit hors de portée des Seigneurs au moment même où le roi, médusé, pointait le doigt dans sa direction :

— Elle est avec elle !

Animée par l'héritage des Dragons, Scende se propulsa vers la voûte de l'Albâtre. Lorsqu'elle jugea la hauteur suffisante, elle imprima à ses ailes un mouvement lent et régulier pour se stabiliser.

La tête et les jambes de la Mère des Ondes pendaient dans le vide sans réaction. Sur son cou frêle, le poing du Seigneur avait laissé d'inquiétantes marbrures.

— Sais-tu où est Januel ? souffla Scende à son oreille.

La Mère des Ondes entendit le murmure se lever comme une brise légère dans les ténèbres de sa souffrance. Elle avait gardé jusqu'au bout l'épée du Saphir dans sa main, elle avait consacré ses dernières forces à maintenir le contact avec l'Esprit frappeur. Ce dernier avait voulu agir en assumant sa douleur. Elle avait refusé et exigé simplement qu'il la berce dans ses derniers instants, qu'il ranime pour elle la rumeur des Origines, qu'il lui fasse écouter le vent qui ridait, jadis, les ruisseaux de l'Onde.

À présent, elle percevait une autre musique. Celle d'une voix douce qui invoquait le nom de son fils et qui couvrait peu à peu l'écho des Origines libéré par l'Esprit.

— Sais-tu où est Januel ? répéta la Draguéenne.

Sur le damier de l'Albâtre, les Seigneurs impuissants lorgnaient le roi avec une inquiétude grandissante. Il avait marché jusqu'à la pointe de l'éperon qui supportait le trône et se tenait là, immobile, les yeux levés sur les deux femmes qui oscillaient dans l'obscurité de la voûte.

— Dans mon cœur, articula faiblement la Mère des Ondes.

— Rends-le-moi.

— Impossible.

— Rends-le-moi, insista Scende.

L'Esprit frappeur intervint :

— *Ma belle, je t'en prie. Le Fiel la ronge. Laisse-lui un espoir.*

— Mentir encore ?

— *Peut-être pas.*

La Mère des Ondes acquiesça en pensée. Implicitement, l'Esprit frappeur lui laissait entrevoir ce qu'elle pouvait accomplir au-delà de sa quête. Elle redressa légèrement sa tête et s'adressa à Scende :

— Aide-moi et je te le rendrai.
— Comment ?
— Sois mes ailes.

Scende la Draguéenne ne prit pas la peine de répondre et, à la force des bras, la redressa pour la tenir contre elle. Le dos de la Mère des Ondes se pressa contre ses seins. Elle croisa les bras sur son ventre et dit :
— Guide-moi.

Le roi de la Charogne avait rivé son regard aux deux femmes enlacées. Une grimace de dépit tordit sa bouche lorsqu'il les vit glisser sous la voûte. La reine cherchait les Résonances pour retrouver ses forces et fondre sur lui. Il devait se résoudre au pire et utiliser son fils pour tuer sa mère. Il avait espéré, pourtant, garder Januel vivant dans le cœur de la reine afin de les avoir tous deux auprès de lui, mais les circonstances le forçaient à ne garder qu'une reine et à se priver d'un héritier.

Depuis qu'elle était apparue sur le seuil de la citadelle, il avait sollicité la magie enseignée dans la Tour Écarlate pour creuser les brèches invisibles qui le conduiraient au Phénix des Origines. Januel n'avait vu que le silence du Féal. Il n'avait pas senti l'influence royale s'exercer subrepticement et s'attaquer aux fondations de l'Embrasement qui, des mois plus tôt, lui avait permis d'emprisonner le Phénix dans son cœur après avoir causé la perte de l'empereur de Grif'.

Le savoir de maître Grezel s'exprimait à pleine puissance et imposait sa volonté au Féal. Il ne cherchait pas à le contrôler mais à le libérer. Briser l'Embrasement afin que le Phénix déferle dans la Mère des Ondes et assèche les ruisseaux de l'Onde qui coulaient dans ses veines.

Januel crut que le Phénix répondait enfin à ses appels lorsque son souffle brûlant résonna à l'intérieur de son cœur. Il tenta d'établir le contact à nouveau et distingua avec effroi les premières lézardes zébrer les murs de l'Embrasement. Il s'engouffra dans les fondations pour tenter de comprendre ce qui se passait et se heurta de plein fouet aux racines du Fiel qui les rongeaient.

— Non...

Il vit s'esquisser la silhouette du roi et la lueur triomphante qui flamboyait dans ses orbites. Il tenta aussi vite que possible d'endiguer la course folle des lézardes mais il était déjà trop tard. Un premier mur s'affaissa et libéra dans le cœur de la Mère des Ondes une bourrasque ardente.

Un cri de désespoir mourut sur les lèvres fines de la Mère des Ondes lorsque le feu gronda dans le lit de ses veines. Dans le sillage des flammes, l'Onde se volatilisait en ne laissant qu'une vapeur tiède et éphémère. Cette première bourrasque l'amputa de son pied droit. La chair explosa en petites gouttes brûlantes et ne laissa qu'un moignon cuisant. La douleur manqua de lui faire perdre conscience et l'empêcha de saisir le rythme de la Résonance dont elle venait de pénétrer l'aura.

De son côté, Januel tentait l'impossible pour endiguer la destruction des murs mais seul le roi pouvait désormais arrêter le rituel mis en œuvre. Un second mur s'affaissa et propulsa une nouvelle boule de feu dans le corps de sa mère. La chaleur porta à incandescence l'Onde dans son bras gauche. La Draguéenne vit une lumière rougeâtre irradier le membre à l'agonie, le tissu de la robe se racornir et disparaître puis la chair se liquéfier en petites perles opalines.

L'épée du Saphir échappa à la Mère des Ondes. Sa chute siffla comme un glas. Elle l'entendit tournoyer puis, dans un crissement sec, se planter à la verticale dans une dalle de marbre.

L'espoir que Scende avait fait naître s'étiolait au rythme des flammes qui franchissaient les ruines de l'Embrasement. Januel courait d'une lézarde à l'autre en hurlant au Phénix de s'arrêter. Le feu l'avait lui aussi blessé en dépit des liens tissés avec le Féal. Des liens que le roi de la Charogne avait gommés d'un seul trait, des liens qui montraient à Januel combien la créature avait souffert de son emprisonnement en dépit de leur complicité. Animé par un désir primitif, le Féal déployait ses ailes de feu trop longtemps comprimées dans leur prison.

La mère et le fils ne partageaient plus qu'une même souffrance. Quelques pierres noircies et branlantes empêchaient le Féal de s'envoler définitivement. Le roi retenait sa créature pour profiter de l'instant et observer les filets vaporeux qui s'enroulaient autour des membres au supplice. Il tuait le corps pour ne garder que le joyau de l'âme et se réjouissait à l'avance du ballet des Carabins qui se succéderaient à ses pieds pour lui offrir un écrin à la mesure d'une reine.

Les Seigneurs rassemblés sur le damier de l'Albâtre gardaient un silence respectueux. Fascinés par le pouvoir de leur roi, ils avaient, un à un, retiré leur heaume pour suivre l'agonie de la Mère des

Ondes. Placé en retrait, le Seigneur Arnhem avait lui aussi découvert son visage. Il éprouvait pour la première fois une admiration sincère à l'égard de ce roi dont il avait percé le secret, contre qui il avait comploté dans l'espoir de provoquer sa chute. Il s'était trompé en s'engageant auprès de la vieille garde charognarde. Pour reconnaître sa défaite, il usa de la seule arme qui lui semblait convenir en pareil instant. Son esprit s'éleva vers son roi, son esprit se soumit et lui proposa son aide. Concentré sur sa proie, maître Grezel perçut cet acte d'allégeance à la périphérie de sa conscience, une impulsion noire et lisse qui se glissa dans son sillage et lui fit don de sa force.

Le roi apprécia le geste. Jouir de l'agonie des Ondes avec son plus fidèle ennemi sublimait son plaisir. Une invitation franchit ses lèvres décharnées :

— Joins-toi à moi, Seigneur. Fais-la souffrir pour moi.

Arnhem s'exécuta et s'engouffra dans la brèche pour atteindre la Mère des Ondes. Il n'était plus simple témoin mais garant de la volonté royale et, lorsque sa conscience perfora celle de la Mère des Ondes, il sut que son roi lui pardonnait.

En abandonnant son corps pour projeter son esprit vers le trône, le Seigneur ne fut pas en mesure de distinguer, à moins de trois coudées, la courbe d'un arc émerger lentement de l'obscurité. L'arme portait sur toute sa longueur d'étranges encoches. Inspirées par les moines blancs, elles étaient l'œuvre des Caladres dont les becs nacrés avaient taillé à intervalles réguliers la marque des Ondes. Ce rituel puisait son origine dans les sombres forêts de pins qui tapissaient les étroits vallons des montagnes caladriennes. Pour ouvrir les premiers sentiers au travers d'une nature hostile et soumise au souvenir du Fiel des origines, les moines blancs avaient gravé de semblables encoches sur les troncs et les branches afin de soigner les arbres malades.

Sur l'arc qui se profilait à l'angle d'un étroit escalier menant aux étages de la citadelle, les entailles protégeraient son serviteur de l'emprise de la Charogne.

Dix encoches pour dix soupirs.

L'air qui gonflait la poitrine de l'Archer Noir avait déjà franchi la frontière de ses lèvres à cinq reprises. À la sixième, il tendit la corde de son arc. L'émotion qui jadis faisait trembler sa main glissait sans effet sur ses muscles et ses nerfs. Maître de ses mouvements, il leva sa mire au septième puis au huitième soupir. Dans l'axe de sa flèche apparut le roi de la Charogne. Il bloqua sa respiration et expurgea une dernière fois la vie qui gonflait ses poumons.

La corde vibra au dixième soupir, au moment même où la magie des Caladriens succombait au Fiel. La nécrose déferla sur l'arme qui lui avait brièvement résisté et progressa à la vitesse d'un cheval au galop. Le bois et la corde tombèrent en poussière, puis le mal marqua un temps d'arrêt. Au cours des siècles passés, rares étaient ceux qui avaient pu pénétrer, vivants, dans le royaume des morts. Fascinée et enivrée, la nécrose ravagea le corps de Tshan avec allégresse.

Sa flèche toucha au but au moment où son cœur cessa de battre. Elle avait survolé la foule des Seigneurs et creusé dans l'air vicié un sillon de particules argentées. Le fer enchanté par les Caladriens s'enfonça dans la chair en putréfaction avec un claquement humide. Le roi de la Charogne se raidit et recula d'un pas. Le trait saillait des deux côtés de sa gorge. Le sang bouillonnait et s'écoulait sur son torse. Il recula encore d'un pas, le visage figé dans une expression de totale stupeur. Ses mains qui, quelques instants auparavant, guidaient les ravages du Phénix, se portèrent à sa gorge.

Il buta contre un accoudoir et tituba à la limite de l'éperon. Ses yeux croisèrent ceux de la Mère des Ondes et n'y virent que le reflet de sa propre mort. Il oscilla un temps au bord de l'abîme et bascula brutalement dans le vide. Son manteau pour linceul, il s'écrasa sur le sol au milieu des Seigneurs et comprit trop tard que le monde dont il espérait la perte n'était autre que le sien.

Chapitre 18

Les garçons escortés par Mel filaient sur le sable avec l'aisance des Licornéens. Mel restait tant bien que mal à leur hauteur, épée au clair. Depuis qu'ils avaient pénétré sur le champ de bataille, le sable avait fait place à une boue sanglante qui rendait leur progression beaucoup plus difficile. Mel craignait que le sol lourd ne perturbe le rythme nécessaire aux Aspics qui rampaient en dessous d'eux. Mais les jeunes ne semblaient pas vraiment incommodés. Ils devaient l'avoir prévu.

À plusieurs reprises ils frôlèrent des Charognards. Les Licornéens se courbèrent sans cesser d'avancer et Mel dissimula la lame de son épée dans les replis de sa cape. Ils passèrent inaperçus.

Mel éprouvait une immense fierté à cheminer ainsi en compagnie des Licornéens. Leur connaissance du désert le fascinait. Ils semblaient à même de reconnaître chaque détail qui affleurait à la surface des dunes. D'une dune à l'autre, ils pouvaient apprécier la nuance des grains qui crissaient sous leurs pieds, se fier à leur couleur comme à leur odeur, ils pouvaient s'agenouiller et écouter le murmure du vent. Mel les écoutait avec respect évoquer le ressac du sable et le roulis des dunes. Ces guerriers étaient aussi des navigateurs avec, pour seul navire, la conviction d'être des hommes libres.

Ils firent maints détours pour éviter les nombreuses mêlées improvisées dans les creux du désert. Le front se fragmentait, le front se transformait en une multitude de mêlées enchevêtrées au gré des rencontres, des percées, des petites victoires et des défaites. Des tribus lâchaient prise, vaincues par cette marée putride vomie par les Sombres Sentes, d'autres menaient leurs dunes au combat et bousculaient des hordes de charognards.

Partout, la lutte était acharnée. C'était un combat viscéral, un combat à mort.

Le groupe se fit surprendre par une troupe de cavaliers, des Charognards vêtus de haillons, montés sur des destriers efflanqués au poitrail béant. Précédée par une brise fétide, la troupe se profila soudain à la crête d'une dune et fondit sur eux dans un nuage de poussière noire.

L'engagement devint très vite sanglant et confus. Des Charognards mirent pied à terre pour affronter le gros du groupe tandis qu'un petit nombre, demeuré en selle, traquait les Licornéens isolés.

Mel se retrouva rapidement distancé par ses compagnons qui tentaient d'échapper à l'étau. Soudain, une créature se rua sur lui. Il se fendit sur sa gauche pour esquiver la première attaque, raffermit sa prise sur l'épée et, jambes fléchies, assena un terrible coup de taille dans les reins de son adversaire qui s'écroula face contre terre, la colonne vertébrale brisée.

D'autres ennemis affluaient. Mel se remit à courir pour rattraper son groupe. Deux soldats lui coupèrent la route. L'un maniait une épée, l'autre une hallebarde. Le jeune phénicier attaqua bille en tête et transperça le ventre du premier. La hallebarde déchira sa cape et il dut tirer de toutes ses forces pour s'en débarrasser. Sa lame entailla la main du Charognard et la brûla à moitié.

Mel roula à terre afin d'échapper au coup suivant et ramassa une poignée de boue qu'il projeta sur son adversaire pour l'aveugler. Cela fait, il se remit à courir dans la direction qu'avait prise son groupe.

Il l'aperçut non loin et parvint à le rejoindre juste avant que l'homme à la hallebarde ne lui retombe dessus. Son arme formidable fondit sur le phénicier qui n'eut d'autre choix que de la parer avec son épée. Le choc faillit lui déboîter l'épaule mais il tint le coup en poussant un hurlement.

Le soldat se servit de son autre main pour empoigner Mel par les cheveux et l'attirer violemment à lui. Le jeune moine lâcha son épée. L'homme entreprit de l'étrangler de sa poigne d'acier.

Une flèche se ficha dans son œil. Un liquide bilieux gicla sur le visage de Mel. Le Charognard tomba lentement dans la boue. Mel se dégagea et vit un archer aspik, dressé au sommet d'une dune, qui lui désignait les Licornéens vingt coudées plus à l'ouest. Le phénicier ne prit pas le temps de le remercier et s'élança sur leur piste.

Cylviel et Fatoum étaient accoudés aux remparts de la ville. Ils partageaient une angoisse qui leur vrillait le ventre. Le jeune Pégasin pensait à ses frères qui avaient choisi de servir les Féals dans la pénombre sereine d'une Tour et qu'un destin cruel avait voués à la boucherie d'une guerre désespérée.

Le Muezzin, quant à lui, ne pensait plus à rien. Son esprit vide n'était plus qu'un spasme de terreur devant l'horrible spectacle de l'extermination de son peuple. Le chaos des combats faisait remonter vers eux une rumeur de cauchemar.

— Les Phénix sont en alerte, dit Cylviel.

La Salle des Clans était devenue une véritable fournaise des Féals. Les cinq moines étaient prisonniers de cette tanière gorgée de flammes.

— Mes frères ont fort à faire pour les contenir. Les conditions adéquates de la Renaissance ne sont pas réunies là-bas. Les émanations de la Charogne semblent tenir les Phénix en respect. Mais le Fiel les excite...

— Et la salle, elle tiendra ?

— Pas longtemps, marmonna le Pégasin en secouant la tête. Les flammes lèchent déjà les salles attenantes. Le Palais sera bientôt en feu.

— Le Palais de nos ancêtres... soupira Fatoum, accablé.

— Pourvu que les Aspics parviennent à temps aux nœuds des Sentes !

— Les hommes d'Asam sont à l'écoute du sable, tenta de le rassurer le Muezzin. Dès qu'ils rapporteront que les nœuds sont disloqués, vos Phénix pourront s'introduire dans la faille.

Cylviel dissimula le doute qui l'habitait. Les cinq gardiens des urnes et lui-même avaient tenté d'inculquer cette idée aux Féals. Il n'était pas certain que les oiseaux de feu sauraient remplir cette tâche inédite.

— Regardez, fit brusquement le Muezzin, le doigt pointé sur les portes de la cité. Elles arrivent...

— Qui ?
— Les Soyeuses.
— J'ai surpris votre réaction quand le général les a mentionnées. Expliquez-moi. Vous savez ce qu'elles sont, n'est-ce pas ?
— La mort incarnée dans un corps de femme. Elles appartiennent à un ordre monastique qui n'existe que sur les Rivages Aspics. Les sœurs y pratiquent un art martial unique, basé sur l'imitation des Aspics, qui utilise aussi bien le corps que les vêtements.
— Je ne comprends pas.
— Tout d'abord, elles se servent de chemises et de pantalons assez larges pour masquer leurs gestes. L'adversaire se fie aux mouvements du tissu pour prévoir le coup. Or leurs gestes sont étudiés pour produire l'illusion et aller à l'encontre de ce que les vêtements laissent croire.
— Très habile, acquiesça Cylviel.
— Des dizaines d'années d'entraînement. Pour maîtriser le combat et contrôler leur corps de façon à créer, non un seul geste, mais deux gestes consécutifs : un pour le mouvement du vêtement, l'autre pour frapper. Le simple fait d'avoir ces femmes ici me glace les sangs, ami. Les Soyeuses sont invincibles. Heureusement, elles sont en petit nombre, car l'apprentissage de leur art est trop difficile. De plus, il leur est interdit de rencontrer des hommes et d'enfanter.
— Elles doivent être redoutables, en effet. Mais contre des guerriers armés... ?
— Vous n'avez pas tout vu...

Les Soyeuses arboraient un uniforme d'un bleu rutilant. Les fibres de soie de leurs vêtements scintillaient dans la lumière des flambeaux.

Sans la moindre expression sur leurs visages parfaitement lisses, elles détachèrent leurs cheveux verts qui s'écoulèrent en longs rubans dans leur dos et sur leurs seins. Puis elles levèrent les bras, en posture d'attaque, et les manches de leurs vestes fusèrent dans l'air avec un sifflement métallique.

Vives comme l'éclair, elles se faufilèrent dans la mêlée et se mesurèrent tout de suite à des ennemis choisis parmi ceux qui paraissaient les plus forts. Les Charognards s'amusèrent de voir surgir des femmes en plein combat.

Ce fut leur première erreur. Avant même d'avoir eu l'opportunité d'esquisser une attaque, les soldats se virent horriblement mutiler.

Car la soie qui habillait les Soyeuses était coupante comme le fil d'un rasoir. Maniées avec la vitesse et la précision surnaturelles de leur art martial, leurs manches étaient capables de lacérer un plastron, de cisailler une cuirasse, voire même de découper un heaume.

L'une d'elles faucha consécutivement deux Charognards. Le pli de son pantalon trancha net leurs jambes à la hauteur du mollet. Une autre sauta dans les airs et se réceptionna sur les épaules d'un véritable colosse, où elle s'accroupit pour décapiter l'homme d'une seule caresse.

Aux épées qui leur barraient la route, elles offraient leurs poitrines dénudées. Puis elles se décalaient pour laisser la lame s'enfouir dans un pan de leurs vestes, et la brisaient net du tranchant de la main.

Une escouade de Charognards munis de masses d'armes fonça sur une Soyeuse esseulée. Elle les reçut avec des passes onctueuses qui déployèrent ses vêtements en une danse sensuelle. Les soldats, abusés par ses mouvements, ne purent anticiper ses coups.

Le premier eut la boîte crânienne brisée par un coup de poing en plein front. Le suivant s'empala sur une épée cassée que la Soyeuse avait soulevée du sol du bout du pied. Un autre eut la gorge déchirée par les pans de la veste en plein vol.

Le dernier opta pour la tactique et s'approcha de la sœur à pas comptés, balançant sa masse d'armes d'une main dans l'autre. Il cherchait une faille. La Soyeuse intercepta l'arme et la lui enfonça dans la poitrine avec un mouvement de vrille.

Les Soyeuses tuaient avec une grâce infinie. Leur sillage était un chemin de sang, jonché de membres épars et de cadavres figés par la surprise.

Mel repoussa deux ennemis qui s'en prenaient à son groupe, désarmant le premier avant de l'achever d'un coup d'estoc, et carbonisant la face du second du plat de son épée.

Chaque duel renforçait sa haine, et sa haine renforçait le pouvoir de sa lame.

Quand son groupe fit halte au point prévu, Mel tourna autour, l'épée brandie, un rictus étirant ses lèvres ensanglantées. Les jeunes de son groupe l'observaient avec crainte et tristesse. Il avait accompli son destin, celui d'un enfant devenu moine pour pouvoir se battre et venger sa famille.

Mais dans son esprit trop jeune pour dominer

l'horreur, l'espoir de vaincre avait fait place à la folie.

Les Licornéens retinrent leur souffle, attendant l'arrivée de l'Aspic au bord d'une Sombre Sente.

Le terrain autour d'eux était d'un gris cendreux, couturé de larges sillons noirs. Il s'agissait d'une Sente périphérique, ce qui leur garantissait une sécurité relative. Elle servait à soutenir l'une des Sentes principales. Nul Charognard ne surgirait de là.

Mel sauta sur une bande de soldats qui s'aventuraient près du groupe. Il jeta le premier à terre d'un coup de taille parfaitement ajusté et plaqua sa lame sur ses yeux exorbités. Les globes bouillirent et éclatèrent. Puis Mel fit volte-face et provoqua deux hommes munis de tridents. Il entailla le torse du premier, pivota sur lui-même et brisa l'arme du second avant de l'achever du revers de sa lame.

L'autre en profita pour lui enfoncer son trident dans le flanc. Mel cria de douleur et entreprit de hacher l'épaule de son agresseur à grands coups d'épée. Le Charognard lâcha prise et mit un genou à terre pour parer la lame du phénicier. Mel voulut lui décocher une savate en plein visage, mais il perdit l'équilibre et s'affala dans la boue.

L'homme se releva et saisit son arme à deux mains pour l'abattre sur lui. Mel roula de côté et entama le tibia du Charognard qui se plia en deux. Puis il se remit debout, donna de l'élan à son bras et décapita son adversaire.

Un rire dément monta dans sa gorge. Ses pupilles avaient un éclat écarlate.

La guerre avait transformé ce jeune disciple qui, quelques semaines plus tôt, osait à peine franchir les rangs serrés de ses aînés rassemblés autour de Januel dans la Tour d'Aldarenche. Un sang couleur d'encre souillait ses bras fins et délicats et maculait sa tunique.

Il n'avait pas encore connu l'adolescence et déjà, son épée avait fouillé les entrailles des Charognards.

La rage consumait ses souvenirs. Celui qui voulait devenir forgeron pour honorer un serment fait à son père était devenu, à cet instant esprit, un exalté, un serviteur de l'Onde aveuglé par la haine.

Et cette haine, déployée au-dessus de son âme comme un étendard, lui fit oublier la fatigue et la peur.

Les Licornéens qui avaient réussi à se dérober emportèrent avec eux la vision de cet enfant déterminé, l'épée noircie du sang visqueux de ses ennemis, qui faisait don de sa courte vie afin qu'ils poursuivent leur route. À cet enfant, plusieurs dédièrent des larmes qui coulèrent dans le sable.

Sur le champ de bataille, les sept groupes se tenaient immobiles. Les Licornéens frissonnaient à l'idée que des serpents titanesques s'immisçaient sous leurs pieds. Ils avaient l'impression qu'on violait leur désert.

Au terme de son offensive, l'armée aspik avait cantonné les hordes noires dans leurs retranchements. Celles-ci patientaient à présent, repoussant par moments les attaques d'audacieux fantassins, dans l'attente de renforts promis par le royaume des morts. Les Sombres Sentes balafrant le désert devaient déverser de nouveaux guerriers d'un instant à l'autre.

Les fossés obscurs et nauséabonds se rétractèrent subitement. Les Charognards virent leurs corps ravagés par la nécrose en quelques instants.

Un cri de joie fit trembler le désert.

Aussitôt les Phénix de la Salle des Clans replièrent leurs ailes sous l'injonction des moines phéniciers. Ils firent pivoter leur tête formidable, attentifs aux remous magiques dans les sables.

Les Aspics abandonnèrent les cornes-cristal au cœur des étoiles noires où ils les avaient enfoncées d'un coup de gueule rageur. Déroulant leurs anneaux dans l'épaisseur du désert, ils renvoyèrent aux Phénix l'écho de leur acte.

Les oiseaux fabuleux laissèrent les Ondes traverser leur corps immatériel et ruisseler sur leurs plumes de flammes. Sous cette vague de puissance, ils doublèrent de volume et firent voler le Palais Zadin en éclats, anéantissant les jeunes moines avec lui. Leur vision acérée rompit les digues de la réalité et s'élança dans les blessures béantes des Sombres Sentes.

L'esprit des Phénix quitta leur enveloppe et s'insinua dans les veines du M'Onde en quête de la muraille de Cendres. Sur son chemin, il consuma les essences mortifères de la Charogne comme on enflamme un gaz.

Les âmes des cinq Phénix se dissipèrent aux portes du royaume des morts en une vapeur bleutée.

Des milliers de Charognards qui avaient envahi les Provinces-Licornes, il ne resta bientôt plus que des tas de chairs putrides et, de leurs massacres, un atroce souvenir fiché dans l'histoire du M'Onde tel un poignard d'onyx trempé de sang.

El-Zadin avait survécu et remporté le nom de cité martyre.

L'alliance des Licornes, des Phénix et des Aspics avait triomphé.

Cylviel trouva le corps de Mel après des heures de recherche. Une brume épaisse planait sur l'immense champ de bataille. Le soleil peinait à la traverser. La chaleur torride attisait la putréfaction des cadavres. L'odeur était intenable.

Les larmes aux yeux, Cylviel s'agenouilla auprès du jeune phénicier. Son épée ne palpitait plus de reflets jaunes. Elle gisait, brisée, dans la boue.

Autour de Mel, douze Charognards étaient tombés sous ses coups vengeurs avant que la mort du Phénix qui avait donné naissance à l'épée ne laisse le phénicier désarmé. Désespérément vulnérable.

Le général Zoran avait perdu un bras dans la bataille mais il survivrait. Le bonheur de la victoire finale vibrait dans ses yeux plissés.

Quittant son chevet, Fatoum se rendit auprès de Côme où se trouvait déjà Cylviel.

— Alors... il ne reste que nous deux, constata Côme en apprenant la mort de Mel.

— Et une guilde à reconstruire, dit le jeune Pégasin. Avec les Cendres que nous avons laissées à l'Atelier, nous fonderons une nouvelle Tour Écarlate.

— Et Januel ?

Cylviel soupira gravement en passant les doigts dans ses cheveux platine.

— Je ne sais pas.

— Prions, proposa Côme en lui tendant sa main valide.

Cylviel lui offrit la sienne et, ensemble, ils firent le signe de l'Asbeste.

Aucune braise...

Chapitre 19

En l'absence d'un précédent, les Seigneurs s'étaient spontanément réunis autour du roi. Nul ne savait ce qu'il advenait d'un royaume des morts privé de son chef. Dans un premier temps, on s'étonna de l'absence des Moribonds. La garde d'élite chargée de protéger le roi avait disparu. Arnhem qui, jusqu'ici, s'était tenu à l'écart au-dessus du cadavre momifié de l'Archer Noir, finit par fendre les rangs des Charognards pour apporter un semblant de réponse. Selon lui, le roi lui-même avait congédié sa garde pour savourer son triomphe. Il supposait que les Moribonds s'interrogeaient à leur tour sur la conduite à tenir.

Dans un deuxième temps, Arnhem demanda aux survivants de se regrouper derrière lui. Il avait vu Scende la Draguéenne se poser sur une coursive et emprunter une porte dérobée menant aux appartements royaux. Avant de prendre la moindre décision concernant l'avenir du royaume, il convenait de se lancer au plus vite à la poursuite des deux femmes. En dépit du rôle qu'il avait joué au sein de la cabale menée par la vieille garde, les jeunes Seigneurs s'exécutèrent et, au pas de course, se dirigèrent vers le quartier royal. À aucun moment, Arnhem ne jugea opportun de mentionner les rapports alarmants que des messagers, retenus aux portes de la citadelle, venaient de lui fournir avec des visages crispés.

Il demeura un moment devant le cadavre du roi. La chute avait brisé l'enchantement des Carabins, dispersé les rivets aux alentours et livré son corps à la nécrose. Il ne restait qu'un squelette noirci drapé dans les lambeaux de son costume. Le Seigneur s'agenouilla et saisit le crâne à la pointe de son épée. Il le souleva et l'observa un moment, comme s'il espérait y découvrir l'avenir du royaume. Il grogna, se redressa et, d'un geste nerveux, jeta le crâne par-dessus son épaule.

Dans les bras de Scende, la Mère des Ondes gémissait doucement. La douleur avait brisé l'harmonie de son incarnation : sa peau se distendait inexorablement et révélait le réseau transparent des muscles et des nerfs. Des reflets d'un bleu sombre soulignaient les arêtes de son visage livide, ses cheveux longs traînaient jusqu'au sol et sa main valide étreignait le moignon de son bras rongé par les flammes du Phénix.

Son courage et son abnégation au seuil de la mort forçaient l'admiration de la Draguéenne. Elle avait obéi en silence lorsque la Mère des Ondes lui avait ordonné de traverser les appartements royaux. Sur son ordre, elle s'était attardée devant la grande fenêtre circulaire qui offrait une vue majestueuse sur la route d'Ivoire et les toits sombres du royaume. À travers l'œil mort de la Tarasque, elles distinguèrent les rues désertes et entendirent, au loin, la rumeur des armées charognardes en déroute.

Puis la Mère des Ondes indiqua à la Draguéenne la direction d'une porte close.

— Là, dit-elle avec une grimace.

Les Ondes si longtemps sollicitées pour la maintenir en vie ne coulaient plus et devenaient peu à peu une eau stagnante qui la condamnait à court terme. Elle voyait le processus s'accomplir sans pouvoir s'y opposer. Ses muscles se cristallisaient un par un et finiraient par la paralyser.

— Dépêche-toi, parvint-elle à articuler.

D'un coup de pied, Scende défonça la porte close et recula, saisie par une odeur aigre et piquante.

— Avance, ordonna la Mère des Ondes.

Scende franchit la porte et s'immobilisa sur le balcon de marbre blanc qui dominait la Tour. Sur les cent coudées de hauteur qui séparaient la base du toit d'ébène, les ronces noires s'agitaient comme des serpents pris de folie. Les sarments frissonnaient et se tordaient sur les murs. Au centre, des ronces semblables à des tentacules noirs et irisés ébranlaient les fondations de la Tour en se cognant rageusement sur ses flancs. Leurs piquants crissaient sur la pierre et leurs fruits violacés tombaient dans les profondeurs du puits.

Ce spectacle saisissant fit naître quelques couleurs sur les joues de la Mère des Ondes.

— Aide-moi à tenir debout.

Scende la déposa doucement sur le sol et lui donna son bras pour qu'elle puisse garder l'équilibre. La fureur des ronces soulevait une brise tiède. Les pierres s'effritaient sous les coups répétés des piquants et des tentacules.

La Mère des Ondes s'avança jusqu'au seuil du balcon et regarda vers les ténèbres.

« Enfin... » songea-t-elle simplement.

Elle se tourna vers son cœur et s'adressa à son fils :

— Tu m'entends ?
— Oui, mère.

La mort du roi avait permis à Januel de sauver l'Embrasement. Lorsque l'empreinte du Fiel avait soudain relâché sa pression sur les murs en ruine, le phénicier s'était empressé de colmater les brèches et de murmurer, comme une litanie, des paroles apaisantes au Phénix. L'effet conjugué des arts phéniciers et de l'immense amour que Januel portait au Féal suffirent à sauver l'antique rituel. Les flammes qui avaient ravagé les ruisseaux de l'Onde se retirèrent dans l'ombre de leur prison et se turent.

Januel, lui, attendait des réponses. Depuis que la foudre l'avait enveloppé dans le temple d'Ancyle, sa quête avait cessé d'exister. Pourquoi avait-on prétendu que les Caladriens devaient lui enseigner le rituel qui détruirait la Charogne ? Pourquoi sa mère avait-elle voulu tuer le roi et venir jusqu'ici, dans la Tour des ronces ? À vrai dire, il n'avait pas essayé de comprendre. Il savait que si la vérité devait être révélée, seule sa mère pourrait en être la messagère.

— La fin est proche, mon fils.
— Que vas-tu faire ?
— Accomplir la volonté des Ondes.
— Allons-nous mourir avec la Charogne ?
— Non.
— Non ?

Elle marqua un silence, elle chercha ses mots et finalement dit d'une voix grave :

— Il n'est pas question de détruire le royaume des morts. Nous sommes là pour lui donner sa place, pour couper les Sombres Sentes et abattre la muraille de Cendres qui le retenait prisonnier.

— Lui donner sa place ?

L'émotion faisait trembler la voix de sa mère. Elle prit une longue respiration pour chasser la douleur qui vrillait ses tempes et lui répondit :

— Aux Origines, le chaos n'a pas accordé aux morts la place qui leur revenait. Une place dans le M'Onde...

— Tu veux que la Charogne pénètre dans le M'Onde ? Mère !

— Nous n'avons jamais voulu détruire ce royaume. Jamais... Notre combat s'élève au-delà des considérations du bien et du mal. Depuis le début, notre ennemi, notre véritable ennemi, est demeuré dans l'ombre, invisible, attentif à cette guerre menée depuis des siècles entre l'Onde et la Charogne. Il nous a regardés naître et mourir, il nous a regardés le nourrir et lui laisser le champ libre pour s'étendre et menacer le M'Onde tout entier.

— De quoi parlez-vous ? De qui ?

— D'un ennemi sans visage, d'un ennemi qui n'est rien, et qui, parce qu'il n'est rien, peut se défaire de tout. Le Néant, mon fils. L'indiscutable Néant qui enrobe ce monde comme une coquille. La matière, ce que tu es, ce que je suis, ici en Charogne et à la surface du M'Onde, tout cela est contenu dans sa main. Nous existons à travers lui. Il nous contient.

» Seulement, la coquille s'est fendue. Si la Charogne disparaît, il pourra s'attaquer au M'Onde. Le Néant est vorace, insatiable. Il nous a contenus mais il veut, au bout du compte, nous absorber.

» Le roi s'est trompé en pensant que le Fiel le repousserait. Il est autour de nous depuis toujours, tapi derrière nos vies. Et pour le garder à distance, nous avons besoin du Fiel comme le Fiel a besoin de l'Onde. Le Fiel fait partie de notre monde comme le vent et la mer. Il a grandi avec les Féals. Nous devons exister ensemble ou disparaître. Nous devons être les deux faces d'une même pièce, voilà la vérité, Januel.

» La seule faute qui fut commise l'a été au temps des Origines. La violence déchaînée par les Féals ne pouvait être assimilée par le M'Onde alors il créa la Charogne pour s'en défaire. C'était un réflexe, une création dictée par l'instinct de survie. Il a isolé le mal sans comprendre qu'il ouvrait la porte au Néant. Un temps, nous avons pensé que les Sombres Sentes pouvaient ancrer le royaume des morts, le ramener à nous afin que l'harmonie demeure. Mais ce fut une grave erreur. Le Néant les a infiltrées pour nous approcher et nous frapper en plein cœur. Si les Sombres Sentes avaient vaincu, nous lui aurions offert le M'Onde. C'est pour cette raison que les Ondes m'ont conçue. Pour rétablir l'équilibre...

— Et le rituel... les Phénix...

— Le rituel existe. Seulement, il n'a pas été pensé pour détruire la Charogne, mais pour la libérer en brisant les murs qui l'emprisonnent.

— Que va-t-il se passer, Mère ?

Elle garda le silence et ferma son cœur. Sa main abandonna l'épaule de la Draguéenne et l'invita à retirer le bras qui la soutenait.

— Vous risquez de tomber, protesta la Draguéenne.

— Je le dois, sourit-elle.

Elles entendirent, derrière elles, l'écho d'une bataille féroce engagée entre les Moribonds et les Seigneurs guidés par Arnhem. En l'absence d'un roi, la garde royale avait décidé de servir celle que le défunt avait choisie pour reine.

La Mère des Ondes bascula sans un mot. Sans une hésitation, sans même un regard pour celle qui l'avait sauvée. Elle se contenta d'avancer le pied et chut en avant, au cœur des ronces qui pleuraient la mort de leur maître.

Les vibrations de l'air fendu par son corps en chute libre transmirent aux racines l'antique appel de l'Onde. Dans la terre noire et chaude qui tapissait le fond de la Tour monta la rumeur d'un monde exilé.

Les tentacules qui fouettaient aveuglément les parois de la Tour s'emparèrent de la Mère des Ondes. Leurs aiguillons la transpercèrent et brisèrent en plusieurs endroits le cristal de ses muscles. Une myriade de petites esquilles d'azur tomba dans les ténèbres.

La fusion entre l'Onde et le Fiel s'accomplit. Grâce à ses épines, la ronce offrait à la Mère des Ondes les fondations du royaume des morts. Sa conscience se fragmenta et se répandit dans les racines qui plongeaient sous la terre. Elle rayonna aux quatre coins de la Charogne puis remonta à la surface au travers des lianes organiques qui recouvraient les rues, les demeures et les manoirs.

L'alchimie opéra et offrit à la Charogne l'élixir de sa renaissance. Les veines du royaume palpitaient désormais en harmonie. Les Phénix des Origines qui avaient empêché jusqu'ici la Charogne de se répandre dans le M'Onde constatèrent que le Néant n'avait aucune prise sur cet élixir et comprirent du même coup que leur rôle prenait fin après plusieurs siècles de loyaux services.

À la périphérie du royaume, des cendres se muèrent en petites flammèches qui devinrent rapidement des flammes, puis des murs de feu qui embrasèrent l'horizon. La lumière était telle que, pour la première fois, le soleil sembla se lever sur la Charogne. Le cercle de feu rongea les dernières Sombres Sentes et cautérisa les plaies qu'elles laissaient aux frontières.

Crucifiée au milieu des épines, la Mère des Ondes retournait à son état origine dans les ronces désormais apaisées. Tandis que les Féals se consumaient pour délivrer le royaume, elle se consumait, elle, dans ses racines.

Elle avait dépassé depuis longtemps la limite au-delà de laquelle elle pouvait survivre au rituel. Mais exister au-delà de sa quête ne l'intéressait plus. Elle avait consacré sa vie à ce moment-là, elle avait consenti d'immenses sacrifices qui entachaient son âme. Elle voulait disparaître, refermer la page sur son histoire et celle de la Charogne. S'éteindre ainsi, dans l'extase, sentir son esprit se diluer doucement dans le précieux élixir qui nourrirait le royaume à venir et surtout, redonner naissance à son fils.

L'Esprit frappeur y avait fait allusion dans la salle de l'Albâtre. Elle s'était incarnée dans Januel, il s'incarnerait en elle.

La chair du phénicier se reconstitua peu à peu autour de l'ossature cristallisée. L'organisme se concrétisa en couches successives. Les muscles se tendirent, les nerfs se déployèrent, les veines, gonflées de sang, se faufilèrent comme des anguilles dans sa cage thoracique. Chaque étape était une terrible souffrance. Comme si chaque membre, chaque terminaison nerveuse, revenait d'un lointain voyage au seuil du néant.

Il recouvra ses sens. Il sentit la pression concrète et infiniment réelle d'une ronce entortillée autour de sa cheville et celle, bien plus fragile, de ses paupières qui paraient ses yeux. Il entendit le craquement des sarments nourris des perles de l'Onde...

La vie s'écoulait en lui. Et la peau, enfin, s'étendit comme un vernis sur les tissus rouges et palpitants pour achever la transformation.

La mère avait cédé la place à son fils.

Januel ne ressentait aucune tristesse à l'idée de la savoir disparue à jamais tout comme il n'éprouvait aucune joie particulière à l'idée de renaître grâce à son sacrifice. À cet instant précis, il n'éprouvait qu'un profond et immense soulagement. Pour eux. Pour elle. Elle n'avait jamais cessé de se battre, elle méritait à présent de s'endormir et rêver.

S'endormir et rêver.

Elle finit par disparaître et abandonner aux ronces le corps nu de son fils. Les tentacules desserrèrent leur emprise pour ne pas le blesser et le déposèrent avec douceur sur le balcon de marbre. À mains nues, il écarta les planches brisées de la porte qui donnait sur les appartements royaux et quitta la Tour.

Scende l'attendait de l'autre côté. En voyant Januel apparaître, ses pensées allèrent à Tshan. Elle le salua à sa manière en épousant, de l'index, l'étoile qui ornait son front. Elle lui devait peut-être tout et savait qu'elle porterait cette marque jusqu'à la fin pour rendre hommage à la mémoire de son vieux serpent.

Elle marcha jusqu'à Januel, les ailes repliées, et vint se blottir contre sa poitrine. Du bout des doigts, il leva son menton, l'embrassa puis, à son tour, se blottit contre elle. Elle avait, dans une main, le manteau du roi et lorsqu'il s'écarta, elle déposa l'étoffe sur ses épaules.

Il découvrit alors les Moribonds qui patientaient en retrait, un genou à terre.

— Mon roi, dit-elle en prenant son bras pour le guider vers l'œil mort de la Tarasque.

Les murs de feu éclairaient la pièce d'une lumière ardente. Il effleura de la paume la membrane palpitante et se pencha à l'oreille de Scende pour déposer un baiser au creux de sa nuque :

— Ma reine...

— Elle va te manquer ? demanda-t-elle.

— Oui, sans doute. Mais je sais maintenant ce que l'on doit à une mère.

Dans le lointain, les flammes faiblissaient. Ils s'assirent à même le sol et, serrés l'un contre l'autre, attendirent qu'elles dévoilent enfin le nouvel horizon de la Charogne. La cité des morts était apparue à la surface du M'Onde. Un sourire complice rayonna sur le visage de Januel lorsqu'il découvrit le relief familier visible au-delà des toits.

— Jamais je n'aurais imaginé que notre royaume s'incarnerait ici...

Carnets

Extrait des Mémoires d'Alsaï,

précepteur à la Tierce Cour de Chimérie
pour Monseigneur le Dauphin.

J'avais quelque scrupule à ne consacrer qu'une seule journée au dauphin pour lui présenter les Provinces-Licornes. Sur la foi d'un accord passé avec son père, je me devais d'enseigner à son fils une histoire objective et désintéressée, de sorte que la sincérité propre aux voyageurs ne puisse l'influencer. Nous avions abordé, la veille, la complexité des Mémoires Draguéens et l'appétit du dauphin s'était éveillé. L'exotisme a prise sur l'esprit étroit de ce garçon et, à défaut de lui faire comprendre les choses, je puis lui enseigner la manière dont elles existent. Chaque jour, j'entretiens sa curiosité, et par là même, mon désir de voir au-delà des murs gris de ce château où un décret m'a confiné pour veiller sur l'épanouissement de l'enfant.

À vrai dire, sous couvert d'un enseignement rigoureux, je me garde de céder à la mélancolie. Sans doute ne serai-je jamais autorisé à quitter le château, peut-être même serai-je empoisonné par le père de sorte que nul ennemi ne puisse, à travers moi, atteindre le fils. Lorsque, parfois, mes récits éclairent le regard de ce garçon d'une étincelle farouche, j'ai le sentiment que les murailles de ce château n'existent plus et, en pareil moment, je sais que ma liberté se joue dans son cœur.

Pour l'heure, à l'éclat vacillant d'une chandelle frontale, je ravive ces étincelles en couchant sur le papier une transcription aussi fidèle que possible de cette journée. Elle commença à l'aube, dans ce large réfectoire où l'enfant est tenu de partager un repas en compagnie de la troupe. J'ai bataillé ferme pour que le régent accepte que son fils soit mêlé à ces gaillards dont il partage les usages le temps d'un bol de soupe et d'un morceau de pain blanc. Plus tard, il comprendra mieux la valeur de ce même pain blanc.

Je forçai donc ma voix pour couvrir le brouhaha et annonçai à mon disciple mes intentions, à savoir une présentation exhaustive des Provinces-Licornes. Je mesurai à cette occasion l'étendue de son ignorance et préférai abréger le repas pour rejoindre la bibliothèque et son silence. Nous nous y installâmes et je l'entretins du royaume des Larmes.

Les origines des Provinces-Licornes

On ne peut évoquer ce pays sans se pencher sur les circonstances de sa naissance. Bien que le temps ait altéré nos connaissances à son sujet, il est établi que les Provinces sont nées sur le théâtre de la désillusion et du chagrin. C'est là un point crucial pour tenter de comprendre les Licornéens. De fait, comme tous les autres royaumes, les Provinces se sont construites à la faveur d'une bataille au temps des Origines. Celle-ci, baptisée la Larme d'El-Zadin, a donné son nom à la capitale du pays. Elle a vu la victoire décisive d'une poignée de Licornes qui, pour des raisons que nul n'a été en mesure d'expliquer, entamèrent un siècle de lamentations pour pleurer leurs compagnes disparues. Lors d'un voyage jusqu'au Royaume Draguéen, j'ai pu consulter plusieurs ouvrages sur les Origines et tous s'accordent pour dire que la Licorne est le seul Féal susceptible de *pleurer*.

Toujours est-il que le pays se constitua ainsi et que les larmes asséchèrent la terre jusqu'à ce que le désert l'emporte. Il me fut très difficile d'expliquer le phénomène au dauphin qui associait, comme beaucoup d'autres, les larmes d'un Féal à l'eau et ses représentations. Il m'a fallu déployer des trésors d'ingéniosité pour lui faire admettre qu'au-delà d'une larme il y a le chagrin qui la motive. Ce fut, en l'espèce, la disparition et bien souvent une mort violente et cruelle de ces Licornes des Origines qui livrèrent un combat titanesque à l'aube du M'Onde.

Le désert licornéen est une mer de larmes invisibles et ce paradoxe a façonné le pays. Au fil des années, les tribus se sont transmis un savoir, une connaissance intime du désert et de ses origines consignés dans de nombreux textes sacrés, notamment les Basses Sourates d'Ekahin. Ce pouvoir s'exerce dans tous les chapitres de la vie et en particulier dans la voie des Larmes.

Il s'agit d'un travail alchimique, une discipline que chaque Licornéen pratique dès la petite enfance et qui consiste à opérer la transformation du sable en eau. La pratique est connue bien qu'elle soit, pour les raisons que j'expliquai ci-dessus, circonscrite aux déserts licornéens. Il faut bien comprendre que l'eau, malgré les siècles passés, n'est autre qu'une larme et par là même, se trouve dotée de certaines propriétés. Les citer, ou plus simplement les connaître, ne relève pas du savoir mais de la vie elle-même, de la manière dont un Licornéen pratique cette alchimie quotidienne pour étancher sa soif.

Une seule fois, j'ai pu assister à ce spectacle et j'en garde un souvenir étrange, à la limite de l'expérience onirique. Comme si, par l'exercice de ce pouvoir, les Licornéens étaient en mesure d'extraire du sable le souvenir des Origines. Je n'ai pas cru utile d'éclairer le dauphin sur la spécificité religieuse de ce pouvoir, ni même de lui expliquer comment les Licornéens parviennent à raffiner la *tristesse* du sable pour ne pas lui succomber et ce, en vertu d'une discipline mentale que le prêtre enseigne à chaque membre de la tribu.

La tribu...

Au sens le plus strict, il s'agit effectivement de tribus, bien que certains préfèrent aller au-delà et évoquer les phratries qui composent ces mêmes tribus. Le dauphin m'interrogea sur ces phratries et j'en vins tout naturellement à évoquer les Licornes qui les composent, les unissent et parfois même les divisent. Une phratrie se forme dans le sillage d'un Féal, et donc d'une Licorne.

J'ai pu établir certaines comparaisons entre la valeur symbolique de la Licorne et celle des blasons qui ont cours dans nos régions. La couleur de la robe mais aussi la teinte de sa corne ainsi que sa taille, son âge, bref tous les critères que l'on jugera utile de connaître à propos d'une Licorne définiront les usages au sein d'une phratrie.

Je fournis un exemple au dauphin afin d'éclairer ce point précis et évoquai tout naturellement la phratrie dont j'avais partagé le quotidien durant près d'un an. Je me souviens parfaitement de leurs vêtements, d'une couleur égale à celle de la robe de leur Féal, un pourpre clair qui caractérisait la phratrie et présumait des accointances que ses membres entretenaient avec d'autres phratries réunies dans la même tribu.

Tout comme l'Almandin enchâssé à la base de la corne – celui-ci était couleur de miel – définissait à son tour des relations entre plusieurs familles, voire entre hommes et femmes. Les nuances de cette coutume m'échappent. Il faut être licornéen pour en apprécier la richesse.

Lorsqu'une tribu se déplace, les Féals marchent en tête, soit une dizaine de Licornes. C'est un chiffre sans vérité. Je le tiens uniquement de mon voyage et de quelques tribus que je fus amené à croiser au cours de mon excursion. Ces Licornes sont montées par les prêtres, les Muezzins, dont les voix inégalées appellent à la prière et commandent aux Féals. Les Licornes n'obéissent qu'à leurs voix dont les registres aigus et lancinants échappent à notre compréhension. Il semblerait pourtant que certaines Larmes du désert, rares et précieuses, caractérisent ces mélopées au sens où chaque Muezzin, dès son plus jeune âge, ne boit que de cette eau-là afin que sa gorge soit à même de moduler les accents antiques des Lamentations déclinées par les Licornes des Origines.

Le Muezzin est également celui qui commande aux dunes – ou aux Larmes, selon le sens qu'on veut bien leur prêter. Dans la réalité, cela permet surtout de comprendre pourquoi on ne parle pas d'un royaume mais de Provinces. Personne n'a jamais pu les dénombrer, et pour cause : elles se déplacent avec les tribus de telle sorte que le désert se recompose chaque année en fonction d'impératifs religieux, économiques et sociaux.

Le dauphin, à raison, me demanda comment le désert pouvait être *possédé* et je lui fis la même réponse qu'à son père : le sable licornéen a une valeur et un passé. Il voyage avec ceux qui l'honorent.

Il m'a été donné de contempler ces dunes glissant paresseusement dans le désert ou d'être pris dans une tempête de sable qui n'était rien d'autre qu'une Province en mouvement, un patrimoine que la tribu emportait avec elle avant de se fixer dans un endroit précis du désert pour le reste de l'année.

« Alors, que font-ils ? » demanda le dauphin. Eh bien, ils travaillent le tissu, les bijoux, le verre et, pour une seule tribu, le cristal. D'autres élèvent des chevaux qui, sans être des Licornes, comptent parmi les plus rapides et les plus élégants de ce M'Onde. On prétend même que des Muezzins se chargent de veiller et de déplacer des dunes d'or adjointes à la Province, faisant ainsi office de trésoriers pour les grandes fortunes des pays voisins.

Je tus le commerce des Larmes. Les Licornéens ne sont guère bavards sur cette pratique que leur religion condamne mais qui, malheureusement, semble faire de plus en plus d'adeptes. On prête à ces Larmes, qu'elles deviennent liqueurs ou bijoux, de mystérieux pouvoirs. Certains prétendent qu'elles assèchent les cœurs, d'autres qu'elles confèrent à leurs propriétaires la force des Licornes des Origines.

Au crépuscule, après avoir brossé un portrait des principales tribus, j'évoquai la nature même de ce pays, sa vocation à l'échelle du M'Onde et de la Charogne. Le régent me reproche bien souvent d'empiéter sur le rôle dévolu aux prêtres qui évoluent dans l'entourage de son fils. C'est à eux, en principe, que revient la tâche d'enseigner à l'enfant ce qu'il est bon de savoir et d'ignorer de la Charogne.

Je n'ai jamais pris au sérieux les avertissements du régent, pas même ceux des prêtres qui tentent à leur tour de faire pression sur moi. Le dauphin, à l'image de la plupart des garçons de son âge, est fasciné par la Charogne. Il en craint, comme tout un chacun, les manifestations mais il ne manque jamais de m'interroger sur l'ambition des Charognards.

À cet égard, les Licornéens font preuve d'une attitude pour le moins étrange qui les rapproche, une fois encore, des Draguéens. La plupart traitent la Charogne en ennemie mais avec une retenue sincère, comme si le Charognard méritait d'être écouté ou, pire, comme s'il méritait d'être *raisonné*. Des Licornéens qui résident en Chimérie, je tiens des récits étranges sur des Muezzins capables de commander aux Sombres Sentes tout comme ils commandent aux dunes.

Faut-il pour cela en conclure que ces prêtres se sont alliés à la Charogne ? Je ne crois pas que les choses soient si simples. Je dirais même qu'elles prouvent le contraire de ce qu'elles montrent. Il s'agit là d'une conviction personnelle, mais je crois que les Licornéens sont parvenus à comprendre les Charognards, à établir un dialogue que les Larmes, d'une manière ou d'une autre, ont rendu possible. J'ignore le but qu'ils se sont fixé mais il s'agit peut-être d'une voie nouvelle, de cette voie mystérieuse évoquée dans le dernier verset des Basses Sourates d'Ekahin :

« *Les larmes ne disent pas toujours la vérité mais elles ne mentent jamais. Alors tes larmes te rapprochent des morts et disent leur vérité.* »

Archives
de l'Ordre des Pèlerins

Extrait cent troisième, « Prospection pour le royaume de Basilice, interrogatoire du navigateur Dominicci ».
Par le pèlerin Losh, exodin du second rang.

Ma première rencontre avec Dominicci eut lieu dans la cellule d'une Nef hospitalière. Ce navire, conçu uniquement pour la navigation fluviale, abritait une trentaine de pensionnaires, des déments et des meurtriers confiés en dernier recours aux missionnaires caladriens.

Dominicci était un homme massif, un véritable géant dont les mains avaient brisé, par une nuit sanglante, la nuque des trente-deux membres de son équipage au retour d'une expédition ambitieuse au cœur du royaume de Basilice.

Je découvris un homme squelettique, juché sur une sorte de tabouret de bronze. Au sol, le bois sombre de sa cellule portait d'innombrables entailles comme s'il s'était employé à le défigurer. Les bras croisés autour de ses jambes, il ne cessait de promener son regard autour de la pièce en dépit de mon apparition. Jamais au cours de nos entretiens il ne posa les yeux sur moi et je doute qu'il sache jamais à qui il confia ainsi l'étrange récit de son expédition. Pour autant, si ses yeux avaient cessé d'appartenir à ce monde, sa voix, elle, était claire et me permit de rapporter dans ce rapport la moindre de ses paroles.

(...)

Extrait – premier entretien

Losh : — Des forêts ?
Dominicci : — D'immenses forêts. Impénétrables et si sombres que vous perdez la notion du temps.
L : — Sombres à quel point ?
D : — Comme la nuit. Une voûte émeraude, très froide, qui vous r'couvre comme un manteau. Impossible d'escalader les arbres pour aller trouver le soleil. Ces arbres-là sont trop grands. Toute façon, y vous laissent pas monter. Faudrait parler leur langue pour avoir l'droit.
L : — Leur langue ?
D : — Il y a ces chuchotements En permanence, même quand vous dormez. Ce sont leurs voix, celles des druides noirs et des arbres.
L : — Que se disent-ils ?
D : — P't-êt' qu'y se racontent de vieilles histoires...
L : — Alors vous les compreniez ?
D : — Oui.
L : — Parlez-moi de ces vieilles histoires
D : — Les Féals. Elles parlent des Féals. Des Origines et de toutes ces créatures qui sont mortes et qu'ont nourri la terre.
L : — Vous parlez de la Charogne, Dominicci.

D : — Non, c'est différent. Y a eu une très grande bataille. Des Basilics sont morts par milliers et ils ont pas nourri la Charogne, ils ont nourri la *terre*. Alors les arbres ont poussé. Des arbres *différents*, énormes, qu'ont grandi avec la mort et qu'ont fixé les frontières du pays.

L : — Autrement dit, les arbres possèdent en eux le... souvenir des Féals, c'est bien cela ?

D : — J'sais pas. P't-êt' que les Féals sont pétrifiés à l'intérieur ou pt'-êt' que c'est leur sang qui coule comme de la sève à l'intérieur. J'sais juste que les druides noirs parlent aux arbres et qu'ces arbres, y sont nés sur les cadavres des Féals.

L : — Dominicci, si vous voulez que l'Ordre intervienne en votre faveur, il faut m'en dire plus.

D : — La Nécrosie, c'est l'nom qu'y donnent à cette langue. Une langue des morts. La nature est en dette avec les druides noirs, elle s'est nourrie des cadavres des Basilics. Alors les druides noirs, y peuvent exiger que la nature leur parle, qu'elle se plie à leur volonté.

L : — Donc, ils commandent bel et bien à la nature.

D : — Celle-là, oui. Faut vous faire à l'idée, c'est pas des forêts comme les autres... À c'qu'on dit, y paraît même que les druides noirs jouent avec les racines pour qu'les chants funèbres résonnent dans les bois.

L : — Avec les racines ?

D : — S'en servent comme des cordes d'un violon.

L : — ...

D : — Vous m'croyez pas, hein ?

L : — Je suis là pour vous écouter, pas pour interpréter.

D : — Vous feriez bien, pourtant. Cette musique, elle vous déchire l'âme.

(...)

Conclusions du premier entretien :
Dominicci confirme l'explication la plus courante sur la naissance du royaume. De toute évidence, cette bataille des Origines se solda par de nombreux cadavres de Basilics qui fertilisèrent la terre et donnèrent naissance aux forêts que nous connaissons aujourd'hui. L'opacité et la nature lugubre de ces forêts relèveraient donc d'un lien magique avec les cadavres des Féals. Plus inquiétant, les précisions de Dominicci sur la Nécrosie (voir pour cela l'excellente synthèse d'Estolle, exodin du premier rang) semblent indiquer que nous ne pourrons pas nous implanter dans ce royaume sans qu'un Pèlerin soit en mesure de la parler ou que nous disposions d'un interprète. Cela revient à dire qu'il nous faut gagner la confiance d'un druide noir, chose à laquelle personne n'est officiellement parvenu à ce jour. Pour finir, je vous invite à prolonger l'enquête sur cette musique des morts que les druides noirs composent à l'aide des racines. Il me paraît clair qu'elle participe de la mélancolie qui saisit de nombreux explorateurs ayant accompli un voyage en Basilice, mais il me paraît encore plus inquiétant de savoir qu'elle peut être à l'origine des accointances connues entre certains druides noirs et la Charogne. Estolle précisait à raison que la musique pouvait tout aussi bien commander aux sentiers de ces forêts qui, rappelons-le, évoluent

sans cesse. Tels des charmeurs de serpents, les druides noirs seraient donc capables de dresser ses sentiers afin qu'ils ne s'ouvrent qu'à eux.

Extrait – deuxième entretien

Losh : — Vous me parliez de la nature du bois...
Dominicci : — Oui. C'est bien connu que les druides noirs, y z'étendent leur influence comme ça. Y portent un nom, là-bas : les Malandreux. Vous savez c'que c'est qu'une malandre ?
L : — Non.
D : — La partie pourrie du bois. Alors, voyez, y prennent c'nom-là pour bien faire comprendre qu'y a un vrai métier derrière. Tout le bois arraché, coupé, élagué par ces satanés Malandreux dans leurs forêts maudites, y s'insinue comme du poison chez nos ébénistes, dans les charpentes, les coques des navires, les charrues et même les instruments d'nos troubadours ! Partout, j'vous dis, et faut être des leurs pour voir l'poison. Faut pas s'étonner qu'y ait des navires qui disparaissent, des maisons avec des fantômes... Tout ce bois mort et pourri, y l'enchantent, y l'ensorcellent et comme ça, la Basilice, elle s'étend, elle s'étend sans qu'personne le sache.
L : — Tout le monde sait cela, Dominicci.
D : — Croyez pas ça. Y a que la magie de la Grif' qui vous protège. Faut savoir *griffer* le bois pour qu'y perde son pouvoir. Sans ça, vous allez voir de drôles de choses et pis, vous allez finir par y croire, par vous laisser ensorceler.
L : — Vous avez *griffé* le sol de votre cellule pour cette raison ?

D : — Oui.

L : — Vous avez peur qu'ils vous retrouvent ?

D : — Non, j'ai peur de vouloir les rejoindre... C'pays vous marque comme du bétail. Après, y a pas moyen de l'oublier et sans les moines j'serais déjà r'parti.

L : — Je veux revenir aux Malandreux. Avez-vous une idée précise de la magie qu'ils exercent ? Beaucoup prétendent qu'il s'agit d'une magie du rêve, semblable à celle des Draguéens.

D : — Y z'ont raison. Les Malandreux, y disent qu'on peut lire les rêves d'un arbre dans ses lignes de vie. Suffit de couper le tronc, de lire les rêves et d'les conserver.

L : — Les conserver ?

D : — Faudrait parler de pétrification, rapport au pouvoir d'un Basilic. Les Malandreux, y changent les rêves en pierre, si vous voyez c'que j'veux dire.

L : — Pas du tout.

D : — C'sont pas seulement des mages-bûcherons. Y sont aussi sculpteurs des rêves. Y se glissent dans votre esprit quand vous dormez et y vous pétrifient un rêve, p't-êt' même un cauchemar. Après, vous êtes plus le même, vous êtes fou.

L : — Quel est le rapport avec les arbres ?

D : — Y savent déchiffrer les rêves d'un arbre. Et là-bas, les arbres rêvent souvent de la mort... Suffit pour eux de le pétrifier... C'est comme ça qu'leurs planches, elles sont ensorcelées...

(...)

Conclusions du deuxième entretien :

Les soupçons que nous nourrissons depuis longtemps à l'égard de ces sculpteurs des rêves se confirment. Les druides noirs savent pétrifier les rêves et les tailler à leur convenance. J'ignore, en revanche, si nous devons attacher un quelconque crédit au fait qu'ils soient capables de sculpter les *rêves des arbres*. Si l'on se réfère au temps des Origines, les Malandreux seraient ni plus ni moins en mesure de sculpter les cauchemars des Basilics des Origines. Cette hypothèse me semble vraisemblable. Elle expliquerait pourquoi des équipages entiers ont cédé à des hallucinations collectives ou que de grandes bâtisses en bois soient considérées comme hantées depuis près d'un siècle. J'attire votre attention sur le danger que peut représenter le voyage par la Foudre si certains de nos Éclairs venaient à frapper un de ces arbres. Se peut-il que les rêves s'engouffrent dans l'esprit de nos Pèlerins et peut-être même dans celui des voyageurs ?

Extrait – troisième entretien

Losh : — Nous parlions du coq, de sa valeur symbolique. Certains associent le coq au lever du jour et donc au recul de l'obscurité. Des voyageurs affirment que les Féals qui vivent dans les forêts ouvrent ainsi des clairières, qu'ils incarnent la vie au cœur d'une forêt des morts.

Dominicci : — Y z'ont raison. Ces forêts, elles sont comme des cimetières. Au milieu, y a les Féals et leurs serviteurs. Tous ces druides noirs, y se servent des Féals pour voir le ciel, pour qu'les frondaisons s'écartent et laissent passer la lumière.

L : — Parlez-moi de la symbiose entre l'homme et la Basilice.

D : — C'est que'qu'chose qui nous dépasse. Les druides s'enfoncent dans la forêt, y z'empruntent leurs sentiers secrets et surtout, y s'abreuvent de la rosée.

L : — La rosée ?

D : — Y s'en servent comme d'une drogue ou d'un poison, j'sais pas trop. Cette rosée, elle a une couleur bizarre, verdâtre, avec une odeur de cadavre. Y l'utilisent pour faire des élixirs et vivre des transes. Oui, des transes pour oublier la douleur quand le Basilic leur bouffe la colonne vertébrale, qu'ses ailes viennent se fondre dans leurs bras. Y deviennent des créatures à deux têtes, des monstres...

L : — Donc, le prêtre et le Féal ne font qu'un.

D : — Oui, et ils chantent dans l'obscurité. C'est eux qui commandent, c'est eux qui savent brûler le bois mort pour faire naître des cités de fumée, c'est eux qu'ont besoin de voir le soleil et qui s'aventurent jusqu'aux lisières des forêts pour s'attaquer aux gens de la côte. Des prédateurs que la douleur aveugle, qu'le Fiel dévore de l'intérieur.

L : — Vous pensez que la transformation libère le Fiel de l'Almandin ?

D : — P't-êt' bien. J'crois surtout que le Fiel, y permet au prêtre de pas mourir tout de suite. Faut bien comprendre que c'est pas d'la mutation. Le Basilic, il prend possession du corps, il s'en nourrit...

Conclusions du troisième entretien :

Je doute qu'un jour l'Ordre puisse s'étendre jusqu'en Basilice. Malgré son esprit vacillant, Dominicci analyse avec une clarté surprenante les événements qui se sont déroulés sur son navire et je vous prie de croire qu'il n'en garde aucun remords. J'ai quelque raison de penser que ce royaume ne mérite pas les risques qu'il faudrait prendre pour s'y installer. D'ores et déjà, je puis rendre un avis défavorable.

7298

Composition PCA à Rezé
Achevé d'imprimer en Europe (France)
par Brodard et Taupin à La Flèche (Sarthe)
le 20 août 2004 – 25414.
Dépôt légal août 2004. ISBN 2-290-33009-4
1er dépôt légal dans la collection : mai 2004

**Éditions J'ai lu
84, rue de Grenelle, 75007 Paris**
Diffusion France et étranger : Flammarion